诗乡遗韵

SHIXIANG　　YI YUN

（上）

马志骏　主编

敦煌文艺出版社

图书在版编目（ＣＩＰ）数据

　　诗乡遗韵. 上 / 马志骏主编. -- 兰州 ： 敦煌文艺
出版社，2022.12
　　ISBN 978-7-5468-2285-3

　　Ⅰ．①诗… Ⅱ．①马… Ⅲ．①诗集－中国－当代
Ⅳ．①I227

　　中国版本图书馆CIP数据核字(2022)第226666号

诗乡遗韵（上）

马志骏　主编

责任编辑：李　佳
封面设计：孔祥梓

敦煌文艺出版社出版、发行
地址：（730030）兰州市城关区曹家巷１号新闻出版大厦
邮箱：dunhuangwenyi1958@163.com
0931-2131601（编辑部）
0931-2131387（发行部）

山东新华印务有限公司印刷
开本 710 毫米 ×1020 毫米　1/16　印张 24　插页 4　字数 350 千
2023 年 12 月第 1 版　2023 年 12 月第 1 次印刷
印数：1 ～ 2 100 册

ISBN 978-7-5468-2285-3
定价：108.00 元

临洮诗词学会

会　　长　朱殿臣

党支部书记　于　平

常务副会长　陈兴中　杜应祥

秘　书　长　刘少华

《诗乡遗韵》

主　编　马志骏

编　辑　赵蔚南　梁舒生　张　军
　　　　李国谅

前　言

临洮诗词历史悠久，诗风浓郁。古今都是闻名遐迩的"中华诗词之乡"。

由临洮诗词学会主办的《临洮诗词》决定从 2016 年第一期开始增设"诗乡遗韵"栏目，试图从历史文化的脉络中探寻临洮诗词的渊源，系统挖掘整理全国有名诗人及临洮诗人歌咏描写有关临洮史地风物的诗作，让临洮诗词薪火相传，为家乡的文化建设作出应有的贡献。

此项工作今已告一段落。在临洮诗词学会的牵头和大力支持下，经编辑人员的不懈努力，共从商代初期至清朝退位，按历史顺序整理辑录出有关诗乡临洮的古代诗 847 首，词 18 首，杂剧一出（诗曲 56 首），秦腔唱折三段，涉及作者 391 人。我们以"诗乡滥觞"（先秦两汉）、"诗途沧桑"（三国两晋南北朝）、"边塞劲歌"（隋唐）、"熙州凤鸣"（宋）、"金元麟角"（金元）、"诗耀星河"（明）、"堂皇气象"（清）七个历史阶段做了划分，并由编辑人员马志骏、赵蔚南、梁舒生先生分别为各阶段写了导语，以便帮助读者提升对古郡狄道今"诗词之乡"临洮的历史演变和诗歌发展特点的认知。同时也对史书记载的缺失和不详作了相应的弥补和佐证。

此书的完成可看作是临洮古代诗词大全和临洮诗歌发展史古代部分的雏形，至于民国和近当代部分内容将由诗会另组人员，后续完成。

由于编辑人员水平有限，手头资料不全，难免有错漏，敬请诸位方家、读者不吝指正补逸。

序 一
洮水长歌动地来

□ 黎 辉

中国，是一个诗的国度。古往今来，劳动人民用诗来表达自己的喜怒哀乐，抒发自己的思想感情。在数千年的历史长河中，无数优秀的诗人为我们留下了大量脍炙人口的经典诗篇，成为中华民族灿烂的文化遗产。据《左传》记载，早在周朝时朝廷就制定了王官采诗制度，开始由专人在民间采集诗歌，以供朝廷了解民情。《孔丛子·巡狩篇》云："古者天子命史采歌谣，以观民风。"《汉书·艺文志》云："古有采诗之官，王者可以观风俗，知得失，自考正也。"大约成书于春秋中后叶的《诗经》，便是我国最早的一本诗歌集，它采录了西周至春秋中叶的诗歌共305篇，开创了我国诗集采编的先河。秦朝设立了专门的文艺机构——乐府，除诗文写作外，主要负责从各地搜集记录民谣。到了汉朝，乐府这个机构达到鼎盛，汉武帝时乐府竟然有800多名职员。以上史实说明，我国从古代就十分重视对优秀诗歌的搜集整理工作。现在，我们编辑的这本《诗乡遗韵》（上），就是对古往今来临洮籍诗人写的诗歌以及外地人歌咏临洮的诗歌，进行全面系统的整理汇编，并向全社会进行展示的一项文化工程。

作为具有五千多年人类文明史，两千四百多年建县史的临洮，一直以来都是郡、州、府治所地，是中国西部政治、经济、文化的中心之一。掀浪吐玉的洮河，驼铃叮咚的丝绸之路，羌笛声声的边塞，美丽辽阔的山川……这一切都成了人们无比向往的地方，也成了一片滋生诗歌艺术的厚土。从这本《诗乡遗韵》（上）中所选的诗作来看，早在周朝至春秋时期,古临洮的影子就隐隐约约出现在《诗经》中。从汉魏时期，有确切记载的临洮诗人的作品就已留存于世。到了唐代，随着"临洮"这个边塞文化意象的确立，以歌咏临洮为主题的边塞诗歌蔚然成风，将临洮诗歌创作的数量和质量推向了巅峰。宋、元、明时期，临洮的诗歌创作呈现出持续旺盛的局面。清代又是一个诗歌创作的繁盛时期，当时的临洮诗人还创办了民间文艺组织洮阳诗社，无数优秀诗人写下了大量歌咏临洮的脍炙人口的诗作。明清时期，有许多诗人的个人诗集留存于世。清初青年诗人张晋名震京师，诗誉江南。其诗集《张康侯诗草》（十一卷），被《四库全书》收入。被誉为"儒林丈人，词坛宿老"的诗人吴镇，他的《松花庵全集》（十二卷），流传甚广，享誉陇原。纵观临洮诗歌发展史，可以说是一部精彩纷呈的西部文学发展史。一代代先贤为后世创造了丰厚的文化遗产，让临洮这个名字至今煜煜生辉。

中华人民共和国成立后，党和政府对文学事业的重视与支持达到了前所未有的程度，临洮的诗歌创作也迎来了一个崭新的春天。诗人们的诗歌创作主题不断拓宽，他们赞美新生活、歌颂社会主义建设、记录临洮发展成就的方方面面；创作格调积极向上。对优秀诗歌的采集汇编工作也得到各方面的高度重视。1989年，临洮县政协文史委编印了《临洮诗词选》，首次对临洮历代诗歌汇编成书。1990年以来，县上有关单位先后编辑出版了《历史文化名城临洮》《临洮史话》《临洮文化大观》等书籍，择优选录了一部分有关临洮的优秀诗歌。1996年，临洮县诗词学会成立，长期组织诗歌创研活动，定期编印内部会刊《临洮诗词》，把临洮诗歌创作再次推向高潮。2000年以来，临洮县作家协会、临洮文学创作研究院、临洮貂蝉诗社先后成立，长期组织创作交流活动，定期编印内部刊物《洮河》《临洮文学》《貂蝉诗词》；先后编辑出版了《临洮当代诗词选》《洮声凤吟》《临洮颂》《诗乡欢歌》《临洮诗词学会十年年鉴》《临洮文学作品选》等多部诗文集，使包括诗歌创作在内的文学艺术事业呈现出蓬勃生机，在省内外产生了一定的影响。2008

年，临洮县被授予"中华诗词之乡"称号。

近年来，临洮诗词学会原会长马志骏等人通过翻阅大量资料，诗海钩沉，探幽寻微，案牍劳形，忘我工作，从上千年浩如烟海的史书中抽丝剥茧，采集了从先秦至清代历代诗人歌咏临洮的诗词歌赋900多首，分类整理，汇编成书，真可谓洋洋大观。这本《诗乡遗韵》（上），是临洮文学史上一个具有里程碑意义的浩大工程。它将为我们研究临洮诗歌发展史、增强临洮人民的文化自信、激发洮河儿女热爱家乡建设家乡的情怀起到积极作用，并将成为一本教科书式的文学典籍。《尚书·虞书》云："诗言志，歌咏言，声依永，律和声。"从这本《诗乡遗韵》（上）的字里行间，我们可以穿过历史的隧道，去聆听先贤们激情澎湃的心声，去感受先贤们热爱生活的温度。

洮河，是一条涌动着诗情画意的河流，她的每一朵浪花都是一首优美的诗，这一首首诗组成了一部感天动地的洮水长歌，永远回荡在临洮历史的上空，激励着一代代临洮人民去热爱家乡，建设家乡。

让我们为这部洮水长歌续写出更加灿烂的新篇章。

2023 年 7 月 1 日

序 二

□ 吴辰旭

接到殿臣乡贤电话，要我为即将付梓的《诗乡遗韵》（上）写几句话，我欣然应允。但说什么好呢？一时又拿捏不定。

人是奇怪的生灵，幼小时千方百计想远走高飞，梦想看看外面的世界有多精彩；不觉间老境渐来，却越来越归心似箭地想回归故里，看看家乡的一山一水有多惬意。

我曾写过，"临洮是一枚有灵魂的楔子"，它把中国的三大高原紧紧楔在一起，因此她的5000年履历里，就存储着中华文明的衍进过程和民族的生命基因、国家的履历密码。在它的淋巴结里，诗的细胞每时每刻都传递着历史久远的信息。

特别的地理位置，让临洮成为独一无二的"这一个"，而诗化是浸润这块土地的历史选择，因为诗是人们履足这块土地时留下的不可言状的灵魂私语，临洮也就自然而然地成为诗的一个鲜明符号，它是和弓马铁血、壮怀激烈、晓角残梦、驰远猎奇、建功树勋、千秋功名紧紧联系在一起的，是和一代代锦囊挂剑、挥戈建业的雄心壮志联系在一起的，是和多少奇幻的故事、诡异的变迁、纠葛的人事联系在一起的。"北斗七星高，哥舒夜带刀。至今窥牧马，不敢过临洮。"（《哥舒歌》）"平沙日未落，黯黯见临洮。"（王昌龄《塞下曲》，"裁缝寄远道，几日到临洮。"（李白《子夜四时歌》）"料君终自致，勋业在临洮。"（高适《送蹇秀才赴临洮》）

这样的诗句数不胜数！临洮成了边塞诗的象征，壮夫必至的圣地，那种浪漫的情怀，旷达的心智，报国的热血，都蕴涵在"临洮"两个字中，令千千万万人心向往之。如今，解剖每一首诗，都能有惊奇的发现和异样的感受，令人怦然心动！

人们称临洮为文化县，诗词之乡，这个传统可以追溯到远古，即将付梓的这部诗集，就是临洮的文化史、心灵史、发展史！诗成为活态化石，复原5000年的历史沉积象。

感谢临洮诗词学会的乡贤们，集十数年之功，从浩如烟海的史籍坟典中，稽沉钩隐，剖丰取约，抔集成册，为我们展现出如此辽阔的诗史，从中听见久远岁月的遗响，这几乎成了快速发展的现代社会里，人们获得一种难得的精神远足和灵魂按摩，不啻是一种高级的文化享受。生活中若果缺少了诗，那就是生命行将枯萎的征兆。梦因诗而远翔。

诗的翅膀飞起来，会让临洮山川氤氲在诗的氛围中，变成可供灵魂栖息的地方。

2022 年 8 月 18 日于兰州五泉堂

目　录

先秦两汉

诗乡滥觞　　　　　　　　　001
　　诗经·商颂·殷武（节选其二）
　　　　　　　　　　　　　002
　　诗经·秦风·无衣　　　002
　　诗经·秦风·小戎　　　002
　　古歌·采薇歌　　　　　003
西汉·辛延年
　　羽林郎　　　　　　　　004
西汉·刘细君
　　悲秋歌　　　　　　　　005
西汉·霍去病
　　霍将军歌　　　　　　　005
　　东汉·桓帝初小麦童谣　006
汉·无名氏
　　陇西行　　　　　　　　007
　　汉·杂歌谣辞陇头歌（二首）008
东汉·曹操
　　薤露行　　　　　　　　008
东汉·王粲
　　七哀诗三首（其一）　　009
东汉·蔡文姬
　　悲愤诗　　　　　　　　010

三国魏晋南北朝

诗途沧桑　　　　　　　　　013
魏·左延年
　　从军行　　　　　　　　014
　　晋书·凉武昭王李玄盛传赞014
晋·辛萧
　　元正诗　　　　　　　　015
　　燕　颂　　　　　　　　015
　　菊花颂　　　　　　　　015
　　芍药花颂　　　　　　　016
南宋·吴迈远
　　棹歌行　　　　　　　　016
南齐·虞羲
　　咏霍将军北伐　　　　　017
南梁·刘孝威
　　陇头水　　　　　　　　018
南梁·柳恽
　　赠吴均　　　　　　　　018
南梁·吴均
　　答柳恽　　　　　　　　019
北周·庾信
　　游渭源　　　　　　　　020
南陈·江总

雨雪曲 020
陇头水（二首） 020

隋唐

边塞劲歌 022
隋·杨广
　西征临渭源 023
　饮马长城窟行 023
隋·辛德源
　短歌行 024
　白马篇 025
　星　名 025
　芙蓉花 025
　猗兰操 026
　浮游花 026
隋·李行之
　人　生 026
唐太宗李世民
　饮马长城窟 027
唐玄宗李隆基
　旋师喜捷 027
唐·王宏
　从军行 028
唐·骆宾王
　边城落日 029
唐·卢照邻
　紫骝马 029
　陇头水 030
唐·王勃
　陇西行 030
唐·马怀素
　奉和送金城公主适西蕃应制 032

唐·张说
　奉和圣制送金城公主适西蕃应制
　　　　　　　　　　　　　　032
唐·崔日用
　奉和送金城公主适西蕃 033
唐·王昌龄
　塞下曲（又题望临洮） 033
　从军行（七选二） 034
唐·哥舒翰
　破阵乐 034
唐·崔国辅
　渭水西别李仑 035
唐·李白
　子夜吴歌·冬歌 036
　白马篇 036
　赠张相镐（其二） 036
唐·高适
　送蹇秀才赴临洮 037
　自武威赴临洮谒大夫不及因书
　即事寄河西陇右幕下诸公 037
　同吕判官从哥舒大夫破洪济城
　回登积石军多福七级浮图 038
　送白少府送兵之陇右 039
唐·王翰
　饮马长城窟行（一作古长城吟）
　　　　　　　　　　　　　　039
　发临洮将赴北庭留别 040
唐·岑参
　胡笳歌送颜真卿使赴河陇 040
　临洮客舍留别祁四 041
　临洮泛舟，赵仙舟自北庭罢使
还京 041

临洮龙兴寺玄上人院同咏青木
香丛　　　　　　　　　　041
唐·西鄙人
　哥舒歌　　　　　　　　042
唐·杜甫
　秦州杂诗（其三）　　　042
　近　闻　　　　　　　　043
　赠田九判官　　　　　　043
　喜闻官军已临贼境二十韵　043
　投赠哥舒开府翰二十韵　044
唐·李益
　塞下曲（四选二）　　　045
唐·长孙佐辅
　陇西行　　　　　　　　046
唐·贯休
　送谏官南迁　　　　　　047
唐·陈陶
　陇西行四首（其二）　　047
　胡无人行　　　　　　　047
唐·李德裕
　寒食日三殿侍宴，奉进诗一首048
唐·耿𬀩
　凉州词　　　　　　　　049
唐·吕温
　临洮送袁七书记归朝　　049
唐·令狐楚
　从军词五首（选二）　　050
唐·朱庆馀
　自萧关望临洮　　　　　050
唐·张祜
　喜闻收复河陇　　　　　051
唐·马戴

出　塞　　　　　　　　　051
唐·李昌符
　登临洮望萧关　　　　　052
唐·汪遵
　咏长城　　　　　　　　052
唐·吴融
　分水岭　　　　　　　　053
　首阳山　　　　　　　　053
唐·钱翔
　春　恨（三选一）　　　053
唐·张碧
　野田行　　　　　　　　054
唐五代·牛峤
　定西番·紫塞月明　　　054
　更漏子·星渐稀　　　　055
唐五代·牛希济
　生查子·春山烟欲收　　055
　临江仙·柳带摇风汉水滨055

宋

熙州凤鸣　　　　　　　　056
宋·张先
　熙州慢·武林乡　　　　057
宋·梅尧臣
　白牡丹　　　　　　　　057
　紫牡丹　　　　　　　　058
宋·曾巩
　一　鹗　　　　　　　　058
宋·王珪
　宫词·两班齐奏玉关清　059
宋·刘敞
　熙州行　　　　　　　　059

宋·强至
　　送李山甫赴熙州　　　　　　060

宋·蒋子奇
　　寄超然台故友　　　　　　061

宋·苏轼
　　再送蒋颖叔帅熙河（二首）　061
　　获鬼章二十二韵　　　　　061
　　郿　坞　　　　　　　　　063
　　鲁直所惠洮河石砚铭　　　063

宋·范祖禹
　　送蒋颖叔赴熙州　　　　　063

宋·孔武仲
　　送游景叔使陕西　　　　　064

宋·黄庭坚
　　次韵游景叔闻洮河捷报寄诸将
　　　　　　　　　　　　　064
　　启至大寨闻擒鬼章捷书上奏喜而
为诗　　　　　　　　　　　064
　　刘晦叔许洮河绿石砚　　　065
　　以团茶洮州绿石砚赠无咎文潜　065

宋·吕南公
　　送人游边二首（其一）　　065

宋·晁补之
　　赠戴嗣良歌时罢洪府监兵过广
陵为东坡公出所获西夏刀剑东坡公
命作　　　　　　　　　　　066
　　仲光寄纻袍　　　　　　　067

宋·游师雄
　　贺岷州守种谊破鬼章二首（其一）
　　　　　　　　　　　　　067

宋·张耒
　　鲁直惠洮河绿石研冰壶次韵　068

宋·张舜民
　　巩州首阳铺鸟鼠同穴　　　068
　　寄十二月二十五日行次渭源走
熙帅范巽之　　　　　　　　069
　　京兆安汾叟赴辟临洮幕府南舒
李君自画阳关图　　　　　　069

宋·许景衡
　　寄卢中甫四首（其一）　　070

宋·陆游
　　古筑城曲　　　　　　　　071
　　古　意　　　　　　　　　071
　　重九怀独孤景略　　　　　071
　　梦至成都怅然有作　　　　071
　　休日与客燕语既去听小儿诵书
因复作草数纸　　　　　　　072
　　陇头水　　　　　　　　　072

宋·项安世
　　都下送外舅任知县赴茶马司辟
　　　　　　　　　　　　　073

宋·杨冠卿
　　归自淮右读楚辞有感　　　073

宋·陈普
　　咏史下·曹丕（其一）　　074

金元

金元麟角　　　　　　　　　075

金·董师中
　　自临洮还　　　　　　　　076

金·冯延登
　　洮石砚　　　　　　　　　076

金·雷渊
　　洮石砚　　　　　　　　　076

金·元好问
　　赋泽人郭唐臣所藏山谷洮石砚
　　　　　　　　　　　　　　　077
金·邓千江
　　望海潮·献张六太尉　　　077
元·马祖常
　　饮酒五首（其四）　　　　078
元·无名氏
　　元杂剧《锦云堂暗定连环计》079

明

诗耀星河　　　　　　　　　　106
明·王中
　　咏玉井峰　　　　　　　　107
　　玉井峰　　　　　　　　　107
明·罗贯中
　　董卓迁都　　　　　　　　108
　　董卓之死　　　　　　　　108
明·陈质
　　马衔风雪　　　　　　　　108
　　洮水秋声　　　　　　　　109
明·解缙
　　寓河州（其二）　　　　　109
　　洮水秋声　　　　　　　　109
明·薛瑄
　　送陈都御史之临洮　　　　110
明·张弼
　　送陕西吴宪副仲玉守备洮岷诗
一首　　　　　　　　　　　　111
明·朱阳仲
　　出塞曲　　　　　　　　　111
明·刘源

洮阳八景　　　　　　　　　　112
明·杨一清
　　山丹题壁　　　　　　　　115
明·曹英
　　赋得北岭横云　　　　　　115
明·余璨
　　万寿观　　　　　　　　　116
明·李梦阳
　　出　塞　　　　　　　　　116
明·何孟春
　　临岷道中　　　　　　　　117
明·刘宪
　　摩云岭　　　　　　　　　117
　　过沙泥驿　　　　　　　　117
明·徐祯卿
　　从军行　　　　　　　　　118
明·何景明
　　陇右行送徐少参　　　　　118
明·莫抑
　　洮　水　　　　　　　　　119
明·唐龙
　　临　洮　　　　　　　　　120
　　摩云岭　　　　　　　　　120
明·赵贞吉
　　临洮院后半壁古城歌　　　120
　　临洮院后较射亭放歌行　　121
明·汤显祖
　　夏州乱　　　　　　　　　121
明·冯惟讷
　　皋兰观兵　　　　　　　　122
明·徐渭
　　射雁篇赠朱生　　　　　　122

明·李弼

　　超然台　123

明·宋贤

　　陪孙月岩道长登超然台次韵　124

明·雍焞

　　超然台　124

明·李濂

　　弔竹园雍翁诗　125

明·杨椒山

谪贬临洮及狱中诗联

　　小儿索余画骑马官，因索诗随

吟父子问答口号　126

　　经渭水喜雨途中　127

　　鸟鼠山　127

　　同门生五十人游卧龙山寺　127

　　游天华山　127

　　风送榆钱入户　128

　　言志诗　128

　　夏午睡胡敬所年兄因见教作此

和谢（其一）　128

　　夏午睡胡敬所年兄因见教作此

和谢（其二）　128

　　夏午睡胡敬所年兄因见教作此

和谢（其三）　128

　　读易有感　129

　　送狄道训导李南峰掌教清水　129

　　送张兑溪之任庐州　129

　　有　感　129

　　和赵兵马海壑韵　130

　　小　雪　130

　　元旦有感　130

　　元旦狱中自制素纸灯笼，狱卒

以无文彩，索诗，赋此　131

　　临刑诗　131

　　联语六则　131

　　狱中与超然书院诸生书　132

明·李汶

　　过洮堡　133

明·杨文莒

　　忠愍公书院　133

明·黄升

　　椒山书院次见薇杨年丈韵　133

明·荆州郡

　　立春日陪侍御杨公书院赓韵　134

　　马衔风雪　134

　　麝香坡晚笛　134

明·王日然

　　超然台上浮图　135

明·高伟

　　题超然台上浮图　135

明·任彦荚

　　登超然台谒杨忠愍公（四首）　136

明·祁光宗

　　谒杨忠愍公祠（二首）　137

明·邢云路

　　谒杨忠愍公祠（二首）　137

明·刘三省

　　谒杨忠愍公祠（二首）　138

明·唐懋德

　　谒忠愍公祠步韵（二首）　139

　　春日同王司理游超然台（四首）

　139

明·花山

　　望超然书院　140

椒山书院留饮　　　　　141

明·张万纪

超然台有怀椒山年兄　　141

临江仙·游西岩寺效陈简斋体
（二首）　　　　　　　141

明·暴孟奇

洮阳漫兴　　　　　　142

登超然台次四山韵（四首）　142

明·王彤

登超然书院怀椒山回吟　143

明·曹可登

超然台思椒山　　　　143

明·李维桢

超然台谒杨忠愍公祠谪日授徒
处（六首）　　　　　144

明·潘光祖

题伏波将军碣石诗　　145

凤台谒忠愍杨公祠　　145

灵宝道中偶忆西岩寺避暑　145

赵长德邀同张南斗杨晋卿袁介
卿游高石崖寺（三首）　145

重游佛归寺　　　　　146

明·詹理

临洮院中次孙月岩道长薄暮不寐
　　　　　　　　　147

明·贺愈

游偕乐园　　　　　　147

明·甘茂淳

西岩寺有感　　　　　147

明·李日华

赞洮砚　　　　　　　148

明·吴定

洮阳守岁　　　　　　148

明·陈斐（生平不详）

沙泥驿晓行　　　　　149

明·甘茹

同彭张二宪使周参佰洮城南楼
宴眺　　　　　　　　149

明·石介

九月寓洮阳　　　　　149

明·李逊学

九日寓洮阳次韵　　　150

临洮道中　　　　　　150

明·刘含辉

送张司训之狄道　　　151

明·杨美益

嘉靖丙辰六月五日雨甚，谢兵宪、
周少参相邀于宝塔寺漫识之壁间　151

嘉靖丙辰八月念一日阅武东郊，
适谢兵宪、孟宪副、周少参、冯金宪
四公见邀超然台上漫兴（二首）　151

明·杨行恕

游莲花山（二首）　　152

明·吴垲（生平不详）

翠岩铺　　　　　　　153

明·杨恩

夏日游西岩寺　　　　153

明·蔡可贤

闻洮河警　　　　　　153

明·刘承学

土门带险　　　　　　154

槐树关　　　　　　　154

明·吴景旭

辩砚诗　　　　　　　154

清

堂皇气象　　　　　　　　　156

清·乾隆·爱新觉罗弘历
　　西清砚谱铭　　　　　　157

清·钱谦益
　　洮河石砚歌　　　　　　157

清·黄宗羲
　　史滨若惠洮石砚　　　　158

清·许珌
　　谒杨忠愍公祠（二首）　159
　　临洮寒食　　　　　　　159

清·梁清標
　　送宝臣舅氏之任临洮　　160

清·朱彝尊
　　咏洮砚　　　　　　　　160

清·张晋
　　古风十九首（选二）　　161
　　四灾异词（选一）　　　162
　　明月歌（四首）　　　　162
　　丰年歌　　　　　　　　163
　　乌夜啼　　　　　　　　163
　　春鸠鸣　　　　　　　　164
　　庄门东有古松六株，为邻人刘家
树。与我久有情，不可无词，乃望而
赋此　　　　　　　　　　164
　　迎神曲　　　　　　　　164
　　古墨歌答程翼苍太史　　165
　　戊戌初度八歌　　　　　165
　　醉书吉太邱战袍上　　　166
（绝句选）
　　忆芝园（三首）　　　　167
　　渡渭思亲　　　　　　　167

早耕　　　　　　　　　　　168
秋兴（三首）　　　　　　　168
（律诗选）
　　东岩　　　　　　　　　168
　　老子说经台　　　　　　169
　　椒山先生祠（二首）　　169
　　临洮　　　　　　　　　169
　　秋望八首（选四）　　　170
　　长安十首（选四）　　　171
　　河上作　　　　　　　　172
　　黄莺　　　　　　　　　172
　　菊花　　　　　　　　　172
　　牡丹　　　　　　　　　172
　　镇边楼　　　　　　　　173
　　竺原寺二首（选一）　　173
　　河州王庄毅公墓　　　　173
　　春愁　　　　　　　　　174
　　赐宴　　　　　　　　　174
　　送滑豹山司李　　　　　174
　　三月晦日送张碧耦西归　174
　　思亲　　　　　　　　　175
　　思归　　　　　　　　　175
　　除夕　　　　　　　　　175
　　寄心觊舅　　　　　　　176
　　梅花诗十五首（选六）　176
（词选）
　　苏幕遮·苦雪　　　　　177
　　丑奴儿·听筝　　　　　178
　　点绛唇·春怀　　　　　178

清·施闰章
　　送张康侯之京口（时召见赐宴）
　　　　　　　　　　　　178

清·宋琬
　　送张康侯进士赴选　　179

清·孙枝蔚
　　赠丹徒明府张康侯　　179
　　挽张康侯（二首）　　180

清·许之渐
　　过超然书院谒忠愍祠感怀　　180

清·李道昌
　　新秋感怀　　181
　　谒杨忠愍祠　　181

清·许孙荃
　　张卢州祠　　182
　　超然台书院谒椒山先贤配享者
邹公应龙张公万纪　　182

清·丁澎
　　塞上曲　　182

清·戚藩
　　洮水长桥　　183

清·张谦
　　送胡父师守清渊（其二）　　183
　　洮溪暮望　　183
　　寄白石圃讯南郊旧居　　184
　　舟　夜　　184
　　归　雁　　184
　　江上杂感（二选一）　　184
　　平山春望　　185
　　归来口号（二首）　　185
　　宝剑歌　　185

清·王全成
　　夏日望雪山　　186

清·查慎行
　　军中行乐词　　186

清·吴士玉
　　漪漪含风洮州泯　　187

清·汪元綗
　　题梨云书屋　　187

清·岳钟琪
　　出　塞　　188
　　征　藏　　188
　　秦　栈　　188

清·朱受祜
　　龙泉寺　　189

清·娄玠
　　石崖寺　　189

清·赵援
　　和申念董秋日晚步原韵　　190
　　立　秋　　190

清·吴伯裔
　　临川阁落成次友人韵　　190

清·魏宗制
　　佛　沟　　191

清·张逢壬
　　诸英少枉集草堂会文喜而赋此　　191
　　玉井峰　　192
　　题莲花山　　192
　　游唐泉寺赠双明上人　　192
　　龙泉寺　　192
　　高石崖寺和前明潘海虞先生韵　　193
　　南屏山　　193

清·魏宗谏
　　青　山　　193

清·吴秉元
　　灯花词　　194
　　洮水吟　　194

清·王维新
　　洮阳八景　　　　　　　　194
清·黄命选
　　栖霞阁　　　　　　　　　196
　　踏雪寻梅图　　　　　　　196
清·吴秉谦
　　送友人归里　　　　　　　196
清·史谦
　　七夕词　　　　　　　　　197
　　过东峪怀王龙泉先生父子　197
清·宋馥
　　佛沟寺　　　　　　　　　198
清·李炌
　　春　晓　　　　　　　　　198
清·吴秉忠
　　题侯鹤洲画　　　　　　　198
清·吴钦
　　山　居　　　　　　　　　199
清·秦济
　　北极观古碑歌　　　　　　199
清·张礊
　　超然台　　　　　　　　　200
清·黄镇
　　登临川阁　　　　　　　　200
清·亢英才
　　超然台　　　　　　　　　201
　　卧龙山　　　　　　　　　201
清·吴鉴
　　秋日喜友人邀饮安积寺　　202
　　游雍氏园亭作（二首）　　202
清·史諴
　　与客游朝阳洞　　　　　　202

　　酬门生馈酱醋　　　　　　203
清·张守
　　唐泉寺　　　　　　　　　203
清·王鸣珂
　　赋得东岩伏冰　　　　　　203
清·李法
　　临川阁　　　　　　　　　204
　　超然台歌　　　　　　　　204
　　洮阳河神祠古柳歌　　　　205
清·马喜雄
　　玉井峰　　　　　　　　　206
清·晏毓桂
　　滴水崖　　　　　　　　　206
清·张世永
　　清水渠　　　　　　　　　206
清·毛文標
　　侯和城　　　　　　　　　207
清·任言注
　　栖云洞　　　　　　　　　207
清·姜继周
　　南观坪　　　　　　　　　208
清·牟继祖
　　红道峪　　　　　　　　　208
清·张汝辑
　　南川道口占　　　　　　　209
清·毛济美
　　栖云洞怀王仲可、张率一二先生
　　　　　　　　　　　　　　209
清·田荣生
　　蜀　葵　　　　　　　　　210
清·黄鉴
　　闰九日登高即事　　　　　210

书院金鱼 210
性　定 210
清·刘绵
闰九日登高即事 211
清·高元龙
隆禧寺 211
西岩寺 212
清·张鉴
赞洮砚 212
清·王克允
临川阁落成次人韵 212
清·苟绘龄
赠吴松崖 213
春日登西岩寺 213
清·刘维灏
题枫林远眺图 213
清·黄钟
残菊次友人韵 214
清·张玠
春草吟 214
灞桥别人 214
清·赵起蔺
赠苟纪千先生（二选一） 215
清·孙谋诒
冬岭秀弧松（二选一） 215
清·王宜
闰九日登高即事 215
清·姜芹
与吴信辰游河西 216
清·司朝俊
临川阁 216
清·樊必遴

宿莲花山寺 216
清·李尚质
甖鸹 217
清·王元德
拟木兰从军（二首） 217
花　前 217
清·司绶
咏日中牡丹 218
清·雷震远
负　暄 218
清·张炎
游武当山感赋 219
清·侯维翰
题吴居士林亭 219
清·赵为一
剑客图 219
清·王钦祖
玫　瑰 220
清·宋国森
早春郊游 220
清·吴镇
一、松花庵诗草
送　人 221
候马亭歌 221
古　意 221
戏寄王又舆 222
午　梦 222
登　楼 222
访张薇客不遇 222
过马嵬 223
榆钱曲 223
梦真谷师作 223

松花庵歌　　　　　　　223
初日何杲杲　　　　　　224
饮马长城窟行　　　　　224
响水崖　　　　　　　　225
我忆临洮好（十首）　　225
韩城竹枝词（二首）　　227
二、游草
荷苞牡丹　　　　　　　228
留别陵县士民（四首）　228
木兰村（二首）　　　　229
武昌九日　　　　　　　229
客　至　　　　　　　　229
渡　河　　　　　　　　230
辰沅舟中　　　　　　　230
赠江明府乙帆　　　　　230
三、逸草
题哥舒翰纪功碑　　　　230
大堤曲　　　　　　　　231
落叶曲　　　　　　　　231
夜夜曲　　　　　　　　232
故乡行　　　　　　　　232
谒郭令祠有怀李白（二首）232
北河杨忠愍祠　　　　　233
题村壁　　　　　　　　233
马鹿山（二首）　　　　233
寄黎勤庵　　　　　　　234
大雪访张温如　　　　　234
空山堂师远寄长歌敬和一首以
代短札　　　　　　　　234
潘生行赠怀瑾　　　　　235
山居晚眺　　　　　　　236
题邹兰谷先生遗像册后（四选一）

236
苏绣崖副使《高秋立马图》歌

236
四、兰山诗草
薛王坪歌　　　　　　　237
法云寺　　　　　　　　238
安远坡望白石山　　　　238
高桥神女庙　　　　　　239
题五竹寺　　　　　　　239
河神祠古柳和李实之孝廉（四
选二）　　　　　　　　239
读阮侍郎《京都杨椒山先生松筠
庵记》，知公已为直隶都城隍感作二首，
用以快人心而彰直道也　240
题马绳武《偷闲吟》　　240
五、补逸
临川阁杂咏（九首）　　241
云界寺　　　　　　　　243
和章晓先生游玉峰山韵　243
南川八景诗　　　　　　244
六、集句诗
高石崖　　　　　　　　246
松鸣岩　　　　　　　　246
临川阁和握之弟　　　　246
台湾平定喜而有作（八选二）247
乡　思（集唐）　　　　247
七、诗余
凤凰台上忆吹箫·乡思　247
浪淘沙·耀州九日　　　248
行香子·纪梦　　　　　248
西江月·襄樊舟中作　　248
画堂春·清明　　　　　248

醉太平·戏戒填词作 249
清·杨芳灿
买陂塘·送吴松崖赴金陵 249
清·李植
题友人赠绣佛图 250
清·刘谦
拟木兰从军 250
清·董志远
拟木兰从军 250
清·王问交
述 怀 251
清·王思聪
闰九日登高即事 251
清·史进第
送和五瑾泰从军 251
东山晚眺 252
西城角寺 252
木兰行 252
清·毛启凤
端午日洮河即事 253
石觉庵 253
和张玉崖晓发关山 253
同吴信辰何临远游喇儿寺 253
醉题中山馆壁 254
清·黄呈秀
临川阁怀古 254
冬岭秀孤松 255
清·许海
拟木兰从军 255
清·王寅
闰九日登高即事 255
清·李校

题高竹园戎伯小照 256
清·刘廷葆
超然台 256
清·张克念
望红道峪 257
侯和城怀古 257
清·张所蕴
白马郎 257
郊 游 257
清·文铭
黄孝子歌 258
郊 兴 258
清·李尚德
月夜作 258
岁暮乡思 259
晓风楼 259
清明过兑溪张公墓下作 259
清·刘良德
虞美人草 260
清·陈翰猷
途中宿红崖村 260
清·魏学文
题天台访道图 261
清·李尚贤
不 寐 261
度香桥 261
六松轩 261
清·吴钢
洮溪晚眺 262
自皋兰归来作 262
游南城角寺 263
清·李随蔚

秋水阁　　　　　　263

清·刘炯

雪后桥　　　　　　263

雪后径　　　　　　264

清·康希正

移菊自河州　　　　264

菊　花（六选三）　264

清·潘性敏

九华观即事　　　　265

西岩寺　　　　　　265

清·王者兰

秋水阁　　　　　　265

清·陈玙

新　寺　　　　　　266

清·武殿元

友人送白桃花　　　266

清·萧声和

客中偶成　　　　　266

瓶中芍药　　　　　267

清·杨文光

晚归山庄　　　　　267

清·赵文蔚

草亭远眺　　　　　267

清·牟永安

短发吟　　　　　　268

清·吴锭

渔翁歌　　　　　　268

普觉寺双松　　　　268

石笋歌　　　　　　269

晓风楼（二选一）　269

秋水阁落成偕诸友登览有作

（二选一）　　　　269

宿卧龙寺　　　　　270

九月五日初雪　　　270

晚归山庄　　　　　270

僻　地　　　　　　271

清·吴審然

老　农　　　　　　271

清·李尚宾

春日试笔　　　　　271

清·赵峥

友人约携酒赏菊不至　272

清·史慕圣

偕张绳其王四达游罗氏园　272

清·张祖武

拟木兰从军　　　　272

清·王克勤

题白香山诗集后　　273

清·吴简默

宿东岩寺　　　　　273

登临川阁　　　　　273

玉井峰　　　　　　274

超然台　　　　　　274

西岩寺　　　　　　274

客　至　　　　　　275

板屋对雪　　　　　275

清·陆度

题友人惜分阴图　　275

清·李蓂

瓦枕曲　　　　　　276

清·张所维

悼　花（三选一）　276

清·王元英

雪　地　　　　　　276

清·李遇春
　　归　思　　　　　　　　　277

清·毛诰
　　秋　兴　　　　　　　　　277

清·于文璐
　　谷中行　　　　　　　　　278

清·马绍融
　　秋水阁　　　　　　　　　278
　　晓风楼　　　　　　　　　279
　　河神祠古柳奉和李坦庵孝廉　279

清·王凤鸣
　　西岩秋望　　　　　　　　279

清·黄世濬
　　友人送白桃花　　　　　　280

清·张兆鳞
　　赠詹上人二首（选一）　　280

清·史锐
　　秋　柳　　　　　　　　　280

清·张建珌
　　雁　字　　　　　　　　　281

清·史相
　　题天女图　　　　　　　　281

清·闫麟书
　　增杨都阃戎伯　　　　　　282

清·孙祥增
　　夏日友人园亭小饮　　　　282

清·司鐏
　　鸭　　　　　　　　　　　282

清·樊学诗
　　白桃花　　　　　　　　　283

清·张大成
　　夹竹桃　　　　　　　　　283

清·赵翼
　　拟杜甫诸将（其四）　　　283

清·沈青崖
　　临　洮　　　　　　　　　284
　　宿辛店正觉寺　　　　　　284
　　洮　砚　　　　　　　　　284
　　谒忠愍公祠　　　　　　　285
　　答郭恬庵使见和无觉寺题壁　285

清·任祯
　　洮水流珠　　　　　　　　285

清·张开界
　　西岩秋望　　　　　　　　286

清·师三省
　　西　岩　　　　　　　　　286

清·李苞
　　宿峡口驿　　　　　　　　287
　　梦游家园　　　　　　　　287
　　画梅花　　　　　　　　　287
　　菊　花　　　　　　　　　287
　　崇信学署偶成　　　　　　288
　　鉴山寺阁晚眺　　　　　　288
　　呈七绝五章　　　　　　　288
　　秋　夜　　　　　　　　　289
　　古　意　　　　　　　　　289
　　偶　成　　　　　　　　　289
　　新店早行至沙坡晓望　　　290
　　园松行　　　　　　　　　290

清·张其德
　　芍　药　　　　　　　　　291

清·张文灿
　　灯下苦吟寄李元方　　　　291

清·雷率祖

溪　行 291

清·于跃渊

　照　镜 292

　秋　日 292

清·武安邦

　秋水阁 292

　晓风楼 293

　蜘蛛讽 293

清·刘怀俊

　志乐园草亭远眺 293

清·李莊

　秋　兴 294

清·魏玢

　片石桥 294

清·李芮

　偃月池 294

清·吴承佑

　春　游 295

清·宋良冶

　晓风楼 295

清·张韶

　秋水阁 295

清·李华春

　汤阴谒岳武穆庙（四选二） 296

　板　屋 296

　学　奕 297

　游松鸣岩 297

　哭松崖夫子（七选三） 297

　初到清涧学署咏怀 298

清·陈嘉言

　过　雨 298

清·陈含贞

秋夜读书 299

清·田九畴

　晓风楼 299

清·张懋

　买　石 299

清·吴承祖

　游象山 300

清·李荐

　秃　笔 300

　破　砚 300

　残　墨 301

　烂　纸 301

清·张友直

　西岩秋望 301

清·许绍卿

　送客南还 302

清·翰光

　雪中访友 302

清·闫修德

　山居寄白衣上人 302

清·李葳

　临川阁即事 303

清·廖尚简

　宿佛沟寺 303

清·张若星

　秋水阁 304

清·吴承纪

　茶　壶 304

清·李芬

　题芦雁便面 304

清·杨纬元

　南坛纳凉绝句 305

清·张协曾
　夜宿超然台　　　　　305
　石门山　　　　　　　305
　莲花山　　　　　　　306
　登面山楼　　　　　　306
　张兑溪墓　　　　　　306
清·李榆
　晓风楼　　　　　　　307
清·刘选士
　咏雪　　　　　　　　307
清·许世功
　山居　　　　　　　　307
清·岳维秀
　闺怨　　　　　　　　308
清·王材
　闲中偶成　　　　　　308
清·王者香
　游松鸣岩　　　　　　308
清·黄居正
　题画鸡　　　　　　　309
清·王凤仪
　惆怅　　　　　　　　309
清·武溥
　赠人　　　　　　　　309
　题画葡萄　　　　　　310
清·李苾
　葫芦　　　　　　　　310
　杨柳枝曲送人之渭源（三选一）
　　　　　　　　　　　310
清·赵瀚
　雁字　　　　　　　　311
清·文国干

秋水阁　　　　　　　311
老农　　　　　　　　311
栖霞阁　　　　　　　312
清·李荃
　山水有清音　　　　　312
清·刘士元
　鼠须笔　　　　　　　313
清·陈瑢
　牡丹开时独酌　　　　313
清·李正春
　观音面牡丹　　　　　313
清·吴承福
　秋水阁　　　　　　　314
　城角寺　　　　　　　314
　山园漫兴　　　　　　314
　遥和友人重阳醮集诗（二首）315
　诗社成漫赋　　　　　315
　著书　　　　　　　　316
清·史伓
　南城角秋望　　　　　316
清·田锡龄
　侯和城　　　　　　　316
　河神祠古柳和李实之孝廉韵　317
清·孙孝增
　崆峒山　　　　　　　317
清·李荫墀
　晓起　　　　　　　　318
清·吴承勋
　题北极观哥舒碑　　　318
清·李英
　白凤仙　　　　　　　319
　月　　　　　　　　　319

清·张益涵

  竹　　　　　　　　319

  菊　　　　　　　　319

清·郭度

  摩云岭　　　　　　320

清·刘存爱

  郊　行　　　　　　320

清·张椐

  刘一峰列子御风图　320

清·许奋翰

  梦　人　　　　　　321

清·张枢

  纸　花　　　　　　321

清·张菜

  小　园　　　　　　322

清·李蓉

  池中五色鱼　　　　322

清·吴承志

  古　意　　　　　　322

清·李芹

  题金焦便面　　　　323

  中秋夜大雪　　　　323

清·李荷

  春　闺　　　　　　323

清·李萱

  题友人别墅　　　　324

清·吴承禧

  西岩寺即事　　　　324

  东山晚眺怀李元方表兄　324

  晚　晴　　　　　　325

  题农家至乐图　　　325

  春闺思　　　　　　325

  古　镜　　　　　　325

  静　坐　　　　　　326

  秋夜感怀　　　　　326

  村　居　　　　　　326

  游马麓山　　　　　326

  早起偶成　　　　　327

  游高石崖　　　　　327

清·陆芝田

  赠　人　　　　　　327

清·姜位东

  竹雨鸣秋　　　　　328

清·吴承礼

  夏　晚　　　　　　328

清·李振新

  探　春　　　　　　328

  超然台怀古　　　　329

清·魏志清

  桃　花　　　　　　329

清·吴槐

  凤尾草　　　　　　329

  龙　柏　　　　　　330

清·李作新

  三春柳　　　　　　330

  怀戎堡竹枝词　　　330

清·祁进修

  田家杂兴　　　　　330

清·张维藩

  怀张琢卿　　　　　331

清·李芍

  钱二十二韵　　　　331

清·吴林

  送人归里　　　　　332

清·刘含英
　　辛店道中即景　　　　　　332
清·王星樵
　　超然台谒杨忠愍公祠（二首）333
　　狄道三月二十八日泰山庙会戏
作（四首）　　　　　　　　333
清·魏椿
　　洮阳八景　　　　　　　　334
清·包永昌
　　雪夜忆李西平父子（二首）336
清·胡俊
　　超然台怀古　　　　　　　336
　　西岩寺凭眺　　　　　　　336
清·国栋
　　登临川阁　　　　　　　　337
　　登超然台谒杨忠愍公祠诗（二
选一）　　　　　　　　　　337
清·左拱枢
　　东　岩　　　　　　　　　337
清·郭朝祚
　　元觉寺楼见沈寓舟观察题壁作此
奉寄　　　　　　　　　　　338
清·章德焜
　　九日游玉峰山　　　　　　338
清·张理治
　　思　乡　　　　　　　　　339

清·张自镜
　　永宁桥　　　　　　　　　339
清·王源瀚
　　对雪读吴松崖先生诗　　　340
清·李景豫
　　艮　岳　　　　　　　　　340
　　嘉州晚发　　　　　　　　340
　　栈道杂诗二首　　　　　　341
　　题谢宣城诗后　　　　　　341
　　村居赠天山人暹士　　　　341
　　武连驿遇雨，寄怀成都李湘石，
张蓟　　　　　　　　　　　342
　　彰德怀古　　　　　　　　342
　　夕阳亭　　　　　　　　　342
　　花蕊夫人词　　　　　　　342
　　候马亭歌　　　　　　　　343
清·李道真
　　断桥亭（节选）　　　　　344
　　周遇吉上关拜寿（节选）　344
　　哭土牢（节选）　　　　　344
清·李镜清
　　题杨椒山　　　　　　　　346
　　题双忠祠　　　　　　　　346
主要参考书目
跋
后　记

先秦两汉

诗乡滥觞

远在新石器时期，我们勤劳聪慧的先民在这方热土上创造了辉煌灿烂的马家窑、寺洼、辛店等文化，与殷商王朝交往密切。尤在春秋战国时，秦先王数伐戎狄以拓疆土；首设狄道而郡陇西；大筑长城为固边防。其将士同仇敌忾，视死如归；其妇女思夫情深，重义勉赏。他们用心声歌唱现实生活，为我们还原了鲜活的历史。其诗歌基调积极向上，奋发有为；其旋律雄浑高亢，悲壮苍凉，可谓边塞诗之滥觞。

秦风汉续，鼓吹相闻；武皇开边，经略西域；陇山洮水，声远韵长。现让我们面对"逝者如斯夫"的汤汤洮水，穿越时空，去聆赏那古韵绝唱吧。（马志骏）

诗经·商颂·殷武（节选其二）

维女荆楚，居国南方。昔有成汤，自彼氐羌，莫不敢来享，莫不敢来王，曰商是常。

注：这是一首宋君祭祀殷高宗的乐歌，全诗六章，颂其伐诸侯，修宫室之功。本章述及成汤服氐羌事。约公元前1700年，时氐羌即在甘肃青海一带，从那时起，陇西狄道已在殷商王朝的势力范围内。

诗经·秦风·无衣

岂曰无衣？与子同袍，王于兴师，修我戈矛。与子同仇。
岂曰无衣？与了同泽，王于兴师，修我矛戟。与子偕作。
岂曰无衣？与子同裳，王于兴师，修我甲兵。与子偕行。

注：公元前623年，秦穆公伐戎翟（狄），"益国十二，开地千里"，置陇右于秦的势力范围，为后设置陇西郡狄道奠定了基础。《无衣》篇记述了军士同仇敌忾，共赴"王命"的历史。

诗经·秦风·小戎

小戎俴收，五楘梁辀。
游环胁驱，阴靷鋈续。
文茵畅毂，驾我骐馵。
言念君子，温其如玉。

在其板屋，乱我心曲。

四牡孔阜，六辔在手。

骐骝是中，騧骊是骖。

龙盾之合，鋈以觼軜。

言念君子，温其在邑。

方何为期？胡然我念之。

俴驷孔群，厹矛鋈錞。

蒙伐有苑，虎韔镂膺。

交韔二弓，竹闭绲縢。

言念君子，载寝载兴。

厌厌良人，秩秩德音。

注：《秦风·小戎》是一首描叙妻子思念出征丈夫的诗歌。此诗描绘了轻便华贵的战车，肥壮威风的战马，整齐配套的兵器，显示女主人公丈夫的尊贵和威武，表现了秦国尚武风俗。全诗三章，每章十句，前六句状物，后四句言情。每章内容，各有侧重，格式虽同，内涵有别，先写女子所见，后写女子所想，先实后虚，井然有序。

古歌·采薇歌

登彼西山兮，采其薇矣。

以暴易暴兮，不知其非矣。

神农、虞、夏，忽焉没兮，

吾适安归矣？

呈嗟徂兮，命之衰矣。

注:《史记·伯夷列传》:"武王已平殷乱，天下宗周，而伯夷、叔齐耻之，义不食周粟，隐于首阳山下（今渭源境内），采薇而食之。及饿且死，作歌……"

西汉·辛延年

辛延年，陇西狄道（今临洮）人，秦汉著名诗人，作品仅存《羽林郎》一首，为汉诗中优秀之作。

羽林郎

昔有霍家奴，姓冯名子都。

依倚将军势，调笑酒家胡。

胡姬年十五，春日独当垆。

长裙连理带，广袖合欢襦。

头上蓝田玉，耳后大秦珠。

两鬟何窈窕，一世良所无。

一鬟五百万，两鬟千万余。

不意金吾子，娉婷过我庐。

银鞍何煜爚，翠盖空踟蹰。

就来求清酒，丝绳提玉壶。

就我求珍肴，金盘脍鲤鱼。

贻我青铜镜，结我红罗裾。

不惜红罗裂，何论轻贱躯。

男儿爱后妇，女子重前夫。

人生有新旧，贵贱不相逾。

多谢金吾子，私爱徒区区。

评论：铺陈秾至，与《陌上桑》同一副笔墨。

西汉·刘细君

刘细君（约前121—前101），西汉宗室江都王刘建的女儿，武帝派遣其与乌孙国和亲，据说出陇西狄道嫁乌孙国王。

悲秋歌

吾家嫁我兮天一方，远托异国兮乌孙王。

穹庐为室兮毡为墙，以肉为食兮酪为浆。

居常土思兮心内伤，愿为黄鹄兮归故乡。

西汉·霍去病

霍去病（前140—前117），河东平阳（今山西临汾）人。西汉名将、杰出军事家、民族英雄。十八岁为嫖姚校尉，史称"霍嫖姚"。北逐匈奴，屡建奇功，官至大司马骠骑将军，封冠军侯。英年早逝，陪葬茂陵，谥封景桓侯，取义"并武与广地"之意。

霍将军歌

汉·无名氏：霍将军歌者。霍去病之所作也。去病为讨寇校尉。为人少言。

勇而有气。使击匈奴。斩首两千。后六出。斩首十余万级。益封万五千户。秩禄与大将军等。于是志得意欢。乃援琴而鼓之曰：

四夷既获诸夏康兮。国家安宁乐未央兮。

载戢干戈弓矢藏兮。麒麟来臻凤皇翔兮。

与天相保永无疆兮。亲亲百年各延长兮。

注：西汉名将霍去病于元狩二年（前121）春，汉武帝任命其为骠骑将军，率领精骑一万人从陇西狄道（今临洮）出发，攻打匈奴，长驱直入，势如破竹，"逾乌鳖，讨逮濮，涉狐奴，历五王国，辎重人众慑慴者弗取，冀获单于子。转战六日，过焉支山千有余里，合短兵，杀折兰王，斩卢胡王，诛钘，执浑邪王子及相国、都尉，首虏八千余级，收休屠祭天金人"。汉对匈奴战争的胜利，打通了河西走廊丝绸之路，给边疆带来安宁。

东汉·桓帝初小麦童谣

小麦青青大麦枯，

谁当获者妇与姑。

丈人何在西击胡。

吏买马，君具车，

请为诸君鼓咙胡。

注：元嘉中，凉州诸羌，一时俱反，命将出师，每战常负。于是官吏买马具车，百姓打仗成为安边的定制。

汉·无名氏

陇西行

天上何所有？历历种白榆。

桂树夹道生，青龙对道隅。

凤凰鸣啾啾，一母将九雏。

顾视世间人，为乐甚独殊！

好妇出迎客，颜色正敷愉。

伸腰再拜跪，问客平安不？

请客北堂上，坐客毡氍毹。

清白各异樽，酒上正华疏。

酌酒持与客，客言主人持。

却略再拜跪，然后持一杯。

谈笑未及竟，左顾敕中厨。

促令办粗饭，慎莫使稽留。

废礼送客出，盈盈府中趋。

送客亦不远，足不过门枢。

娶妇得如此，齐姜亦不如。

健妇持门户，亦胜一丈夫。

注：陇西，郡名，郡治狄道，在今甘肃临洮西南。《陇西行》是汉代乐府诗中的一首古词，属《相和歌辞》。此诗赞美一位善于操持门户的"健妇"殷勤应对宾客的过程，塑造了一个刚强自立的妇女形象。全诗笔触细腻，风格质朴，仿佛一幅古朴纯真的陇西古代风俗画，具有古代陇西风情的浓烈淳厚而又诱人的艺术魅力。

汉·杂歌谣辞
陇头歌（二首）

一

陇头流水，分离西下。

念我行役，飘然旷野。

登高远望，涕零双堕。

二

陇头流水，鸣声幽咽。

遥望秦川，心肝断绝。

注：选自《古诗源》。当是汉代度陇赴边的征卒吟唱的歌谣。

东汉·曹操

东汉·曹操（155—220），字孟德，小名阿瞒、吉利，沛国谯县（今安徽亳州）人。中国古代杰出的政治家、军事家、文学家、诗人。东汉末年权相，太尉曹嵩之子，曹魏的奠基者，追尊为魏武帝。

薤露行

惟汉廿二世，所任诚不良。

沐猴而冠带，知小而谋强。

犹豫不敢断，因狩执君王。

白虹为贯日，己亦先受殃。

贼臣持国柄，杀主灭宇京。

荡覆帝基业，宗庙以燔丧。

播越西迁移，号泣而且行。

瞻彼洛城郭，微子为哀伤。

注：《薤露行》写了汉末董卓之乱的前因后果，读来就如浏览一幅汉末的历史画卷，展现出当时重大的历史事变及社会生活纷繁复杂的具体面貌，表达了诗人对汉室倾覆，人民遭受乱离之苦的悲伤和感叹。

东汉·王粲

东汉·王粲（177—217），字仲宣。山阳郡高平（今山东微山）人。东汉末年文学家、官员，建安七子之一，太尉王龚曾孙、司空王畅之孙。

七哀诗三首（其一）

西京乱无象，豺虎方遘患。

复弃中国去，委身适荆蛮。

亲戚对我悲，朋友相追攀。

出门无所见，白骨蔽平原。

路有饥妇人，抱子弃草间。

顾闻号泣声，挥涕独不还。

未知身死处，何能两相完？

驱马弃之去，不忍听此言。

南登霸陵岸，回首望长安，

悟彼下泉人，喟然伤心肝。

注：王粲评董卓云："昔大人见临洮而铜人铸，临洮生卓而铜人毁；世有卓而大乱作，大乱作而卓身灭，抑有以也。"

东汉·蔡文姬

蔡文姬（生卒年不详），名琰，字文姬。陈留郡圉县（今河南杞县）人，东汉末年文学家蔡邕之女。博学多才，擅长文学、音乐、书法。初嫁于卫仲道，丈夫死后回家。东汉末中原大乱诸侯割据，原本归降汉朝的南匈奴趁机叛乱，蔡文姬为匈奴左贤王所掳，生育两个孩子。曹操统一北方后，花费重金赎回，嫁给董祀。

悲愤诗

汉季失权柄，董卓乱天常。

志欲图篡弑，先害诸贤良。

逼迫迁旧邦，拥主以自强。

海内兴义师，欲共讨不祥。

卓众来东下，金甲耀日光。

平土人脆弱，来兵皆胡羌。

猎野围城邑，所向悉破亡。

斩截无孑遗，尸骸相撑拒。

马边悬男头，马后载妇女。

长驱西入关，迥路险且阻。

还顾邈冥冥，肝脾为烂腐。

所略有万计，不得令屯聚。

或有骨肉俱，欲言不敢语。

失意几微间，辄言毙降虏。

要当以亭刃，我曹不活汝。

岂复惜性命，不堪其詈骂。

或便加棰杖，毒痛参并下。

旦则号泣行，夜则悲吟坐。

欲死不能得，欲生无一可。

彼苍者何辜，乃遭此厄祸。

边荒与华异，人俗少义理。

处所多霜雪，胡风春夏起。

翩翩吹我衣，肃肃入我耳。

感时念父母，哀叹无穷已。

有客从外来，闻之常欢喜。

迎问其消息，辄复非乡里。

邂逅徼时愿，骨肉来迎己。

己得自解免，当复弃儿子。

天属缀人心，念别无会期。

存亡永乖隔，不忍与之辞。

儿前抱我颈，问母欲何之。

人言母当去，岂复有还时。

阿母常仁恻，今何更不慈。

我尚未成人，奈何不顾思。

见此崩五内，恍惚生狂痴。

号泣手抚摩，当发复回疑。

兼有同时辈，相送告离别。

慕我独得归，哀叫声摧裂。

马为立踟蹰，车为不转辙。

观者皆歔欷，行路亦呜咽。

去去割情恋，遄征日遐迈。

悠悠三千里，何时复交会。

念我出腹子，胸臆为摧败。

既至家人尽，又复无中外。

城郭为山林，庭宇生荆艾。

白骨不知谁，纵横莫覆盖。

出门无人声，豺狼号且吠。

茕茕对孤景，怛咤糜肝肺。

登高远眺望，魂神忽飞逝。

奄若寿命尽，旁人相宽大。

为复强视息，虽生何聊赖。

托命于新人，竭心自勖励。

流离成鄙贱，常恐复捐废。

人生几何时，怀忧终年岁。

    注：《悲愤诗》是东汉末年文学家蔡文姬创作的一首五言古体诗。该诗叙写个人的不幸遭遇和惨痛经历，真实地再现了汉末董卓之乱后的社会面貌和广大人民的悲惨遭遇。

三国魏晋南北朝

诗途沧桑

陇西古郡人杰地灵，左右历史的人物不可胜数，其功过当由历史作评判。东汉末年陇西临洮人（今甘肃岷县）董卓，自入京至诛，历时短短三年，废少帝立献帝并挟持号令，作恶多端，致汉室倾覆，天下大乱；群雄逐鹿，生灵涂炭，开启了中华史上长达三百多年的分裂战乱。三国魏晋南北朝，五胡乱华十六国，虽是一场场民族浩劫，但也为迂腐羸弱的汉儒礼制注入了孔武刚毅的少数民族血液。空前的民族大融合如凤凰涅槃，中华民族又步入了一个领先世界，强盛、文明、繁荣的大唐王朝。

董卓之乱虽给中华大地带来深重的灾难，但也使人们的思想从原儒学礼教的束缚下解放出来。有志之士，云蒸霞蔚。"观其时文，雅好慷慨，良由世积乱离，风衰俗怨，并志深而笔长，故梗概而多气也。"（刘勰《文心雕龙·时序》）成就了影响深远的"建安风骨"，打破了汉代近四百年以辞赋为重而诗歌沉寂的局面，不能不说是诗歌发展史上的幸运。

作为历史变迁中绕不开的人物董卓。就其有关诗文，我们以尊重历史的态度亦作了收编。（马志骏）

魏·左延年

左延年，三国时魏人，诗人、音乐家，活跃于黄初年间，生卒年不详。

从军行

苦哉边地人，一岁三从军。

三子到敦煌，二子诣陇西。

五子远斗去，五妇皆怀身。

注：从军行，乐府《平调曲》名。

晋书·凉武昭王李玄盛传赞

武昭英叡，忠勇霸世。

王室虽微，乃诚无替。

遗黎饮德，绝壤霑惠。

积祉丕基，克昌来裔。

注：凉武昭王李暠（351—417），字玄盛，小字长生，陇西狄道人，自称西汉飞将军李广十六世孙，十六国时期西凉开国国君，为唐朝皇室认定的先祖。

晋·辛萧

辛萧，陇西狄道人，散骑常侍傅统妻。晋代文学家，生平无可考，《隋书·经籍志》著录有集一卷，已佚。今存诗文《元正诗》《芍药花颂》《菊花颂》《燕颂》。

元正诗

元正启令节，嘉庆肇自兹。

咸奏万年觞，小大同悦熙。

燕　颂

翩翩玄鸟，载飞载扬。

颉颃庭宇，遂集我堂。

衔泥啄草，造作室房。

避彼湫隘，处此高凉。

孕育五子，靡大靡伤。

羽翼既就，纵心翱翔。

顾影逸豫，其乐难忘。

菊花颂

英英丽草，禀气灵和。

春茂翠叶，秋曜金华。

布濩高原，蔓衍陵阿。

阳芳吐馥，载芬载葩。

爰采爰拾，投之醇酒。

御于王公，以介寿眉。

服之延年，佩之黄耇。

文园宾客，乃用不朽。

芍药花颂

晔晔芍药，植此前庭。

晨润甘露，昼晞阳灵。

曾不逾时，荏苒繁茂。

绿叶青葱，应期吐秀。

缃蕊攒挺，素华菲敷。

光譬朝日，色艳芙蕖。

媛人是採，以厕金翠。

发彼妖容，增此婉媚。

惟昔风人，抗兹荣华。

聊作兴思，染翰作歌。

南宋·吴迈远

吴迈远（生卒年不详），南朝宋齐时诗人。宋文帝曾召见过他。齐时为奉朝请。

棹歌行

十三为汉使，孤剑出皋兰。

西南穷无险，东北毕地关。

岷山高以峻，燕水清沮寒。

一去千里孤，边马何时还。

遥望烟嶂外，障气郁云端。

始知身死处，平生从此残。

南齐·虞羲

虞羲（？—约510），字子阳，会稽余姚（今浙江绍兴）人。齐朝为内侍郎，兼建安征虏府主簿功曹，又兼记室参军。

咏霍将军北伐

拥旄为汉将，汗马出长城。

长城地势险，万里与云平。

凉秋八九月，虏骑入幽并。

飞狐白日晚，瀚海愁云生。

羽书时断绝，刁斗昼夜惊。

乘墉挥宝剑，蔽日引高旍。

云屯七萃士，鱼丽六郡兵。

胡笳关下思，羌笛陇头鸣。

骨都先自詟，日逐次亡精。

玉门罢斥堠，甲第始修营。

位登万庾积，功立百行成。

天长地自久，人道有亏盈。

未穷激楚乐，已见高台倾。

当今麟阁上，千载有雄名。

南梁·刘孝威

刘孝威（生卒年不详），鼓城（今江苏徐州）人。梁朝文学家。官至中庶子兼通事舍人。著有《刘庶子集》。

陇头水

从军戍陇头，陇水带沙流。

时观胡骑饮，常为汉国羞。

衅妻成双剑，杀子视双钩。

顿取楼兰颈，就解郅支裘。

勿令如李广，功遂不封侯。

注：李广，西汉名将，祖籍陇西狄道，后迁陇西成纪。善骑射。景帝、武帝时任陇西、北地等郡太守。匈奴惧之，称为"飞将军"。元狩四年（前119）随大将军卫青攻匈奴，以失道被责，自杀。李广一生与匈奴作战七十余次，屡建战功，而终未封侯。

南梁·柳恽

柳恽（465—517），字文畅，河东解县（今山西运城）人。仕齐为法曹参军，入梁为侍中。有诗十二卷。

赠吴均

夕宿飞狐关，晨登碛砾坂。

形为戎马倦，思逐征旗远。

边城秋霰来，寒乡春风晚。

始信陇雪轻，渐觉寒云卷。

徭役命所当，念子加餐饭。

南梁·吴均

吴均（469—520），学叔庠，吴郡（今浙江吉安）人。南朝梁文学家，通史学。官至奉朝请，著有《吴朝请集》《续齐谐记》。

答柳恽

清晨发陇西，日暮飞狐谷。

秋月照层岭，寒风扫高木。

雾露夜侵衣，关山晓催轴。

君去欲何之？参差间原陆。

一见终无缘，怀悲空满目。

注：柳、吴赠答诗中的行程地名都与长城有关。吴诗第一句即夸张地写晨从陇西郡出发，沿长城东行，暮到河北涞源县飞狐关。

北周·庾信

庾信（518—581），字子山，南阳新野人。原为南梁臣，后入北魏、北周，累迁骠骑大将军、开府仪同三司，世称庾开府。

游渭源

渭源奔鸟穴，轻润起客亭。

浅浅满涧响，荡荡竟川鸣。

潘生称运石，冯子听泼声。

斜去临天半，横来对始平。

河流应不杂，方知性本清。

南陈·江总

江总（519—594），字总持，祖籍济阳郡考城（今河南商丘民权），著名南朝陈大臣、文学家。为陈后主尚书令，亡国宰相，多艳诗。

雨雪曲

雨雪隔榆溪，从军度陇西。

绕阵看狐迹，依山见马蹄。

天寒旗彩坏，地暗鼓声低。

漫漫愁寒起，苍苍别路迷。

陇头水（二首）

一

陇头万里外，天涯四面绝。

人将蓬共转，水与啼俱咽。

惊湍自涌沸，古树多摧折。

传闻博望侯，苦辛提汉节。

二

雾暗山中日，风惊陇上秋。

徒伤幽咽响，不见东西流。

无期从此别，更度几年幽。

遥闻玉关道，望人杳悠悠。

隋唐

边塞劲歌

隋文帝统一中国后，克勤克俭，励精图治，文治武功，开新天地。隋炀帝好大喜功，穷奢极欲，置民于水火，天下汹汹，烽烟四起。

陇西狄道人李渊父子起兵太原，平定天下。继隋制而重民生，制舆图而固疆域，弟胡夷而并恩威，首现贞观盛世，国富民强，文明引领世界。于是唐人的民族自豪感油然而生，积极向上的诗意生活蔚然成风；爱国主义、英雄主义成为诗歌的主旋律。

同时完成了奴隶社会改制的吐蕃，势力东渐，使洮河流域成为攻防前沿，用武之地，以狄道为治所的"临洮军"应运而生。无数有志之士把其投军报国、建功立业的理想深寄于临洮，并用豪迈强劲的诗歌表达出来，因而临洮一词打破了行政名词的狭义拘限，成为唐诗中的边塞意象和爱国情结的广义代名词。一曲西鄙人的"北斗七星高，哥舒夜带刀。至今窥牧马，不敢过临洮"的劲歌奏响了保家卫国、建功立业的战斗号角。一座至今仍矗立于临洮南大街旁的"哥舒翰纪功碑"见证了那火红的历史。

安史之乱（762）后，临州地陷吐蕃，《元和郡图志》不再有这百战之国狄道的记载。然念念临洮，不忘收复失地，复兴大唐的劲歌却不绝于耳，弥补了史书的缺憾。（马志骏）

隋·杨广

杨广（569—618），虽为亡国之君，但在位时开凿大运河，创立科举制，西巡至张掖，举行有西域二十七国君主参加的集会，奠定了丝绸之路繁盛的基础，其功不可没。

西征临渭源

西征乃届此，山路亦悠悠。

地干纪灵异，同穴吐洪流。

滥觞何足拟，浮槎难可俦。

惊波鸣涧石，澄岸泻岩楼。

滔滔下狄县，森森肆神州。

长林啸白兽，云径想青牛。

风归花叶散，日举烟雾收。

直为求人隐，非穷辙迹游。

饮马长城窟行

肃肃秋风起，悠悠行万里。

万里何所行，横漠筑长城。

岂台小子智，先圣之所营。

树兹万世策，安此亿兆生。

讵敢惮焦思，高枕于上京。

北河见武节，千里卷戎旌。

山川互出没，原野穷超忽。

撞金止行阵，鸣鼓兴士卒。

千乘万旗动，饮马长城窟。

秋昏塞外云，雾暗关山月。

缘岩驿马上，乘空烽火发。

借问长城侯，单于入朝谒。

浊气静天山，晨光照高阙。

释兵仍振旅，要荒事万举。

饮至告言旋，功归清庙前。

隋·辛德源

　　辛德源（？—601）字孝基，陇西狄道人，齐吏部尚书辛术族子。曾仕北齐、北周，任员外散骑侍郎、通直散骑常侍、侍诏文林馆、中书舍人等职。隋初文学家。有《幽居赋》《短歌行》《白马篇》《芙蓉花》等存世。

短歌行

驰射罢金沟，戏笑上云楼。

少妻鸣赵瑟，侍姬转吴讴。

杯度浮香满，扇举细尘浮。

星河耿凉夜，飞月艳新秋。

忽念奔驹促，弥欣执烛游。

白马篇

任侠重芳辰，相从竞逐春。

金羁络赭汗，紫缕应红尘。

宝剑提三尺，雕弓韬六钧。

鸣珂蹀细柳，飞盖出宜春。

遥见浮光发，悬知上头人。

星　名

边禊昏高柳，爟火照离宫。

明堂发三令，勾陈集五戎。

素扇麾全月，朱旗引半虹。

虎落惊氛敛，龙城宿雾通。

击钟张大乐，置酒宴群公。

关山无复阻，车书方大同。

芙蓉花

洛神挺凝素，文君拂艳红。

丽质徒相比，鲜彩两难同。

光临照波日，香随出岸风。

涉江良自远，托意在无穷。

猗兰操

奏事传青阁，拂除乃陶嘉。

散条凝露彩，含芳映日华。

已知香若麝，无怨直如麻。

不学芙蓉草，空作眼中花。

浮游花

窗中斜日照，池上落花浮。

若畏春风晚，当思秉烛游。

隋·李行之

李行之（生卒年不详），陇西狄道人，字义通，小字师子。仕北齐，历任都水使者、齐郡太守，兼青州长史，后仕北周。隋开皇初（581）封固始县南，除唐州下溠太守，称疾不行，临终有言人生句。

人 生

人生若寄，视死如归。

茫茫大夜，何是何非。

古有评语：言终而绝，真可谓行道者也。

唐·李世民

李世民（599—649），《辞海》：自述为西凉王李暠（狄道人）后裔。开唐贞观之治，是历史上少有的雄才大略皇帝。

饮马长城窟

塞外悲风切，交河冰已结。

瀚海百重波，阴山千里雪。

迥戍危烽火，层峦引高节。

悠悠卷旆旌，饮马出长城。

塞沙连骑迹，朔吹断边声。

胡尘轻玉塞，羌笛韵金钲。

绝漠干戈戢，车徒振原隰。

都尉反龙堆，将军旋马邑。

扬麾氛雾静，纪石功名立。

荒裔一戎衣，灵台凯歌入。

唐·李隆基

李隆基（685—762），即唐玄宗又称唐明皇。祖籍陇西狄道（今临洮）。712—756年在位。

旋师喜捷

边服胡尘起，长安汉将飞。

龙蛇开阵法，貔虎振军威。

诈虏脑涂地，征夫血染衣。

今朝奏书人，明曰凯歌归。

注：开元二年（714），唐军与吐蕃会战于洮河川长城堡（今临洮新添三十墩）。双方参战兵力20余万，战争规模巨大，战斗惨烈，尸体成堆，洮河为之不流，吐蕃战败逃遁洮河以西。唐玄宗接报欣然挥笔写下旋师喜捷，赞扬唐军将领如汉飞将军李广，冲锋陷阵，荡平边患，奏凯而归。

唐·王宏

王宏，济南人，与太宗幼日同学问，为八体书。及帝即位，因访乡人，竟传隐去。

从军行

儿生三日掌上珠，燕颔猿肱秾李肤。

十五学剑北击胡，羌歌燕筑送城隅。

城隅路接伊川驿，河阳渡头邯郸陌。

可怜少年把手时，黄鸟双飞梨花白。

秦王筑城三千里，西自临洮东辽水。

山边叠叠黑云飞，海畔莓莓青草死。

从来战斗不求勋，杀身为君君不闻。

凤凰楼上吹急管，落日裴回肠先断。

唐·骆宾王

骆宾王（约638—684），婺州义乌（今浙江义乌）人，初唐四杰之一。

边城落日

紫塞流沙北，黄图灞水东。

一朝辞俎豆，万里逐沙蓬。

候月恒持满，寻源屡凿空。

野昏边气合，烽迥戍烟通。

膂力风尘倦，疆场岁月穷。

河流控积石，山路远崆峒。

壮志凌苍兕，精诚贯白虹。

君恩如可报，龙剑有雌雄。

注：紫塞即指长城。崔豹《古今注·都邑》："秦筑长城，土色皆紫，汉塞亦然，故称'紫塞'焉。"

唐·卢照邻

卢照邻（约635—689），幽州范阳（今河北涿州）人。曾任新都尉，工骈文，尤有诗名，为唐初四杰之一。

紫骝马

骝马照金鞍，转战入皋兰。

塞门风稍急，长城水正寒。

雪暗鸣珂重，山长喷玉难。

不辞横绝漠，流血几时干。

陇头水

陇坂高无极，征人一望乡。

关河别去水，沙塞断归肠。

马系千年树，旌悬九月霜。

从来共鸣咽，皆是为勤王。

唐·王勃

　　王勃（约650—676），字子安。绛州龙门（今山西河津）人。王勃也与杨炯、卢照邻、骆宾王齐名，为初唐四杰之冠。

陇西行

一

陇西多名家，子弟复豪华。

千金买骏马，蹀躞长安斜。

二

雕弓侍羽林，宝剑照期门。

南来射猛虎，西去猎平原。

三

既夕罢朝参，薄暮入终南。

田间遭骂詈，低语示乘骖。

四

入被銮舆宠，出视辕门勇。

无劳豪吏猜，常侍当无恐。

五

充国出上邦，李广出天水。

门第倚崆峒，家世垂金紫。

六

麟阁图良将，六郡名居上。

天子重开边，龙云垒相向。

七

烽火照临洮，榆塞马萧萧。

先锋秦子弟，大将霍嫖姚。

八

开壁左贤败，夹战楼兰溃。

献捷上明光，扬鞭歌入塞。

九

更欲奏屯田，不必勒燕然。

古人薄军旅，千载谨边关。

十

少妇经年别，开帘如礼客。

门户尔能持，归来笑投策。

评：全诗尽情讴歌陇西人杰地灵，俊彦辈出。细节描写，尽显英雄本色。

唐·马怀素

马怀素（659—718），润州丹徒（今江苏镇江）人。历任户部侍郎，封常山县公，三迁秘书监，兼昭文馆学士。

奉和送金城公主适西蕃应制

帝子今何去，重姻适异方。

离情怆宸掖，别路绕关梁。

望绝园中柳，悲缠陌上桑。

空余愿黄鹤，东顾忆回翔。

唐·张说

张说（667—730），世居河东（今山西永济），迁家洛阳。前后三度为相，掌文学之任凡三十年。

奉和圣制送金城公主适西蕃应制

青海和亲日，潢星出降时。

戎王子婿宠，汉国舅家慈。

春野开离宴，云天起别词。

空弹马上曲，讵减凤楼思。

唐·崔日用

崔日用（673—722），滑州灵昌（今河南滑县）人。举进士。大足元年，为宗楚客称荐，擢新丰尉。神龙中，附楚客、三思，骤迁兵部侍郎，兼修文馆学士。复预讨韦庶人谋，授黄门侍郎，参知机务。开元中，拜吏部尚书，终并州大都督长史。

奉和送金城公主适西蕃

圣后经纶远，谋臣计画多。

受降追汉策，筑馆计戎和。

俗化乌孙垒，春生积石河。

六龙今出饯，双鹤愿为歌。

注：金城公主（698—739），唐中宗养女，系雍王李守礼之女，唐高宗李治亲孙女。因和亲嫁给吐蕃赞普尺带珠丹，入蕃30年，力促唐蕃和盟。公主入蕃路过临洮。

唐·王昌龄

王昌龄（？—756）字少伯，京兆长安（今西安）人，开元进士。开元二年从临洮军，秋，薛讷破吐蕃，临洮军移鄯州，昌龄随往后弃武就文。其诗擅长七绝，格调高昂。

塞下曲（又题望临洮）

饮马渡秋水，水寒风似刀。

平沙日未没，黯黯见临洮。

昔日长城战，咸言意气高。

黄沙足今古，白骨乱蓬蒿。

从军行（七选二）

其一

琵琶起舞换新声，总是阳关旧别情。

撩乱边愁听不尽，高高秋月照长城。

其五

大漠风尘日色昏，红旗半卷出辕门。

前军夜战洮河北，已报生擒吐谷浑。

唐·哥舒翰

哥舒翰（？—757），复姓哥舒，西龟兹（今新疆库车）人，西突厥突骑施人。唐朝名将，陇右节度使，后以军功拜特进。天宝十二载（753），进封凉国公加河西节度使，寻封西平郡王。"安史之乱"中领兵平叛，兵败被俘，囚洛阳，后被杀。

破阵乐

西戎最沐恩深，犬羊违背生心。

神将驱兵出塞，横行海畔生擒。

石堡岩高万丈，雕窠霞外千寻。

一喝尽属唐国，将知应合天心。

注：此诗当为天宝八载（749）六月，哥舒翰不到十日就攻破收复吐蕃石堡城后所作。因斯战功，玄宗大喜。哥舒翰遂被加官进爵，同时也在陇右重地狄道立碑纪功。此碑至今仍岿立于临洮县城南大街路边，是唐朝与吐蕃战事的重要历史

见证。

据刘子凡先生最新考证，此碑额题名"□右纪圣□颂"字样犹在，碑名应为"陇右纪圣功颂"。碑文残留"丙戌哥舒"等字样，据其提供信息推测，此碑应为纪陇右节度使哥舒翰在天宝八载收复石堡城后，为颂唐玄宗圣功而立。因"丙戌哥舒"四字，被清代以降之学者误认是边将或边民为哥舒翰纪功而立之碑。

哥舒《破阵乐》以诗的语言补叙了哥舒碑缺失文字的内容，诗碑互义，诠释了千百年来人们对哥舒碑文的困惑，不能不说是一件幸事。

唐·崔国辅

崔国辅，生卒年不详，吴郡（今江苏苏州）人，开元间进士，以五绝出名。

渭水西别李仑

陇右长亭堠，山阴古塞秋。

不知呜咽水，何事向东流。

唐·李白

李白（701—762），字太白，号青莲居士。祖籍陇西狄道，后迁成纪（今甘肃秦安东），隋末其先人流寓碎叶（今吉尔吉斯斯坦巴尔喀什湖南面的楚河流域），他即出生于此，五岁随父迁居绵州昌隆（今四川江油）青莲乡，其家世、家族皆不详。天宝初供奉翰林。唐代伟大的浪漫主义诗人，誉称"诗仙"，有《李太白集》。

子夜吴歌·冬歌

明朝驿使发，一夜絮征袍。

素手抽针冷，那堪把剪刀。

裁缝寄远道，几日到临洮。

白马篇

龙马花雪毛，金鞍五陵豪。秋霜切玉剑，落日明珠袍。

斗鸡事万乘，轩盖一何高。弓摧南山虎，手接太行猱。

酒后竞风采，三杯弄宝刀。杀人如剪草，剧孟同游遨。

发愤去函谷，从军向临洮。叱咤经百战，匈奴尽奔逃。

归来使酒气，未肯拜萧曹。羞入原宪室，荒径隐蓬蒿。

赠张相镐（其二）

本家陇西人，先为汉边将。功略盖天地，名飞青云上。

苦战竟不侯，当年颇惆怅。世传崆峒勇，气激金风壮。

英烈遗厥孙，百代神犹王。十五观奇书，作赋凌相如。

龙颜惠殊宠，麟阁凭天居。晚途未云已，蹭蹬遭谗毁。

想象晋末时，崩腾胡尘起。衣冠陷锋镝，戎虏盈朝市。

石勒窥神州，刘聪劫天子。抚剑夜吟啸，雄心日千里。

誓欲斩鲸鲵，澄清洛阳水。六合洒霖雨，万物无雕枯。

我挥一杯水，自笑何区区。因人耻成事，贵欲决良图。

灭虏不言功，飘然陟蓬壶。惟有安期舄，留之沧海隅。

唐·高适

高适（704—765），字仲武，号达夫，沧州渤海（今河北景县）人。唐大臣、边塞诗人，安东都护高侃之孙。

送蹇秀才赴临洮

怅望日千里，如何今二毛。

犹思阳谷去，莫厌陇山高。

倚马见雄笔，随身唯宝刀。

料君终自致，勋业在临洮。

自武威赴临洮谒大夫不及因书即事寄河西陇右幕下诸公

浩荡去乡县，飘飖瞻节旄。

扬鞭发武威，落日至临洮。

主人未相识，客了心忉忉。

顾见征战归，始知士马豪。

戈鋋耀崖谷，声气如风涛。

隐轸戎旅间，功业竞相褒。

献状陈首级，飨军烹太牢。

俘囚驱面缚，长幼随颠毛。

毡裘何蒙茸，血食本膻臊。

汉将乃儿戏，秦人空自劳。

立马眺洪河，惊风吹白蒿。

云屯寒色苦，雪合群山高。

远戍际天末，边烽连贼壕。

我本江海游，逝将心利逃。

一朝感推荐，万里从英髦。

飞鸣盖殊伦，俯仰忝诸曹。

燕颔知有待，龙泉惟所操。

相士惭入幕，怀贤愿同袍。

清抡挥麈尾，乘酣持蟹螯。

此行岂易酬，深意方郁陶。

微效傥不遂，终然辞佩刀。

说明：唐玄宗天宝十一载（752）秋冬之际，高适经田九判官引荐入陇右和河西两节度使哥舒翰幕府中充任掌书记之职。高适首先到了河西节度使治所武威，可哥舒翰去了陇右节度使管辖的临洮，他赶到临洮又碰上哥舒翰外出，未能及时拜见，于是把当时在临洮的所见所感写成此诗寄给河西、陇右的同僚。

同吕判官从哥舒大夫破洪济城
回登积石军多福七级浮图

塞口连浊河，辕门对山寺。

宁知鞍马上，独有登临事。

七级凌太清，千崖列苍翠。

飘飘方寓目，想像见深意。

高兴殊未平，凉风飒然至。

拔城阵云合，转旆胡星坠。

大将何英灵，官军动天地。

君怀生羽翼，本欲附骐骥。

款段苦不前，青冥信难致。

一歌阳春后，三叹终自愧。

送白少府送兵之陇右

践更登陇首，远别指临洮。

为问关山事，何如州县劳。

军容随赤羽，树色引青袍。

谁断单于臂，今年太白高。

唐·王翰

王翰（生卒年不详），字子羽，并州晋阳（今山西太原）人，唐代边塞诗人。

饮马长城窟行
（一作古长城吟）

长安少年无远图，一生惟羡执金吾。

麒麟前殿拜天子，走马西击长城胡。

胡沙猎猎吹人面，汉虏相逢不相见。

遥闻鼙鼓动地来，传道单于夜犹战。

此时顾恩宁顾身，为君一行摧万人。

壮士挥戈回白日，单于溅血染朱轮。

归来饮马长城窟，长城道傍多白骨。

问之耆老何代人，云是秦王筑城卒。

黄昏塞北无人烟，鬼哭啾啾声沸天。

无罪见诛功不赏，孤魂流落此城边。

当昔秦王按剑起，诸侯膝行不敢视。

富国强兵二十年，筑怨兴徭九千里。

秦王筑城何太愚，天实亡秦非北胡。

一朝祸起萧墙内，渭水咸阳不复都。

发临洮将赴北庭留别

说闻轮台路，连年见雪飞。

春风曾不到，汉使亦应稀。

白草通疏勒，青山过武威。

勤王敢道远，私向梦中归。

唐·岑参

岑参（约718—769），荆州江陵（今湖北江陵）人或南阳棘阳（今河南南阳）人。天宝进士，两次从军边塞，任安西节度使幕府掌书记、北庭节度使幕府判官，后任嘉州刺史。唐代边塞诗人，与高适并称"高岑"。

胡笳歌送颜真卿使赴河陇

君不闻胡笳声最悲，紫髯绿眼胡人吹。

吹之一曲犹未了，愁杀楼兰征戍儿。

凉秋八月萧关道，北风吹断天山草。

昆仑山南月欲斜，胡人向月吹胡笳。

胡笳怨兮将送君，秦山遥望陇山云。

边城夜夜多愁梦，向月胡笳谁喜闻！

临洮客舍留别祁四

无事向边外，至今仍不归。

三年绝乡信，六月未春衣。

客舍洮水聒，孤城胡雁飞。

心知别君后，开口笑应稀。

注：临洮指临洮军，署地狄道。

临洮泛舟，赵仙舟自北庭罢使还京

白发轮台使，边功竟不成。

云沙万里地，孤负一书生。

池上风回舫，桥西雨过城。

醉眠乡梦罢，东望羡归程。

注：池上一联乃洮西大桥之景色，泛舟处即西湖也。

临洮龙兴寺玄上人院同咏青木香丛

移根自远方，种得在僧房。

六月花新吐，三春叶已长。

抽茎高锡杖，引影到绳床。

只为能除疾，倾心向药王。

唐·西鄙人

西鄙人，意为西北边境人，是《哥舒歌》的作者，具体不详。

哥舒歌

北斗七星高，哥舒夜带刀。

至今窥牧马，不敢过临洮。

注：今临洮南大街尚存唐代哥舒翰纪功碑。

唐·杜甫

杜甫（712—770），字子美，自号少陵野老。原籍湖北襄阳，后徙河南巩县。唐肃宗时任左拾遗。一度为剑南节度使严武幕僚，武表为检校工部员外郎。是伟大的现实主义诗人。后世尊为"诗圣"，其诗称"史诗"，有《杜工部集》。

秦州杂诗（其三）

州图领同谷，驿道出流沙。

降虏兼千帐，居人有万家。

马骄珠汗落，胡舞白蹄斜。

年少临洮子，西来亦自夸。

近　闻

近闻犬戎远遁逃，牧马不敢侵临洮。

渭水逶迤白日近，陇山萧瑟秋云高。

崆峒五原亦无事，北庭数有关中使。

似闻赞普更求亲，舅甥和好应难弃。

赠田九判官

崆峒使节上青霄，河陇降王款圣朝。

宛马总肥春苜蓿，将军只数汉嫖姚。

陈留阮瑀谁争长，京兆田郎早见招。

麾下赖君才并入，独能无意向渔樵？

注：崆峒使节指哥舒翰。崆峒，山名，有数座山都叫崆峒，这里指的应是属哥舒翰辖内、位于今甘肃临洮的崆峒山，即今之马衔山。

本诗赞田九慧眼识英才，推荐高适为陇右节度幕府事。希望自己也能为田梁丘赏识。

喜闻官军已临贼境二十韵

胡虏潜京县，官军拥贼壕。

鼎鱼犹假息，穴蚁欲何逃。

帐殿罗玄冕，辕门照白袍。

秦山当警跸，汉苑入旌旄。

路失羊肠险，云横雉尾高。

五原空壁垒，八水散风涛。

今日看天意，游魂贷尔曹。

乞降那更得，尚诈莫徒劳。

元帅归龙种，司空握豹韬。

前军苏武节，左将吕虔刀。

兵气回飞鸟，威声没巨鳌。

戈鋋开雪色，弓矢尚秋毫。

天步艰方尽，时和运更遭。

谁云遗毒螫，已是沃腥臊。

睿想丹墀近，神行羽卫牢。

花门腾绝漠，拓羯渡临洮。

此辈感恩至，嬴俘何足操。

锋先衣染血，骑突剑吹毛。

喜觉都城动，悲怜子女号。

家家卖钗钏，只待献春醪。

投赠哥舒开府翰二十韵

今代麒麟阁，何人第一功。

君王自神武，驾驭必英雄。

开府当朝杰，论兵迈古风。

先锋百胜在，略地两隅空。

青海无传箭，天山早挂弓。

廉颇仍走敌，魏绛已和戎。

每惜河湟弃，新兼节制通。

智谋垂睿想，出入冠诸公。

日月低秦树，乾坤绕汉宫。

胡人愁逐北，宛马又从东。

受命边沙远，归来御席同。

轩墀曾宠鹤，畋猎旧非熊。

茅土加名数，山河誓始终。

策行遗战伐，契合动昭融。

勋业青冥上，交亲气概中。

未为珠履客，已见白头翁。

壮节初题柱，生涯独转蓬。

几年春草歇，今日暮途穷。

军事留孙楚，行间识吕蒙。

防身一长剑，将欲倚崆峒。

唐·李益

李益（748—829），字君虞，墓志铭为"陇西狄道人"，后迁凉州姑臧（今甘肃武威）。唐朝著名边塞诗人。

塞下曲（四选二）

其一

蕃州部落能结束，朝暮驰猎黄河曲。

燕歌未断塞鸿飞，牧马群嘶边草绿。

其二

秦筑长城城已摧，汉武北上单于台。

古来征战虏不尽，今日还复天兵来。

唐·长孙佐辅

长孙佐辅，字不详，朔方人。生卒年均不详，约唐德宗贞元中前后在世。累举进士不第，弟公辅为吉州刺史，遂往依之。后终不仕。《全唐诗》存其诗。

陇西行

阴云凝朔气，陇上正飞雪。

四月草不生，北风劲如切。

朝来羽书急，夜救长城窟。

道隘行不前，相呼抱鞍歇。

人寒指欲堕，马冻蹄亦裂。

射雁旋充饥，斧冰还止渴。

宁辞解围斗，但恐乘疲没。

早晚边候空，归来养羸卒。

唐·贯休

贯休（832—912），俗姓姜，字德隐，婺州兰溪（今浙江兰溪）人。唐末五代前蜀画僧、诗僧。

送谏官南迁

危行危言者，从天落海涯。

如斯为远客，始是好男儿。

瘴杂交州雨，犀揩马援碑。

不知千万里，谁复识辛毗。

注：辛毗（？—235），出身陇西狄道辛氏，字佐治，汉末三国时期曹魏大臣。有典"梦中逢傅说，殿上见辛毗"（贯休）。因敢直谏被后世称颂。

唐·陈陶

陈陶（841年前后在世），字嵩伯，自号三教布衣，鄱阳剑浦人。

陇西行四首（其二）

誓扫匈奴不顾身，五千貂锦丧胡尘。

可怜无定河边骨，犹是春闺梦里人！

胡无人行

十万羽林儿，临洮破郅支。

杀添胡地骨，降足汉营旗。

塞阔牛羊散，兵休帐幕移。

空流陇头水，呜咽向人悲。

注：此诗收入《李太白文集》诗文拾遗，亦载陈陶集中，清代王琦认为应是陶诗。

唐·李德裕

李德裕（787—850），字文饶，赵郡（今河北赵县）人。历任浙西观察使，西川节度使等职。武宗时居相位。有《次柳氏旧闻》《会昌一品集》。

寒食日三殿侍宴，奉进诗一首

宛转龙歌节，参差燕羽高。

风光摇禁柳，霁色暖宫桃。

春露明仙掌，晨霞照御袍。

雪凝陈组练，林植耸干旄。

广乐初跄凤，神山欲抃鳌。

鸣笳朱鹭起，叠鼓紫骍豪。

象舞严金铠，丰歌耀宝刀。

不劳孙子法，自得太公韬。

分席罗玄冕，行觞举绿醪。

彀中时落羽，橦末乍升猱。

瑞景开阴翳，薰风散郁陶。

天颜欢益醉，臣节劲尤高。

楛矢方来贡，雕弓已载櫜。

英威扬绝漠，神算尽临洮。

赤县阳和布，苍生雨露膏。

野平惟有麦，田辟久无蒿。

禄秩荣三事，功勋乏一毫。

寝谋惭汲黯，秉羽贵孙敖。

焕若游玄圃，欢如享太牢。

轻生何以报，只自比鸿毛。

唐·耿讳

耿讳（生卒年不详），字洪源，河东（今山西永济）人。唐宝应二年（763）进士，官终左拾遗。大历十才子之一。

凉州词

国使翻翻随旆旌，陇西歧路足荒城。

毡裘牧马胡雏小，日暮蕃歌三两声。

唐·吕温

吕温（771—811），字和叔，又字化光，唐河中（今山西永济）人。德宗贞元十四年（798）进士，授集贤殿校书郎。曾任左拾遗。以侍御史为入蕃副使，在吐蕃滞留经年。后转户部员外郎。元和三年（808）秋，贬道州刺史，后徙衡州，甚有政声，世称"吕衡州"。

临洮送袁七书记归朝

忆年十五在江湄，闻说平凉且半疑。

岂料殷勤洮水上，却将家信托袁师。

注：时袁生作僧，蕃人呼为袁师。

唐·令狐楚

令狐楚（约766—837），宜州华原（今陕西耀县）人。先世居敦煌。贞元七年（791）进士，宪宗时，擢职员外郎，知制诰。

从军词五首（选二）

其四

却望冰河阔，前登雪岭高。

征人几多在，又拟战临洮。

其五

暮雪连青海，阴云覆白山。

可怜班定远，生入玉门关。

唐·朱庆馀

朱庆馀（生卒年不详），名可久，字庆馀，以字行，越州（今浙江绍兴）人，唐代诗人，喜老庄之道。宝历二年（826）进士，官至秘书省校书郎。

自萧关望临洮

玉关西路出临洮，风卷边沙入马毛。

寺寺院中无竹树，家家壁上有弓刀。

惟怜战士垂金甲，不尚游人著白袍。

日暮独吟秋色里，平原一望戍楼高。

唐·张祜

张祜（约785—849），字承吉，唐代清河（今邢台清河）人，诗人。家世显赫，被人称作张公子，有"海内名士"之誉。早年曾寓居姑苏。长庆中，令狐楚表荐之，不报。辟诸侯府，为元稹排挤，遂至淮南寓居，爱丹阳曲阿地，隐居以终。

喜闻收复河陇

诏书频降尽论边，将择英雄相卜贤。

河陇已耕曾殁地，犬羊谁辩却朝天。

高悬日月胡沙外，遥拜旌旗汉垒前。

共感垂衣匡济力，华夷同见太平年。

注：此诗作于大中五年（851），张义潮略定河湟失地十一州尽归唐。

唐·马戴

马戴（799—869），晚唐时期著名诗人。字虞臣，唐定州曲阳（今江苏东海西南）人。会昌年间进士。在太原李司空幕府中任掌书记，以直言获罪，贬为龙阳尉。得赦回京，终太学博士。

出　塞

金带连环束战袍，马头冲雪过临洮。

卷旗夜劫单于帐，乱斫胡兵缺宝刀。

注：公元 846 年以后，吐蕃内部分裂，接着蕃汉两族人民大起义，赶走吐蕃守将，唐军也伺机进攻，收复大片土地，此诗便作于这一时期。

唐·李昌符

李昌符（约 867 年前后在世），字若梦，唐懿宗咸通中前后在世。

登临洮望萧关

渐觉风沙暗，萧关欲到时。

儿童能探火，妇女解缝旗。

川少衔鱼鹭，林多带箭麋。

暂来戎马地，不敢苦吟诗。

唐·汪遵

汪遵（全唐诗云：一作王遵，877 年前后在世），字不详，宣州泾县人（唐诗纪事作宣城人）。

咏长城

秦筑长城比铁牢，蕃戎不敢过临洮。

虽然万里连云际，争及尧阶三尺高。

唐·吴融

吴融（？—903），字子华，越州山阴（今浙江绍兴）人，昭宗龙纪元年（889）登进士第。

分水岭

两派潺湲不暂停，岭头长泻别离情。

南随去马通巴栈，北逐归人达渭城。

澄处好窥双黛影，咽时堪寄断肠声。

紫溪旧隐还如此，清夜梁山月更明。

首阳山

首阳山枕黄河水，上有两人曾饿死。

不同天下人为非，兄弟相看自为是。

遂令万古识君心，为臣贵义不贵身。

精灵长在白云里，应笑随时饱死人。

唐·钱珝

钱珝，字瑞文，钱起曾孙。吴兴人，举进士，善文词。乾宁（894）初，官至中书舍人，后贬抚州司马。

春　恨（三选一）

久戍临洮报未归，箧香销尽别时衣。

身轻愿比兰阶蝶，万里还寻塞草飞。

唐·张碧

张碧，唐末诗人，字太碧，生卒年不详。屡举进士不第，寄情诗酒，好古风，慕李白高致，诗多揭露社会黑暗现实，同情劳动人民。有《张碧歌诗集》。

野田行

风昏昼色飞斜雨，冤骨千堆髑髅语。

八纮牢落人物悲，是个田园荒废主。

悲嗟自古争天下，几度乾坤复如此。

秦皇矻矻筑长城，汉祖区区白蛇死。

野田之骨兮又成尘，楼阁风烟兮还复新。

愿得华山之下长归马，野田无复堆冤者。

唐五代·牛峤

牛峤（生卒年不详），字松卿，一字延峰，陇西狄道（今甘肃临洮）人，祖籍安定鹑觚（今甘肃灵台），中唐宰相牛僧孺之孙。他生逢乱世，中进士，官至尚书郎仅两年，黄巢起义军破长安。是唐五代陇右花间派词人。

定西番·紫塞月明

紫塞月明千里，金甲冷，戍楼寒，梦长安。　　乡思望中天阔，漏残星亦残。画角数声呜咽，雪漫漫。

注：首句写边塞陇上青紫的长城明月临关，光照千里。

更漏子·星渐稀

星渐稀，漏频转，何处轮台声怨。香阁掩，杏花红，月明杨柳风。　　挑锦字，记情事，惟愿两心相似。收泪语，背灯眠，玉钗横枕边。

评：写怨妇词，笔触细腻，传情入微。

唐五代·牛希济

牛希济（生卒年不详），陇西狄道（今甘肃临洮）人。词人牛峤之侄。早年即有文名，遇丧乱，流寓于蜀，依峤而居。后为前蜀主王建所赏识，任起居郎。前蜀后主王衍时，累官翰林学士、御史中丞。后唐庄宗同光三年（925），随前蜀主降于后唐，明宗时拜雍州节度副使。

生查子·春山烟欲收

春山烟欲收，天澹星稀小。残月脸边明，别泪临清晓。　　语已多，情未了，回首犹重道：记得绿罗裙，处处怜芳草！

临江仙·柳带摇风汉水滨

柳带摇风汉水滨，平芜两岸争匀。鸳鸯对浴浪痕新。弄珠游女，微笑自含春。　　轻步暗移蝉鬓动，罗裙风惹轻尘。水晶宫殿岂无因。空劳纤手，解佩赠情人。

宋

熙州凤鸣

古洮阳，今临洮，宋时称熙州。今之洮阳镇，旧时曾称熙宁镇，取
"熙州安宁"之意。

宋时，熙州地处与少数民族聚居之前沿，这里时起战火争端，与西
夏的争锋更具典型意义。同时，由于政治、经济、文化中心的东移，当
地文人的文化活动和文学创作少有流传。诗词篇章犹如凤毛麟角，少之
又少，甚是遗憾。

宋神宗元丰六年（1083），朝官、苏轼好友、知州蒋之奇主政熙州，
建树颇丰，史书多有记载。其诗《寄超然台故友》：

超然台上望超然，一别悠悠路八千。

春水半濠花满谷，不知今此得依前。

家乡临洮深厚的文化底蕴，以及《诗乡遗韵》所选之诗词篇章，弥
足珍贵，应广为宣传，身为临洮儿女，则责无旁贷矣！（蔚 南）

宋·张先

张先（990—1078），字子野，乌程（今浙江湖州）人，以尝知安陆（今属湖北），故人称"张安陆"，北宋天圣八年（1030）进士。治平元年（1064），以尚书都官郎中致仕。善作慢词，与柳永齐名，造语工巧，因三处善用"影"字，世称"张三影"。

熙州慢·武林乡

武林乡，占第一湖山，咏画争巧。鹫石飞来，倚翠楼烟霭，清猿啼晓。况值禁垣师帅，惠政流入欢谣。朝暮万景，寒潮弄月，乱峰回照。　　天使寻春不早。并行乐，免有花愁花笑。持酒更听，红儿肉声长调。潇湘故人未归，但目送游云孤鸟。际天杪。离情尽寄芳草。

注：熙州慢，词牌名。《唐书·礼乐志》："天宝乐曲皆以边地名，若伊州、甘州、凉州之类。"按宋改镇洮军为熙州，本秦汉时陇西郡，亦边地也。调名"熙州"，义或取此。

宋·梅尧臣

梅尧臣（1002—1060），字圣俞，宣州宣城（今安徽宣城）人。皇祐初，赐进士出身，官至尚书都官员外郎，与欧阳修同为北宋前期诗文改革领袖。有《宛陵先生文集》。

白牡丹

白云堆里紫霞心，不与姚黄色斗深。

闲伴春风有时歇，岂能长在玉阶阴。

紫牡丹

叶底风吹紫锦囊，宫炉应近更添香。

试看沉色浓如泼，不愧逢君翰墨场。

宋·曾巩

曾巩（1019—1083），字子固，建昌军南丰（今属江西）人，后居临川。北宋散文家、史学家、政治家。嘉祐二年（1057），进士及第，任太平州司法参军，以明习律令，量刑适当而闻名。历任齐、襄、洪、福、明、亳、沧等州知州，史官修撰，管勾编修院，判太常寺兼礼仪事。卒后追谥为"文定"。位列唐宋八大家，世称"南丰先生"。

一　鹗

北风万里开蓬蒿，山水汹汹鸣波涛。

尝闻一鹗今始见，眼驶骨紧精神豪。

天昏雪密飞转疾，暮略东海朝临洮。

社中神狐倏闪内，脑尾分砾垂弓櫜。

宋·王珪

王珪（1019—1085），字禹玉，北宋名相，著名文学家。祖籍成都华阳，幼时随叔父迁居舒州（今安徽潜山）。

宫词·两班齐奏玉关清

两班齐贺玉关清，新奏熙州曲破成。

画鼓连声催撷遍，内人多半未知名。

宋·刘攽

刘攽（1023—1089），字贡夫，号公非，北宋史学家。江西樟树人。庆历进士，历任曹州、兖州、亳州、蔡州知州，官至中书舍人。助司马光纂修《资治通鉴》，充任副主编。

熙州行

自胡请盟供贡职，关西二纪戢兵革。

胡人岁来受金帛，地虽国本常不惜。

帝家将军勇无敌，谋如转圜心匪席。

精神动天天不隔，凿空借筹皆硕画。

贾生属国试五饵，买臣朔方发十策。

偏师倏然尽西海，一月三捷犹余力。

百蛮解辫慕冠带，五郡扫地开城壁。

葱岭陂陀蒲类深，回笑秦并与禹绩。

尚书论功易等差，御史行封自明白。

武功赊爵十万金，彻侯印组丈二尺。

奋行过望理自尔，少从进熟来无极。

忆昔汉武开西域，天下骚然苦征役。

哀痛轮台置肥美，割弃造阳损斗僻。

岂知洮河宜种稻，此去凉州皆白麦。

女桑被野水泉甘，吴儿力耕秦妇织。

行子虽为万里程，居人坐盈九年食。

熙州欢娱军事息，天王圣明丞相直。

注：写王韶凿空开边熙州路的历史功绩及临洮的富庶。

宋·强至

强至（1022—1076），字几圣，杭州（今属浙江）人。仁宗庆历六年进士，充泗州司理参军，历官浦江、东阳、元城令。后在韩琦幕府六年。熙宁五年（1072），召判户部勾院、群牧判官。熙宁九年（1076），迁祠部郎中、三司户部判官。不久卒。其子强浚明收集其遗文，编《祠部集》四十卷，曾巩为之序，已佚。

送李山甫赴熙州

懒忆盱江钓绿波，春风跃马望洮河。

平生富贵来虽缓，一日功名得便多。

城上陇云飘汉角，楼头关月惨羌歌。

剩神儒帅开边策，大有燕然石可磨。

宋·蒋子奇

蒋子奇（1031—1104），字颍叔，北宋常州宜兴（今属江苏）人，元丰中知熙州（今临洮）。

寄超然台故友

超然台上望超然，一别悠悠路八千。

春水半濠花满谷，不知今此得依前。

注：超然台在今临洮岳麓山。

宋·苏轼

苏轼（1037—1101）字子瞻、和仲，号铁冠道人、东坡居士，世称苏东坡、苏仙，眉州眉山（今四川眉山）人，祖籍河北栾城，北宋著名文学家、书法家、画家，历史文化名人。

再送蒋颖叔帅熙河（二首）

一

使君九万击鹏鲲，肯为阳关一断魂。

不用宽心九千里，安西都护国西门。

二

余刃西屠横海鲲，应予诗谶是游魂。

归来趁别陶弘景，看挂衣冠神武门。

获鬼章二十二韵

青唐有遗寇，白首已穷妖。

窃据临洮郡，潜通讲渚桥。

庙谋周召虎，边帅汉班超。

坚垒千兵破，连航一炬烧。

擒奸从窟穴，奏捷上烟霄。

诡异人图像，欢娱路载谣。

千诛非一事，伐叛自先朝。

取道经陵寝，前期告庙祧。

西来闻几日，面缚见今朝。

二圣临云陛，千官溢海潮。

载囚车轳辘，失主马萧条。

横拜如蹲犬，胡装尚衣貂。

理卿辞具服，译长舌初调。

缓死恩殊厚，求生尾屡摇。

慈仁逢太母，宽厚戴唐尧。

赤手真擒虎，和羹未赐枭。

藁街虚授首，东市偶全腰。

困兽何须杀，遗雏或可招。

威声西振夏，武节北通辽。

帝道有强弱，天时或长消。

羌情防报复，军胜忌矜骄。

慎重关西将，奇功勿再要。

注：诗写宋神宗熙宁五年前后，熙河之役大捷，俘获吐番首领鬼章等九人献俘的史实。

郿　坞

衣中甲厚行何惧，坞里金多退足凭。

毕竟英雄谁得似，脐脂自照不须灯。

注：怀古写董卓。

鲁直所惠洮河石砚铭

洗之砺，发金铁。琢而泓，坚密泽。

郡洮岷，至中国。弃矛剑，参笔墨。

岁丙寅，斗南北。归予者，黄鲁直。

宋·范祖禹

范祖禹（1041—1098），字淳甫，一字梦得，成都人。著名史学字，"三范修史"之一。

送蒋颖叔赴熙州

诗书谋帅得豪英，去拥洮河十万兵。

舒卷风云为号令，笑谈樽俎是功名。

胡尘不近弹筝峡，汉月长悬细柳营。

莫谓安边无上策，农桑千里见升平。

宋·孔武仲

孔武仲（1042—1097），孔子四十七代孙弟。嘉祐八年（1063）进士，历任江州、信州军官，湘潭知县。

送游景叔使陕西

论指严生不惮劳，为君谈笑取临洮。

辎车复历秦关险，绣扆新瞻汉殿高。

直使三农归陇亩，勤将尺纸荐英豪。

峰岚涧水香山路，想见春风动锦袍。

宋·黄庭坚

黄庭坚（1045—1105），字鲁直，号山谷道人。洪州分宁（今江西修水）人。苏门四学士之一。江西诗派宗主，宋四大书法家之一。

次韵游景叔闻洮河捷报寄诸将

遥知一炬绝河津，生缚青宜不动尘。

付与山河印如斗，忍为鼠子腹心人。

启至大寨闻擒鬼章捷书上奏喜而为诗

千仞溪中石转雷，汉家万骑捣虚回。

定知献马番雏入，看郎称觞都护来。

刘晦叔许洮河绿石砚

久闻岷石鸭头绿，可磨桂溪龙文刀。

莫嫌文吏不知武，要试饱霜秋兔毫。

以团茶洮州绿石砚赠无咎文潜

晁子智囊可以括四海，张子笔端可以回万牛。

自我得二士，意气倾九州。

道山延阁委竹帛，清都太微望冕旒。

贝宫胎寒弄明月，天网下罩一日收。

此地要须无不有，紫皇访问富春秋。

晁无咎，赠君越侯所贡苍玉璧，可烹玉尘试春色。

浇君胸中过秦论，斟酌古今来活国。

张文潜，赠君洮州绿石含风漪，能淬笔锋利如锥。

请书元祐开皇极，第入思齐访落诗。

宋·吕南公

　　吕南公（约 1047—1086），字次儒，简称南公。建昌军南城县丰义乡人（今江西黎川裘坊）。北宋文学家。博涉丰富，书无不读。元祐初（1086），立十科士，曾肇疏称之欲命以官，旋卒。南公著有《灌园集》二十卷，《文献通考》传于世。

送人游边二首（其一）

六月洮河上，惊飙雹似拳。

游人方仗策，元帅已开边。

京观酋豪肉，军储府藏钱。

参谋如有取，常武在周篇。

宋·晁补之

晁补之（1053—1110），字无咎，号归来子，济州钜野（今山东巨野）人，北宋时期著名文学家，"苏门四学士"（另有北宋诗人黄庭坚、秦观、张耒）之一。

赠戴嗣良歌时罢洪府监兵过广陵为东坡公出所获西夏刀剑东坡公命作

三郎少日如乳虎，代父搏贼惊山东。

硬弓长箭取官职，自说九战皆先锋。

将军拳勇馈不继，痛惜灵武奇谋空。

城头揶揄下俯走，壮士志屈羞填胸。

平生山西踏霜雪，洪府下湿号儿童。

闻名未识二十载，初见长揖东坡公。

锐头短后凛八尺，气似饮井垂檐虹。

只令不语当阵立，望见已是千夫雄。

往年身夺五刀剑，名玉所摆犀札同。

晨朝携来一府看，窃指私语惊庭中。

红妆拥坐花照酒，青萍拔鞘堂生风。

螺旋铓锷波起脊，白蛟双挟三苍龙。

试人一缕立褫魄，戏客三招森动容。

东坡喜为出好砺，洮鸭绿石如坚铜。

收藏入匣人意定，蛾眉稍进琉璃钟。

太平君子尚小毖，戒惧邾小毋莘蜂。

舞干两阶庶可睹，跳空七剑今何庸。

我为苏公起扬觯，雅歌缓带聊堪同。

从公请砺归作砚，闻公尝谏求边功。

仲光寄纟宁袍

手裁白纟宁制新袍，犊鼻应怜犬子劳。

倚杖衡门聊服此，良人身不属临洮。

宋·游师雄

游师雄（生卒年不详），字景叔，宋京兆武功人。元祐二年（1087）奉诏至熙河措置边事。累官至陕西转运使，历知熙州、秦州。

贺岷州守种谊破鬼章二首（其一）

王师一举疾于雷，顷刻俄闻破敌回。

且喜将门还出将，槛车生致鬼章来。

宋·张耒

张耒（1054—1114），字文潜，号柯山，亳州谯县（今安徽亳州）人。熙宁进士，曾任太常少卿等职。北宋时期大臣、文学家，人称宛丘先生、张右史。

鲁直惠洮河绿石研冰壶次韵

洮河之石利剑矛，磨刀日解十二牛。

千年虏地困沙砾，一日见宝来中州。

黄子文章妙天下，独有八马森幢旄。

平生笔墨万金值，奇煤利翰盈箧收。

诗持此研参案几，风澜近手寒生秋。

抱持投我弃不惜，副以清诗帛加璧。

明窗试墨吐秀润，端溪歙州无此色。

野人斋房无玩好，惭愧衣冠陈裸国。

晁侯碧海为文词，盘薄万顷澄清漪。

新篇来如彻札箭，劲笔更似划沙锥。

知君自足报苍璧，愧我空赋琼瑰诗。

宋·张舜民

张舜民（生卒年不详），北宋文学家、画家。字芸叟，自号浮休居士，又号矴斋。邠州（今陕西彬县）人。诗人陈师道之姊夫。英宗治平二年（1065）进士，为襄乐令。元丰中，环庆帅高遵裕辟掌机密文字。元祐初做过监察御史。

巩州首阳铺鸟鼠同穴

本是巢居物，那容鼠穴中。

既言无牝牡，何用有雌雄。

山节曾居蔡，长江网得鸿。

谁能穷物理，目送渭波东。

寄十二月二十五日行次渭源走熙帅范巽之

冻云积雪黯洮泯，晏岁轺车晤过秦。

夹道清渠翻白浪，绕山铁马走黄尘。

归鸿袅袅宁无信，塞柳依依欲弄春。

今夕帐中拼一醉，同年贤帅是乡人。

京兆安汾叟赴辟临洮幕府南舒李君自画阳关图

古人送行赠以言，李君送人兼以画。

自写阳关万里情，奉送安西从辟者。

澄心古纸白如银，笔墨轻清意萧洒。

短亭离筵列歌舞，亭亭誼誼簇车马。

溪边一叟静垂纶，桥畔俄逢两负薪。

掣臂苍鹰随猎犬，耸耳驱驴扶只轮。

长安陌上多豪侠，正值春风二三月。

分明朝雨浥轻尘，客舍青青柳色新。

主人举杯苦劝客，道是西征无故人。

殷勤一曲歌者阕，歌者背泪沾罗巾。

酒阑童仆各辞亲，结束韬縢意气振。

稚子牵衣老人哭，道上行客皆酸辛。

惟有溪边钓鱼叟，寂寞投竿如不闻。

李君此画何容易，画出渔樵有深意。

为道世间离别人，若个不因名与利。

红莲幕府尽奇才，家近南山紫翠堆。

炟赫朱门当巷陌，潺潺流水绕亭台。

当轩怪石人稀见，夹道长松手自栽。

静锁园林莺对语，密穿堂户燕惊回。

试问主翁在何所，近向安西幕府开。

歌舞教成头已白，功名未立老相催。

西山东国不我与，造父王良安在哉。

已卜买田箕岭下，更看筑室颍河隈。

凭君传语王摩诘，画个陶潜归去来。

宋·许景衡

许景衡（1072—1128），字少伊，人称横塘先生，温州瑞安白门人。早在明末清初就被乡人尊崇为"瑞安四贤"之一。是一代名臣和杰出的政治家，还是个学识渊博、精通古今的学者和诗人，是温州"元丰太学九先生"之一。著作有《横塘集》《横山阁》《池上》等。

寄卢中甫四首（其一）

霜风猎猎动旌旆，月落天低锦帐高。

旋放洮河三尺水，洗磨十万血腥刀。

宋·陆游

陆游（1125—1210），字务观，号放翁。汉族，越州山阴（今浙江绍兴）人，南宋著名诗人。少时受家庭爱国思想熏陶，高宗时应礼部试，为秦桧所黜。孝宗时赐进士出身。中年入蜀，投身军旅生活，官至宝章阁待制。晚年退居家乡。创作诗歌今存九千多首，内容极为丰富。著有《剑南诗稿》《渭南文集》《南唐书》《老学庵笔记》等。

古筑城曲

长城高际天，三十万人守。

一日诏书来，扶苏先授首。

古　意

千金募战士，万里筑长城。

何时青冢月，却照汉家营？

重九怀独孤景略

昔逢重九日，初识独孤君。

并辔洮河马，联诗剑阁云。

已悲吴蜀远，更叹死生分。

安得持卮酒，浇君丈五坟。

梦至成都怅然有作

宦途元不羡飞腾，锦里豪华压五陵。

红袖引行游玉局，华灯围坐醉金绳。

阶前汗血洮河马，架上霜毛海国鹰。

世事转头谁料得，一官南去冷如冰。

休日与客燕语既去听小儿诵书因复作草数纸

赐沐家居谢掾曹，暂将萧散慰勤劳。

琅琅应节儿书熟，亹亹生风客论高。

玉屑名牋来濯锦，风漪奇石出临洮。

托盟翰墨吾安敢，挥洒淋漓自足豪。

陇头水

陇头十月天雨霜，壮士夜挽绿沉枪，

卧闻陇水思故乡，三更起坐泪数行。

我语壮士勉自疆；男儿堕地志四方，

裹尸马革固其常，岂若妇女不下堂？

生逢和亲最可伤，岁辇金絮输胡羌。

夜视太白收光芒，报国欲死无战场！

宋·项安世

项安世（1129—1208），孝宗淳熙二年（1175）进士，光宗绍熙四年（1193）任秘书省（管理皇家典籍）正字，隔年为校书郎兼实录院检讨官。历任池州通判、鄂州知州，迁户部员外郎、湖广总领、大府卿等职。有《周易玩辞》十六卷、《项氏家说》、《平庵悔稿》等。

都下送外舅任知县赴茶马司辟

皇华万里赴临洮，亲向君王乞骑曹。

合为圣朝修马政，可容穷邑试牛刀。

横驱旌节半天下，自许才名一世豪。

早晚西来八千匹，九重何似答贤劳。

宋·杨冠卿

杨冠卿（1138—?）南宋诗人，字梦锡，江陵（今属湖北）人，举进士。为九江戎司掾，又尝知广州，以事罢。晚寓临安。闭门不出，与姜夔等相唱和。著有《客亭类稿》十五卷。《强村丛书》辑有《客亭乐府》一卷。《四库总目》传于世。

归自淮右读楚辞有感

忆昔淮山战骨高，行人持节过临洮。

匣中剑气徒干斗，袖里纶钩莫钓鳌。

世事从来两蜗角，男儿不遇一鸿毛。

功名槐国吾深省，痛饮何妨读楚骚。

宋·陈普

陈普（1244—1315），字尚德，号惧斋，世称石堂先生，宁德二十都石堂人。南宋著名教育家、理学家，其铸刻漏壶为世界最早钟表之雏形。

咏史下·曹丕（其一）

吴质车中载甲兵，辛毗颈上一毛轻。

孔明才略何堪算，十倍曹丕是宪英。

注：辛毗，三国魏名臣，陇西狄道人。曹丕被立为太子后，就曾搂着辛毗的脖子表达自己的喜不自胜。

金元

金元麟角

金元时期，临洮多民族杂居，文学不兴。然乡人邓千江的《望海潮》一词不输于宋词大家，为诗乡大长了脸。

元蒙入主，斯文扫地；人分四等，业从十类，七猎八娼，九儒十丐。废科举而断文人仕途，倡杂剧以逼才子艺曲。于是曲艺大盛，与宋词唐诗成诗歌鼎足之势，影响深远，传承至广。而以东汉末年陇西临洮人董卓进京之历史为素材，元代无名氏演绎出一部脍炙人口的《连环计》传奇，不能不说是失中有得，麟毛凤角。

清人李法在《超然台歌》中有句曰："居人讳谈郿坞相，荒台只祀杨椒山。"自古民意不可违，善恶自有报。历史不是由人任意打扮的小姑娘，为正本清源，还原历史，今借《诗乡遗韵》对此杂剧作了收录。

此剧事出于《后汉书》的《董卓传》及《吕布传》。貂蝉事迹则出于民间传说，《三国志平话》所载与此略有出入。（马志骏）

金·董师中

董师中（1129—1202），洺州（今河北永年东）人，官至参知政事。

自临洮还

临潭仍是汉家城，积石相望十驿程。

西略河源东并海，此身何地不经行。

金·冯延登

冯延登（1175—1233）字子骏。金代吉州（今山西吉县）人。承安二年（1197）进士，累官国子监祭酒。

洮石砚

鹦鹉洲前抱石归，琢来犹自带清辉。

芸窗尽日无人到，坐看玄云吐翠微。

金·雷渊

雷渊（1184—1231），字希颜，金代应州浑源（今山西吉县）人。至宁元年（1213）登词赋进士甲科，官至朝林修撰。

洮石砚

缇囊深复有沧洲，丈石春融翠欲流。

退笔成丘竟何益，乘时真欲砺吴钩。

金·元好问

元好问（1190—1257），字裕之，号遗山，世称遗山先生，太原秀容（今山西忻州）人。金末至大蒙古国时期著名文学家、历史学家。

赋泽人郭唐臣所藏山谷洮石砚

旧闻鹦鹉曾化石，不数鸐鸪能莹刀。

县官岁费六百万，才得此砚来临洮。

玄云肤寸天下偏，璧水直上文星高。

辞翰今谁江夏笔！三钱无用试鸡毛。

题下原注曰："砚有铭云：'王将军为国开临洮，有司岁馈，可会者，六百钜万，其于中国得用者，此砚材也。'砚作璧水样。"

金·邓千江

邓千江（生卒年不详），金代临洮府（今甘肃临洮）人，金初士子。

望海潮·献张六太尉

云雷天堑，金汤地险，名藩自古皋兰。营屯绣错，山形米聚，襟喉百二秦关。鏖战血犹殷。见阵云冷落，时有雕盘。静塞楼头，晓月依旧玉弓弯。　　看看，定远西还。有元戎阃命，上将斋坛。区脱昼空，兜零夕举，甘泉又报平安。吹笛虎牙间。且宴陪珠履，歌按云鬟。招取英灵毅魂，长绕贺兰山。

注：此曲被誉为"宋金十大名曲之一"。邓千江，金代词人，初不知名。后

在金初张太慰镇西边时，有一士人邓千江者，献一乐章《望海潮》云云，太尉赠以白金百星，其人犹不惬意而去。（据刘祁《归潜志》）遂一举成名，奠定其在金词坛中的地位。

元·马祖常

马祖常（1279—1338）元代色目人，回族著名诗人。字伯庸，光州（今河南潢川）人。延祐二年（1315）进士。历任翰林直学士、礼部尚书、参议中书省事、江南行台中丞、御史中丞、枢密副使等职。为文法先秦两汉，著有《石田集》。其七世祖曾养马洮河西，高祖金末为兵马判官，后代以马为姓。

饮酒五首（其四）

昔我七世上，养马洮河西。

六世徙天山，日日闻鼓鼙。

金室狩河表，我祖先群黎。

诗书百年泽，濡翼岂梁鹈。

尝观汉建国，再世有日䃅。

后来兴唐臣，胤裔多羌氏。

春秋圣人法，诸侯乱冠笄。

夷礼即夷之，毫发各有稽。

吾生赖陶化，孔阶力攀跻。

敷文佐时运，烂烂应璧奎。

元·无名氏

元杂剧《锦云堂暗定连环计》

第一折

（净扮董卓领外扮李儒、李肃、卒子上，诗云）拥兵入卫立奇功，文武群臣避下风。九锡恩深犹未厌，私心不老汉朝中。某姓董名卓，字仲颖，乃陇西临洮人也。自幼为将，颇有边功。比因十常侍作乱，何进荐某入朝，遂至官封大师之职。如今又加九锡：一车马，二衣服，三乐器，四朱户，五纳陛，六虎贲，七斧钺，八弓矢，九矩鬯。出称警，入称跸。颁曰诏，降曰制，言曰宣，语曰敕。某每入朝，但将这腰间的宝剑微露霜刃，吓的文武百官，人人失色。且莫说我手下许多谋臣战将，则这个叫做李儒，这个叫做李肃，也都勇过贲育，智赛孙吴。名马数千群，雄兵十万队。以此横行京兆，威震长安。觑夺汉家天下，直如反掌耳。止有王允那厮，多有诡计，一心常对着我，我也常常防备他。但是他行住坐卧，我就着人跟随着，看他动静，早来通报。今日俺在太师府闲坐，有人来说，那厮出了朝门，不回私宅，径往太尉杨彪家去了。则怕他两个商量出甚么计较来，俺不免亲身直至杨彪家，觑破那厮，走一遭去。（诗云）从来此贼多奸计，教咱如何不防备。虽则人无害虎心，争奈虎有伤人意。（下）

（外扮杨彪领祇从上，云）老夫姓杨名彪，字文先，弘农华阴人氏，现为殿中太尉之职。方今汉朝献帝在位，被那董卓专权，擅作威福，生杀由己。文武百官，皆凛凛不敢正目而视。因此圣人怀忧，无可奈何。便好道主忧臣辱，主辱臣死。若不与主上分忧，岂为臣子之道？老夫欲待乘其机会，剿灭奸雄。争奈他家奴吕布，英勇过人，一时难以下手。老夫想来，则除是司徒王允，此人足智多谋，可与共事，我如今约他来商议。早间着人请去了，不见到来。左右，门首觑着，若王司徒来时，报复俺知道。（祗从云）理会的。

（正末扮王允上，云）老夫姓王名允，字子师，太原祁人也。自举孝廉以来，谢圣恩可怜，加为大司徒之职。争奈董卓弄权，将危汉室，群臣畏惧，莫敢谁何。今有太尉杨彪，令人来请，不知为着甚事，须索走一遭去。惭愧老夫年迈无能，虚叨爵禄也呵。（唱）

【仙吕】【点绛唇】俺可也虚度春秋，强捱昏昼。空生受，肥马轻裘，为甚事担消瘦。

【混江龙】则为这汉家宇宙，好着俺两条眉锁庙廊愁。恰便似花开值雨，怎的个叶落归秋。俺只问鸳鹭班中怎容的诸盗贼，麒麟阁上是画的甚公侯。做官时都气勃勃待超前，立功处早退怯怯甘居后。若得他一人定国，也不枉万代名留。

（云）可早来到门首也。令人报复去。（祗从做报科）（杨彪云）道有请。（祗从云）请进。（做见科，正末云）太尉请老夫来，有何事商议？（杨彪云）请司徒来，别无甚事，想楚汉争雄，创立江山，四百余载，流传至俺主献帝，艰难极矣。今有董卓专权，欺压群臣，无计可奈。老夫遍观朝中，足智多谋，无如司徒者。不知怎生出个妙策，共立大功，司徒意下如何？（正末唱）

【油葫芦】想当日楚汉兴兵争战秋。君与臣犹未剖，他也曾中分天下指鸿沟。（杨彪云）既然中分天下，怎独是我汉朝成其工业，流传四百余年，这都谁人之力也？（正末唱）这其间多亏了张子房说地谈天口，韩元帅握雾拿云手。那一个能战敌，那一个善计谋。他把千年基业扶持就，端的是分破帝王忧。

（杨彪云）如今董卓专权，威振中外。想起当日各处诸侯，勒兵百万，在于虎牢关下，不曾得他一根折箭。似此强横，如何剿除也。（正末唱）

【天下乐】我则怕烦恼皆因强出头，想十八路诸也波侯，题起来满面羞。（杨彪云）若不是刘关张三人破吕布一阵，天下诸侯可不羞死也。（正末唱）想当日虎牢关一时难措手，到如今文官每尽拜降，武将每皆遁走，惯的那厮呵千自在百自由。

（杨彪云）今日小官奉圣人的命，请司徒来商议，怎生出个计较，擒拿董卓。（正末云）太尉，噤声。那贼臣董卓权重势大，非可容易剿灭。况他耳目布满朝端，我等计议，倘或漏泄，岂不反取其祸？（杨彪云）虽然如此，奈吾等世为汉臣，誓不与这贼并立。但有可图，拼以身命殉之，他非所惧也。

（董卓领卒子冲上，云）某乃董卓是也。我今日直至杨彪家中，觑破这老贼去。令人报复去，道有董太师在于门首。（祗从做报科）报的老爷得知，有董太师来了也。（杨彪做惊科，云）果如司徒所料，董太师来了也。吾等便当出迎。（同山迎，董卓见科。云）哦，王司徒也在此。你两个这里商议些甚么哩？（杨彪云）小官与王司徒偶因朝罢相过，叙些闲话而已，并不曾商议甚的。（董卓云）王允，你两个见我到门，似有惊骇之色，莫非要害我么？（正末云）俺等躯命皆在太师掌握，岂敢有此？（唱）

【后庭花】没阿只你个董太师掌大权，（董卓做笑科，云）我这权元也不小。（正末唱）吕温侯为帅首。俺可也同商议，待择个好日头。（董卓云）元来你们要择个好日头，敢是商量请我吃酒么？（正末云）非也，待请太师早登大位耳。（董卓笑云）只怕孤家到不得这地位。（正末唱）见说的话相投，（董卓云）若果有此日呵，你等但说的，我便依卿所奏也。（正末唱）便道是依卿所奏，（做背科，唱）只怕你这狠心肠无了休。

（董卓云）杨太尉，俺问你，从古以来，也有将平天冠让人戴的么？（杨彪云）古语有云：有道伐无道，汤放桀，武王杀纣是也。无德让有德，尧禅舜，舜禅禹

是也。（董卓云）王司徒，这等看来，今日之事，亦可知矣。（正末唱）

【那吒令】打一个虞舜帝，他承唐祚温恭自守。有一个秦始早，他并周家强梁不久。有一个新臣君，他篡汉室狂乖出丑。（董卓云）孤家为这一事，用了多少机谋，一时不得成就，以此心中好生着恼。（正末唱）你如今怕甚么计不成，怕甚么谋难就？便待要一勇性乱举戈矛。

（董卓云）孤家看来，朝里朝外，唯我独尊。若要举事之时，那一个敢道个不字儿的，俺就着他立生灾祸，身家难保，九族不留。（正末云）王允夜观乾象，汉家气数已尽，太师功德巍巍，当代汉而有天下也，只在这早晚了。（唱）

【鹊踏枝】你可也强承头，大眵睬，岂不见天象璇玑，气运周流。（董卓做笑科，云）既然天象如此，只怕孤家没这福分。（正末云）元来太师不知，近日银台门内筑一高台，此非为禅授而何？（唱）早筑下高台禅授，休忘了俺两个王允、杨彪。

（董卓云）孤家要图大事，这文武重臣，顺我者为恩，逆我者为仇。岂不切切的谨记于心也？（正末唱）

【寄生草】这本是服德非关力，你休便将恩认做仇。则愿你仗龙泉扫荡风尘垢，按龙韬补尽乾坤漏，坐龙庭稳占江山秀。（董卓云）此事只宜疾，不宜迟也。（正末唱）则愿你顺人和有麝自然香，休得要逆天心无祸谁能勾？

（董卓云）这事全仗你众公卿扶持一扶持，孤家自有重报。（杨彪云）请太师放心。略宽三五日，选得吉辰，众公卿便来奉迎也。（董卓云）太尉、司徒，孤家入朝以来，手握重兵，数百余万；勇猛之将，如吕布者非止一人。生杀废置，但凭孤口。要夺汉家天下，如探囊取物，亦有何难？既是银台门已有筑台授禅之意，俺如今且回府去，整备平天冠，等候便了。虽然如此，恐防日久变生，只是早几日的好。（诗云）观乾象汉已天亡，况孤家久握朝纲。也终防别生事故，休迟缓自取其殃。（下）（杨彪云）这匹夫好无礼也，一心要侵夺汉家天下。司徒，计将奈何？（正末唱）

【金盏儿】我本是一重愁，翻做了两重愁，方信道是非只为多开口。（杨彪云）司徒怎生定计擒拿此贼，方可保安汉室江山。（正末唱）待教我神机妙策苦搜求，怎做的姜子牙能伐纣，张子房会兴刘？（杨彪云）小官觑司徒也不弱于先贤，只要先算计了吕布一人，那董卓便易擒矣。（正末唱）你待要剿除了董太师，甚法儿所算了吕温侯？

（杨彪云）此事全仗司徒用计。（正末做沉吟科，云）太尉，你且放心，容小官思忖来。（唱）

【赚煞】揽这场强熬煎，自寻些闲僝僽，少不的三五夜苍颜皓首。（杨彪云）人年不满百，常怀千岁忧。司徒，我和你这烦恼何时是了也？（正末唱）那些个百岁常怀千岁忧，搜寻遍四大神州。运机筹，这功绩难收，可惜万里江山一旦休。（杨彪云）适在老贼之前，约下三五日间，便有分晓。司徒，须要早图，休得误事。（正末唱）眼见的乌飞兔走，争奈这龙争虎斗，将一个闷弓儿拽扎在我心头。（下）

（杨彪云）王允此一去，必然用计擒拿董卓，保安汉室天下。老夫悄悄的自去回圣人话便了。（诗云）汉室江山誓共扶，肯容贼子有狂图？计就月中擒玉兔，谋成日里捉金乌。（下）

第二折（节选）

（蔡邕上，云）这是司徒门首。我试唤门咱。（做唤门科）（正末出看科，云）

唤门的是谁？（蔡邕云）是小官蔡邕。（做见科，正末云）学士为何至此？（蔡邕云）丞相，小官无事也不来。那董太师在私宅中闲坐，忽有一个乞化先生，望着他府门大笑三声，大哭三声。太师大怒，着人拿他，被他将一物件望着太师打来，化一道金光不见了。这就是打的那物件，司徒请看。（正末做接看科，云）原来是一匹布，布上有两行字："千里草青青，卜曰十长生。"那草字着个"千"字"里"字，"卜"字着个"曰"字"十"字，可不是"董卓"二字？（蔡邕云）解的是。（正末做再看科，云）布上两头一个"口"字，分明是藏着"吕布"二字。但这布不长九尺，又不长一丈一尺，主何意思？这个却解不过来。（蔡邕云）有甚难解处？这布足足一丈，单主着董卓数足，早晚死也，若死必在吕布之手。（正末云）学士差矣，那吕布是董卓的养子，他如何肯杀董卓？（蔡邕云）董卓比丁建阳如何？司徒，你怎生立一人之下，坐万人之上，调和鼎鼐，燮理阴阳，但能使吕布生心，董卓不足图矣。小官不才，愿献一策，名曰"连环计"。天色已晚，小官告回。（下）（正末云）学士去了也。他说便说的好，只是这连环计将何下手？丢下一桩冈公事在俺心上，兀的不僥幸杀人也呵。（唱）

【南吕】【一枝花】急切里称不的王允心，酬不了吾皇愿，擒不到董太师，立不起汉山川。则着我算后思前，将百计搜寻遍，奈一时难布展，忧的我神思竭默默无言，愁的我魂胆丧兢兢打战。

（云）似这等忧愁，着俺何时是了也。（唱）

【梁州第七】忧的是防祸乱似防天之坠，愁的是傍奸雄似傍虎而眠。赤紧的翻腾世事云千变。霎时间朱颜易改，皓首相缠。憔悴的我浑如痴挣，直似风颠。恰便似闷弓儿在心下熬煎，快刀儿腹内盘旋。空着我王司徒实丕丕忠孝双持，怎当他董太师恶狠狠威权独擅，更和那吕温侯气昂昂智勇兼全。几番，告天，奈天天相隔人寰远，偏不肯行方便。可怜我一点丹心铁石坚，落的徒然。

（云）心中困倦，且到后花园消散一回咱。这是牡丹亭子上，家僮，取琴过来者。（家僮上，递琴科，云）琴在此。（正末做叹科，云）哀哉，汉室将倾，非人力可挽。不免对月弹琴，作歌一首。（做抚琴科）（歌曰）吁嗟炎汉兮末运否，奸臣弄权兮干戈起。吕布骁勇兮为爪牙，虎牢一战兮众皆靡。天子迁都兮入长安，如鸟离巢兮鱼失水。三百余年兮基业倾，二十四帝兮今已矣。老夫慷慨兮怀国仇，恨不拔剑兮枭其头。争奈年华兮值衰暮，况复朝臣兮无可谋。空承密诏兮在衣带，竟乏奇计兮能分忧。日夜踌躇兮心欲碎，临风浩叹兮泪横流。

（旦儿扮貂蝉领梅香上，云）妾身貂蝉是也。自从与吕布失散，不想流落于此，幸遇司徒老爷看待如亲女一般。只是这桩心事，难以剖露。如今月明人静，不免领着梅香，后花园中烧香走一遭去。（梅香云）姐姐，你行动些。（正末做见，避科，唱）

【隔尾】我则道忒楞楞宿鸟在花阴串，原来是娇滴滴佳人将竹径穿，把玉露苍苔任踏践。（梅香云）姐姐，在这芍药阑边放下香桌儿好么？（正末唱）俺掩在湖山石这边，他行到芍药阑那边，（旦儿做气喘科）（正末唱）我见他手纤纤搭扶着丁香树儿喘。（旦儿云）梅香，将香来者。（梅香云）姐姐，请上香咱。（旦儿诗云）池畔分开并蒂莲，可堪间阻又经年。鹣鹣比翼难成就，一炷清香祷告天。妾身貂蝉，本吕布之妻，自从临洮府与夫主失散，妾身流落司徒府中，幸得老爷将我如亲女相待。争奈夫主吕布，不知下落。我如今在后花园中烧一炷夜香，对天祷告，愿俺夫妻每早早的完聚咱。柳影花阴月半空，兽炉香袅散清风。心间多少伤情事，尽在深深两拜中。（梅香云）我替姐姐再烧一炷香。天那，俺曾听的有人说来，道是人中吕布，女中貂蝉。不枉了一对儿好夫妻。若能得早早成双，可也拖带梅香咱。（正末唱）

【四块玉】我则道他瘦恹恹苦病缠，却元来悄促促耽闺怨，方信道色胆从来大似天。（旦儿做泣科）（正末唱）则见他泪痕儿界破残妆面。我可甚治家如治国，他也不能守礼似守身，都做的顾后不顾前。（云）貂蝉，你在这里做甚么？敢如此大胆也。（梅香云）决撒了，老爷都听见了也。（旦儿云）你孩儿在此不曾说甚么，则为身子不快，特来烧香。（正末云）嗉声。（唱）

【骂玉郎】还待要花言巧语将咱骗，你恰才个焚香拜旨青天，深深顶礼亲发愿。似这等心又虔、意又坚，可则是保你身无倦？

（旦儿云）你孩儿并无别愿，见此好天良夜，一心则是拜月焚香，不曾敢说些甚么。（正末唱）

【感皇恩】呀，你说甚么再递丝鞭，重整良缘，是谁人打散了你这锦纹鸳，分开了双飞燕，斫断了并头莲？害的你一生恨惹，则为这两下情牵。（旦儿云）你孩儿并无此言。（正末云）你还赖哩。（唱）我则问你遭间阻，经离别，是何年？

（旦儿云）你孩儿则为身子不快，因此拜月焚香，委实的并无别意。（正末唱）

【采花歌】则你这腹中冤、口中言，声声道天公怎不把人怜。（梅香云）俺姐姐并不曾说甚么。我若说谎，就变一个哈叭狗儿。（正末云）啐。（唱）你道是吕布人中多俊雅，貂蝉世上最妖妍。

（旦儿云）你孩儿端的不曾说甚么来。（正末云）貂蝉，我听的你说"则愿夫妻每早早团圆"。那一个是你丈夫？从实的说来，若一字不实，我打死你这小贱人，决无干罢。（貂蝉跪，云）望老爷停嗔息怒，暂罢虎狼之威，听您孩儿慢慢的说来。

您孩儿不是这里人，是忻州木耳村人氏，任昂之女，小字红昌。因汉灵帝刷选宫女，将您孩儿取入宫中，掌貂蝉冠来。因此唤做貂蝉。灵帝将您孩儿赐与丁建阳，当日吕布为丁建阳养子，丁建阳却将您孩儿配与吕布为妻。后来黄巾贼作乱，俺夫妻二人阵上失散，不知吕布去向。您孩儿幸得落在老爷府中，如亲女一般看待，真个重生再养之恩，无能图报。昨日与奶奶在看街楼上，见一行步从摆着头踏过来，那赤兔马上可正是吕布。您孩儿因此上烧香祷告，要得夫妇团圆，不期被老爷听见，罪当万死。（正末云）貂蝉，此言是实么？（旦儿云）老爷，您孩儿并不敢说谎。（正末云）嗨，蔡学士，你好能也。兀的不是连环计，却在这妮子身上？（唱）

【絮虾蟆】这的是天意随人转，也显得我忠心为国专。背地里自欣然，何须别寻空便，何须更图机变。不索共他阵面，不索和他交战。我这条妙计久远，我这条妙计长便。苍生要解倒悬，社稷从此保全。贼臣董卓弄权，端的势焰薰天。若有半点风声漏传，可不灭尽满门良贱。忧的咱，忧的咱意攘情颠，心似油煎，谁承望俺家里，搜寻出这美女婵娟。到来日开筵，向脂粉丛中倒暗暗的藏着征战。这计谋，怎脱免？（带云）貂婵。（唱）我着你夫妻美满，永远团圆。（云）孩儿，你若肯依着您父亲一桩事呵，我便着你夫妻每团圆也。（旦儿云）老爷休道是一桩事，就是十桩事，您孩儿也依的。但不知是那一桩事？（正末云）我想春秋时节，有个鱄诸之妻，力赞夫土，助成大功。到我朝有个王陵之母，伏剑而死，遣其子事汉，无生二心。后来俱名登史册，人人传颂。你如今肯替父亲出此一计，使我得阴图董卓，重整朝纲，便当着你夫妻们永远团圆。儿也，你休顾那胖董卓一时春点污，博一个救帝主万代姓名香。（旦儿云）父亲，我随你，要孩儿怎的？（正末云）既然这等，孩儿，你且归后堂中去。（旦儿云）理会的。欲教青史留遗迹，敢惜红颜别事人。（下）

（正末云）季旅那里？（净扮季旅上，云）自家不是别人，是这王司徒堂候官季旅的便是。老爷呼唤，不知有甚事，须索见来。（做见科，云）老爷呼唤季旅，那厢使用？（正末云）季旅，你与我一面分付掌酒宴的安排筵席伺候，一面到太师府傍温侯的私宅，请吕布来者。（季旅云）理会的。（下）（正末云）季旅去了。我料吕布必然来赴席也。若来时，我自有个主意。正是不施万丈深潭计，怎得鳌鱼上钓钩？（下）

（冲末扮吕布领卒子上，诗云）人又英雄马又骁，太师亲赐赤麟袍。世人问我名和姓，曾见横行出虎牢。某姓吕名布，字奉先。在于虎牢关上，杀退十八路诸侯，威振天下，官封温侯之职。见佐董大师门下，名为养子，宠冠群臣。除了征战之外，无过是吃酒耍子。今日营中无事，且看甚么人来请我。（季旅上，云）自家季旅，奉着司徒的言语，请吕温侯走一遭去。可早来到私宅门首。门上的报复去，说有王司徒差官季旅要见。（卒子做报科）（吕布云）着他过来。（卒子云）差官进。（季旅做见科）（吕布云）季旅，你此来有甚事？（季旅云）奉司徒之命，道近日边报颇稀，特治小筵，屈温侯爷一叙。（吕布笑云）我道这老匹夫强不过。你先去，我便来也。（季旅云）我季旅就回话去，只望温侯爷早些命驾。（下）（吕布云）季旅去了也。左右，收拾鞍马，就到王允府中赴宴走一遭去来。（下）

（正末引季旅、祇侯上，云）老夫王允，早间着季旅请吕布去，他说就来。令人，门外觑者，若温侯来时，快报知道。（季旅云）理会的。（吕布引卒子上，云）这是王司徒府门首了。左右，接了马者。（季旅做报科）（正末忙接科，云）早知温侯来到，只合远接，接待不及，勿令见罪。（吕布云）你是朝中老臣，怎生行这等礼？忒谦逊了，只怕不当么。（正末云）不敢，得温侯慨临，我老夫增光多矣。令人，抬上果桌来者。（做抬果桌，正末递酒科，云）奉先，请满饮此杯。（吕布云）量吕布有何德能，着老宰辅置酒张筵，如此重待，吕布何以克当？（正末唱）

【牧羊关】想王允官衔小，才艺浅，怎当的公子登筵。（吕布云）老宰辅，你请我有何主意？（正末云）我王允也别无他意，只重奉先的威名耳。（唱）愿温侯家给千兵，愿温侯户封八县。愿温侯早掌元戎印，愿温侯早受帝王宣。愿温侯皂盖飞头上，愿温侯朱衣列马前。

（吕布做笑科,云）多谢老宰辅盛意,只怕吕布没福。（正末云）老夫幼习天文,见汉家气数尽矣。太师功德巍巍,指日之间,必登高位,只望温侯提拔王允咱。（吕布云）老宰铺,你但放心,若太师成了大事,这左丞相少不得是你做。（正末做递酒科,云）多谢,多谢,请奉先满饮此杯。（吕布云）酒忒紧了,待俺慢慢的饮几杯。（正末云）便好道筵前无乐,不成欢乐。令人,传语后堂中,请出貂蝉小姐来者。（旦儿领梅香上科,云）父亲,呼唤您孩儿有何事？（正末云）孩儿也,吕布现在前厅上,他带了酒也,你只推不认的,与他递一杯,就歌一曲,看他说甚么。（旦儿云)理会的。（正末领旦儿见吕布科,云）小姐,把体面见了温侯者。（旦儿做拜科,云）温侯万福。（吕布忙回礼科,云）小姐免礼。（正末云）孩儿,与温侯递一杯儿酒。（旦儿云)将酒来。（梅香云）酒在此。（旦儿做送酒科,云)温侯,请满饮此杯。（吕布做接酒饮科,云）老宰铺,吕布已醉,有失礼体。酒勾了也。（正末云)奉先请宽怀畅饮,便醉也何妨。孩儿,你唱个曲儿奉温侯的酒。（旦儿唱）

【双调】【折桂令】幼年间曾事君王，不甫能出赐英雄，得配鸳鸯。只为那半路风波，三年阻隔，两地分张。想当初避兵时干戈扰攘，到如今太平年黎庶安康。但愿美满成双，拜谢穹苍。早难道对面相逢，便划的忘了红昌。

（吕布做打认科,云）这不是貂蝉？他怎生得到这里来?（正末背云)果有此事,这厮中计了也。（唱）

【隔尾】一个眼传情羞掩芙蓉面，一个坐不稳难登玳瑁筵。则见他傍带酒推更衣且宽转。（吕布云）老宰辅，乞恕吕布疏狂之罪。（正末唱）请温侯稳便，（吕布做呕科，云）吕布酒醉了，混践华堂，岂不得罪？（正末唱）有甚么混践。（云）奉先请坐，老夫前后执料去咱。（唱）我口儿里说话，将身躯倒退的远。（虚下）（吕布低云）老宰辅去了也。貂蝉！（旦儿应科）（吕布云）妻也，你怎生却在这里？（旦儿云）自从俺临洮失散，流落在司徒府中，不想今日才得相见。奉先，则被你痛杀我也。（旦儿做哭、吕布掩泣科，云）貂蝉，兀的不想杀我也。（正末冲上，云）你两个说甚么哩？（吕布同旦儿跪科）（正末唱）

【哭皇天】被我偷眼儿早瞧见，（吕布云）我吕布实是酒醉了也。（正末唱）那两个私情的忒自专。（旦儿云）您孩儿并不曾敢说甚么。（正末云）嗔声。（唱）你这贱媳妇无断送，（吕布云）这都是吕布之罪，不干他事。（正末唱）你这新女婿省财钱，觑的咱浑如芥薤。俺好意的张筵置酒，你走将来卖俏行奸。畅好是厮踏踏，厮踏踏也波吕奉先。（吕布云）老宰辅不知，听吕布慢慢的说一遍，他本忻州木耳村人氏，任昂之女，小字红昌。因汉灵帝选入宫中，掌貂蝉冠来，故名貂蝉。后灵帝赐与丁建阳。当日吕布与建阳为养子，建阳将貂蝉配与吕布为妻。因黄巾贼作乱，在阵上失散，一向不知下落，元来在老宰辅处，因此吕布不胜分离之感。只望老宰辅怎生可怜见，着俺夫妻再得团圆。吕布至死也不忘大德，当效犬马之报。（正末云）我儿，你有何言？（旦儿云）委实如此，只望父亲恕罪。（正末云）既如此，温侯请起。（唱）说甚么单丝不线，我着你缺月再圆。（云）孩儿，你自回后堂中去。（旦儿同梅香下）（正末唱）

【乌夜啼】俺只道侯门一入如天远，（云）这个不是老夫的私宅。（吕布云）不是老宰辅私宅，可是那里？（正末唱）谁承望汉刘晨误入桃源。枉着你佳人受尽相思怨，早两个携手挨肩，共枕同眠。则待要宝骓骝再接紫丝鞭，怎肯教锦鸳鸯深锁黄金殿。美前程，新姻眷，一任的春风院宇，夜月庭轩。

（云）温侯，你若不说，老夫怎生得知？我寻也寻不着这门亲事，我便选吉日良辰，倒赔三千贯奁房断送，将貂蝉配与温侯为妻，你意下如何？（吕布云）多谢了老宰辅。貂蝉的父亲，便是吕布的父亲哩。此恩必当重报也。（正末云）温侯，可则一件，则怕太师知道，见王允之罪么。（吕布云）不妨事，俺父亲知道，更是欢喜。（正末云）既然这等呵，将军，你放心，老夫到来日，再安排一个筵席，敬请太师。一来商议大事，二来就提你这门亲事，有何不可？（吕布云）太山，为您孩儿如此般用心，吕布至死也不敢忘报。酒勾了也，吕布告回。（正末云）将军勿罪。（吕布云）不敢，不敢。我出的这门来，还俺私宅去也。（**诗云**）偶赴侯门宴，依然逢故妻。重谐双凤侣，不似五羊皮。（下）

（正末云）吕布去了也。季旅，你再到太师府中，道王允专请太师饮宴。他若不来时节，你便道王允专请太师商议大事，愿无他阻。（季旅云）理会的。（正末云）我料董卓一武夫耳，见说商议大事，必然肯来。（唱）

【黄钟尾】到明朝安排下鸿门摆设重瞳宴，准备着打凤机关吕后筵。用心肠，使机见。这权术，要巧便。奏笙歌，列管弦。花如锦，酒似川。我更谦下，做软善。董太师，酒性颠。见红颜，决顾恋。那其间我把这美貌貂蝉伪托献。暗暗的对天说咒愿。（带云）你道我愿甚的来？（唱）则愿的早灭了贼臣，将俺那圣明来显。（同季旅、祗候下）

第三折

（董卓领祗候上，云）某董卓是也。前日太尉杨彪、司徒王允，他两个说银台门筑起一座高台，只在三五日间，请某授禅，怎么这几时还不见回话。那杨彪老贼，元是个倔强的人。便也罢了，难道王允也来欺我？令人，门首觑者，但有众公卿来时，报复我家知道。（祗候云）理会的。（季旅上，云）自家季旅的便是，奉着俺老爷言语，着我请董太师。可早来到府门旨。左右报复去，道有王司徒差官季旅在于门首。（祗候做报科）（董卓云）着他进来。（祗候云）着过去。（见科，董卓云）季旅，你来怎么？（季旅云）俺王允着季旅来请太师爷饮宴。（董卓云）季旅，我心中自有大事，要与众公卿计议，量你那一席酒打甚么紧？你回去与那王允老头儿道，我不要你那酒吃。（季旅云）太师爷。俺王允曾说来，道此酒不为他设，单请太师爷要商议大事哩。（董卓云）哦，原来要请我商议大事。季旅，你先回去，我随后便来也。（季旅云）理会的。出的府门来，不敢久停久住，回老爷的话去。（下）（董卓云）季旅去了也。令人，安排车驾，亲到王允宅上，赴宴走一遭去。（做暗笑科，云）若是酒筵间有些好歹，就将这老匹夫结果了罢。（下）（正末领祗候上，云）老夫王允，差季旅往太师府中请董卓去了。想那老贼，这早晚敢待来也。（唱）

【正宫】【端正好】仗才能，凭谋量，不须动阔剑长枪，无非是偎红倚翠如屏障，早摆设的都停当。

【滚绣球】炉焚着宝篆香，酒斟着玉液浆，奏笙歌乐声嘹亮，今日个画堂中别是风光。虽然是锦绣乡，暗藏着战斗场，则争无虎贲郎将，玳筵前拥出红妆。我只待窝弓药箭擒狼虎，布网张罗打凤凰，不比寻常。

（季旅上，云）自家季旅的便是。适才请了太师。回俺老爷的话去。（做见科）（正末云）季旅，你请董太师如何？（季旅云）奉老爷的言语，去请董太师，他初意甚是不喜，见说商议大事。他的面色就转过来了。说道："你先去，我随后便来也。"（正末云）季旅，你到门外觑者，远远的望见太师头踏，快来报复我知道。（季旅云）理会的。（董卓引李儒、李肃、卒子上，诗云）王家设宴莫猜疑，就里机关我自知。若有半声言不合，踹平宅第作污池。某乃董太师是也。今日王允请某饮酒，众将就屯军在门首者。（众应科）（季旅慌报云）报的老爷得知，有董太师来了也。（正末云）老夫亲自接待去咱。（跪见科，云）有劳太师贵脚来踏贱地，王允不及远迎，乞恕死罪。（董卓云）王司徒，你偌大的官职，当街里跪着，外人观看不雅，请起。（正末云）小官理当。王允早是今日请的太师赴宴，若迟三五日呵，太师登了九五之位，那时君臣名分，就如天地隔绝。再也不能展其僚采之欢。故此斗胆奉邀，只望太师勿罪。（董卓做大笑科，云）只怕老夫到不得这地位。（正末云）令人，与我抬上果卓来者。（季旅做抬果桌、正末递酒科，云）太师，请满饮此杯。（董卓云）住者，酒也要吃，话也要说的明白，你那银台门这事，准在何日？你若说的明白，我便吃。（正末科，云）禀太师，此事已有成议，不出三日矣。（董卓云）若只是三日，打甚么紧？司徒，将酒来，我吃我吃。（做接饮，正末再递科，云）请太师连饮三杯，做个定席酒。（董卓三饮科，云）我观朝中公卿，有不如意者，轻则抉其眼，割其舌；重则断其头，再重则灭其族。唯有你这老头儿礼度谦恭，言词卑逊，甚合吾意。古语有云：**谦谦终吉**，司徒之谓也。（正末云）谢大师抬举。（唱）

【伴读书】见太师言分朗。教王允听明降。说道是指日当朝多兴旺，百司文武皆升赏。那其间新情旧意休偏向，愿太师福寿无疆。

（董卓云）司徒，孤家若成了大事，管着你身居极品，位列诸侯之上。（正末唱）

【笑和尚】愿太师暮登天子堂，（董卓云）若果有这日，李肃加为甚么官？（正末唱）李肃做先锋将。（董卓云）是了。吾儿吕布，可加为甚么官？（正末唱）吕布坐金顶莲花帐。（董卓云）这个正当。（做笑科，云）司徒，你可要做甚么官？（正末唱）臣则是掌图书佐庙廊，又不曾摽甲胄战沙场，（董卓云）虽然如此，你可端的要做甚么官？（正末唱）望太师着王允做一个头厅相。

（董卓云）我道你为甚么请我，可原来则为这个官儿。打甚么紧，我若是三五日成其大事，这左丞相一定是你做。（正末做拜谢科，云）只愿太师无忘今日之言也。令人，将酒来！（季旅云）酒在此。（正末做奉酒科，云）太师，请满饮此杯。（董卓云）住者，这酒忒紧了。天气暄热，我身上有些困倦，暂且歇息咱。（做盹科）（正末云）季旅，太师带了酒也。传报后堂，着梅香伏侍貂蝉小姐出来，与太师打扇波。（季旅做唤科）（旦儿引梅香持扇上，云）父亲，唤您孩儿有何事？（正末云）儿也，董卓现在前厅上带酒睡着了也，你与他打扇去。（旦儿云）理会的。（打扇科）（正末唱）

【滚绣球】油掠的鬃髻儿光，粉搽的脸道儿香，画的来月眉新样，穿的是藕丝嫩新织仙裳。若是这女艳妆，劝玉觞，殷勤的满斟低唱，十指露春笋纤长。我则要削除汉帝心头病，便是你医治奸邪海上方，不索商量。

（董卓做醒科，云）呀，这般透骨的凉风，打扇的是甚么人？（做见旦儿科，云）好女子也！似此颜色，人间少有，敢则是天仙么？好女子也，好女子也。近前来，我与你同饮几杯。（旦儿做羞科）（正末背云）这老贼兀的不中计了也。（唱）

【叨叨令】见董卓厮琅琅将酒盏躬身放，（董卓云）好美貌的女子。我府里虽有千数丫鬟，并无一个能及之者。怎么这老头儿有那等好的？（正末唱）他把那娇滴滴艳质从头相。（董卓做扯旦儿科，云）你便近着我些，有何妨碍？（正末唱）见貂蝉羞答答身子儿难亲傍，（董卓做看旦儿科，云）好女子也！（正末唱）那老贼涎邓邓的眼脑儿偷睛望。（董卓云）好女子也，你靠前些。（正末唱）这厮早则中计也波哥，早则中计也波哥，我推个支分厨下离了筵上。

（董卓云）我看这女子，生的有沉鱼落雁之容，闭月羞花之貌。好女子也呵。呀，好凉风也呵。小姐，你近前来，扇的紧着。（旦儿做摔扇科，下）（董卓做赶科，云）王允，恰才那打扇的可是谁家女子？（正末云）是王允的女孩儿，未曾许配他人哩。（董事云）呀，原来是司徒的女孩儿。这等，你怎着他与我打扇？（正末云）古人敬客，往往出妻献子，不以为嫌，何况王允已将身许太师，岂惜一女子乎？（董卓云）司徒，我三五日间成其大事，则少这么一个好夫人。司徒，你若肯与了我呵，堪可两全其美也。（正末云）若不嫌小女残妆貌陋，愿送太师为妾。（董卓云）怎么说做妾，便做夫人，只怕老夫消受不起。（顾取玉带科，云）蒙司徒许诺，敢以玉带为聘。（正末受科，云）多谢太师。（董卓云）司徒，今日难同往日，既是你的令爱与了我做夫人，你久后就是国老皇丈哩。我就是你的女婿，女婿就是儿子，你就是我的父亲哩。父亲请坐，受你儿子两拜咱。（做拜，正末忙答拜科）（董卓云）我有一句不揣的话，敢说么？（正末云）太师有何分付？（董卓云）你既然将女孩儿许了我，他就是我家的人了。着他再出来递一杯酒，可不好那？（正末云）太师分付，敢不唯命？季旅，传语后堂，快唤貂蝉小姐出来。（旦儿上，正末云）儿也，把体面与太师递一杯酒者。（旦儿做递酒科）（董卓笑云）夫人递酒，休道是酒，便是尿我也吃。拿大钟子来，若没大钟子，便脚盆也罢。好女子，好女子，越看越越生的好。岳丈，今日难同往日，多承款待，酒已勾了，我吃不得了。看定明日是个吉辰，就送令爱过了门罢。我则在太师府里坐下，专等岳丈送夫人来，我也备一个小小席面，管待岳丈，休得错过了佳期，使我悬望。（正末云）既然太师看得来日是个吉日良辰，老夫倒赔三千贯房奁断送，将小女送过太师府中来也。（董卓云）岳丈，我听的你对堂候官说，唤甚么刁舌小姐？恰才见他说话是好好的，舌头一些也不刁。（正末云）不是刁舌，小字唤做貂蝉。（董卓笑云）公侯带的冠是貂蝉冠，令爱小字貂蝉，这是明明该做我家夫人了。（梅香云）俺小姐如今做了太师爷夫人，太师爷戴了平天冠，俺小姐也不叫貂蝉了。（董卓云）我明日在太师府里，专等岳丈送貂蝉来过门，我告回也。（下）（正末云）董卓去

了也。季旅，收拾车辆，到来日傍晚，送貂蝉小姐到太师府去来。（同下）

（董卓领李儒、李肃、祗候、女使上，云）李儒、李肃，我昨日分付你每安排筵席，可齐整了么？（李儒云）齐备多时了。（董卓云）王司徒今日送貂蝉小姐来，与我做夫人，就急的我一夜不曾睡。早准备下拜堂过门的物件，没一些儿不停当。天色渐晚，敢待来也。（正末领旦儿奏鼓乐上）（正末云）鼓乐响着，令人报与太师知道，有王允在于门首。（李儒做报科，云）报的太师得知，有王司徒送亲来也。（董卓云）快有请。（做入见科）（董卓笑云）岳丈，你不失信，我说你是个好人。如今我夫人在那里？（正末云）在车儿上哩。（董卓云）请下车来，专房，好好伏侍夫人到后堂中插戴去。（女使出，迎旦儿下）（董卓云）令人，将酒来。今日难同往日，你便是我泰山岳丈。（做递酒科，云）岳丈，请满饮此杯。（正末云）王允不敢，太师先请。（董卓云）岳丈请。（正末饮科，云）王允饮过了。（回酒科，云）请太师满饮一杯。（董卓云）将来。我饮一钟，递一钟，吃到天明也不妨。只是今晚还有些生活，容老夫改日再做筵席罢。（正末云）酒也勾了。王允告回。（下）（董卓云）岳丈勿罪。李儒，后堂中开宴，我与夫人吃交杯酒去来。（同众下）（吕布上，云）某乃吕布是也。王司徒说道，今夜送貂蝉来与我为妻。不想到府门外，细车儿、盒担、鼓乐都进去了，连王司徒也不出来，莫非这老贼敢胡做么？我则在门首等着，且待王允出来，看他说甚么。（正末上，云）那老贼回后堂中去了也。（唱）

【快活三】见董卓带春风入后堂，（吕布做迎科，云）老宰辅，吕布在此等候多时也。（正末云）噤声。（唱）划的你和夜月待两厢，父子每都要帽光光。做出这乔模样。

（吕布云）老宰辅，你令爱原是吕布之妻，流落在你府中，昨日酒席上亲口

096

许了吕布，今日可送进太师府里去了，是何道理？（正末唱）

【鲍老儿】你这里鼓舌摇唇说短长，则俺那新媳妇在车儿上。盼不见画戟雕鞍旧日郎，咒骂杀王丞相。枉了你扬威耀武，尽忠竭节，定国安邦。偏容他鸱鸮弄舌，乌鸦展翅，强配鸾凰。

（吕布云）老司徒，你令爱端的何处？（正末云）温侯不知，昨日我请太师饮酒，提你这桩亲事，太师十分大喜，道唤媳妇出来，我看看咱。老夫不合唤出貂蝉，拜了太师四拜。谁想这老贼看见貂蝉颜色，起了那一点禽兽的肚肠。今日车儿来到府门首，他就拨着许多女使，将貂蝉邀下车儿，拥入后堂去了。温侯也，枉了你是一个大丈夫，与妻子做不的个主，要你何用？那里有做公公的将媳妇儿强纳为妾？呸！兀的不羞杀我也。（吕布云）若是老宰辅不说，我怎生得知？这老匹夫原来行这等不仁的勾当，兀的不气我杀也。（正末唱）

【耍孩儿】觑你个吕温侯本是英雄将，则这条方天戟有谁人抵当。也曾虎牢关外把姓名扬，吓的众诸侯胆落魂亡。你本是扶持社稷擎天柱，平定乾坤架海梁。你有仁义他无辞让，怎将那连云相府，生扭做行雨高唐？

（吕布云）董卓老匹夫，好无礼也。我吕布与貂蝉，本是绾角儿夫妻。那老匹夫既认吕布为义子，岂有这等家法？（正末云）可知道没有这等家法。（唱）

【二煞】他敛黄金尽四方，怕没红颜满洞房？怎么禽兽般做的能淫荡。你当初把离愁泣诉华筵畔，到今日将密爱轻分半壁厢。还顾甚多恩养，便不想臣能报国，也索要夫与妻纲。

（吕布云）老宰辅且请回府去。我今夜晚间，若见了貂蝉，问他缘故，我不道的饶了那老贼哩。（正末唱）

【煞尾】虽然是女娘家不气长，从来个做男儿当自强。若要你勃腾腾怒发三千丈，则除今夜里亲见貂蝉细细的访。（下）

（吕布云）叵奈这老贼无礼，强夺了我貂蝉。更待干罢。如今直到后堂中，寻那老贼去。（虚下）（董卓领旦儿、女使上，云）我好快活也。专房，抬上果桌来，等夫人与我递一杯酒，吃个烂醉，也好助些春兴。（旦儿做递酒、董卓连饮科，云）我再饮一杯，夫人，你也饮一杯。专房，一壁厢收拾铺陈，我与夫人歇息咱。（做睡科）（吕布上，云）这是老贼卧房前，怎生得貂蝉出来，我见一面，可也好也。（旦儿云）这老贼醉了也。我听的人说，这花园中有一个小角门儿，通着吕布的私宅，我试看咱。果然有个小角门儿。我推开这门来。（吕布云）这来的莫不是貂蝉么？待我叫他一声：貂蝉！（旦儿云）兀的不是奉先？（做见科，吕布云）兀的不是貂蝉？（旦儿云）吕布，羞杀我也。我的车儿来到你私宅门首，被太师着许多人将我邀进府中去。那里有公公纳媳妇的道理？奉先，你是个男子汉，顶天立地，龇齿戴发，与老婆做不的主，要你何用？呸！你羞么？（诗云）我是年少青春一女流，今番说与你因由。纵然掬尽西江水，呸，难洗今朝脸上羞。（吕布云）妻也，这事我尽知道了。转过这角门儿，那壁是我宅子，咱两个说话去来。（董卓做醒科，云）夫人！夫人！可怎生不见夫人？他往那里去了？（做寻科，云）呀，这小角门可怎生开着？这壁却是吾儿吕布的私宅。我试寻咱，夫人那里？（旦儿云）奉先，兀的不是老贼来了也？（吕布云）不妨事，我躲在这影壁边，听他说甚么。着这老贼吃我一拳。（董卓云）夫人，你可怎生到吕布宅里去？莫非这畜生敢来调戏你么？（做见科，云）元来这畜生在这里。吕布，我不杀你，誓不姓董。（吕布做打董卓科，云）着打倒这老贼也。不中，我索走、走、走。（下）（董卓做倒）（旦儿忙扶起董卓科，云）哎呀，这畜生打死我也。李肃安在？（李肃上，云）太师呼唤李肃，有何分付？（董卓云）李肃，可奈吕布这畜生无礼。公然来调戏我的夫人，被我撞见，他倒把我一拳打倒在地。他走了也，你与我拿那畜生去。小心在意，疾去早来。（李肃云）得令。怎么有这等事？我如今擒拿吕布走一遭去。正是恨小非君子，无毒不丈夫。（下）（董卓云）李肃拿这畜生去了也。不怕这畜生不来。夫人，我浑身跌得疼痛，你好生扶着我回后堂中去。（旦儿云）幸得大师早来，不曾被那厮点污，太师且自保重者。（做扶下）

第四折

（李肃戎装上，诗云）太山顶上刀磨缺，北海波中马饮枯。男儿三十不遂意，枉做堂堂大丈夫。某乃白袍李肃是也。王允将貂蝉许了俺太师做夫人，谁想吕布这畜生窥见美色，公然敢来调戏。他被俺太师撞破，他倒打上一拳，逃走去了。没些尊卑，端的情理难容。如今太师着我披袍贯甲，插箭弯弓，务要擒拿吕布，以雪其恨，不免沿路尾着他马迹追赶去来。（下）

（正末上，云）老夫王允，设此连环之计，未知如何也呵。（唱）

【双调】【新水令】空着我两头三面用心机，则为这汉江山有人希觊。偏生的铜壶传漏永，皓月上窗迟。彻夜徘徊，睡不到眼儿内。

（云）这早晚夜半也，可怎生无个信息来？（唱）

【驻马听】董太师燕约莺期，欢喜杀肉重千斤新女婿。吕温侯鸾孤凤只，烦恼杀情分两处旧矫妻。貂蝉女泪珠儿滴满了凤凰杯，吕温侯怒风儿吹散了鸳鸯会。因此上自惊疑，则怕那一枝泄漏春消息。

（吕布上，云）俺吕布一拳打倒那老贼，他必然差人来拿我。俺且躲在王司徒府中，与他商议，务要杀了那老贼，夺回貂蝉，才称我平生之愿。这是司徒府门首，待我唤咱。开门来！开门来！（正末云）这唤门的好似吕布的声音，这厮敢中计也。（唱）

【步步娇】猛听的门外人声自惭愧，若不是中了咱家计，怎这等厮琅琅连扣击？（再做听科，唱）现如今夜静更阑是阿谁？忙出去问真实。（云）我开开这门，看是谁咱。（吕布云）老宰辅，是您孩儿吕布。（正末唱）则见他气丕丕的斜倚着门儿立。

（云）温侯，请入家里来说话。这早晚为何事到此？（吕布云）老宰辅，因为那老贼不仁，被吕布一拳打倒了也，特来和老宰辅说知。似这等奸臣贼子，要他何用？不若商量一个计策，使我吕布得报此仇。（正末唱）

【胡十八】据着我王允的心，怎不替你个奉先气，枉了你厮帮助，厮扶持，普天下不似那个老无知。行这般所为，驴马的见识，这便是出气力、出气力落来的。

（吕布做愤怒科，云）我如今一不做二不休，这老贼必死于吕布之手。（正末云）奉先，且不要发恼，再慢慢的商议波。（李肃上，云）某李肃奉太师的将令，着我擒拿吕布，一路尾着他追来。这是王允的私宅，想是他躲在这里。我试唤门咱。司徒，开门来，开门来。（吕布云）老宰辅，兀的不是李肃唤门哩，必然那老贼着他来拿我。怎生是了？（正末云）不妨事，你且躲在壁衣后面，待我开门去。（做出见科）（李肃云）王司徒是何道理，你的女孩儿送与太师，便则与太师；若与吕布，便则与吕布。怎么不明不白，着他父子每胡厮闹了一夜，被吕布一拳将太师打倒在地，半晌爬不起来。如今奉太师的命，着我领兵擒拿吕布。一路赶着，见他进你这宅子里来了。你快快献出来，休要庇护他。莫说太师了不得着恼，便是我李肃也不道的饶了你这老头儿哩。（正末云）将军息怒，我想你祖公公李通，也曾在云台门聚二十八将，渐台上诛了王莽，扶立起后汉一十二帝。到今二百余年天下，多亏了你那祖公公李通将军。你本是忠臣之后，怎生在那贼臣手下？久后担着万代臭骂，可不连你那祖公公李通忠孝之名，都沾污了？想貂蝉原是吕布之妻，董卓见他生得有些颜色，强要纳他为妾。将军，若是你的妻子董卓也强夺了，你可意下如何？（李肃云）老司徒，你若不说，我怎得知道？原来是这老贼无耻。倒是吕布兄弟还容忍得过，若我白袍李肃呵，杀了那老贼多时也。如今吕布兄弟在那里？待我助他一臂之力，同杀那老贼去。（正末云）温侯，你此时还不出来，待要怎的？（吕布做出见拜科，云）哥哥，你兄弟险气杀了也。（李肃做扶起科，云）兄弟，原来是这老贼无礼。我助你一臂之力，同杀那老贼去。（正末云）将军既有此心，可随我同见圣人去来。（同下）

　　杨彪领卒子上，云）老夫杨彪是也。只为董卓专权，谋迁汉室，着老夫昼夜踌躇，无计所出。这几日连王司徒也不见来，好是烦恼人也。（正末同吕布、李肃上，云）此间是杨太尉门首。令人，报复去，道有王司徒要见。（卒子做报，入见科）（杨彪云）司徒，这等慌慌促促而来，却是为何？（正末云）今有吕布、李肃，共肯出力擒拿董卓。老夫特来和老太尉计议。二位将军现在门外。（杨彪云）既如此，何不请进？（吕布、李肃做入见科）（杨彪云）难得二位将军有如此忠义之心。若肯扶助汉家，擒拿董卓，小官即当奏知圣人，自有加官重赏。（李肃云）告老太尉得知，俺吕布兄弟将董卓打上一拳，已做骑虎之势，不两立了，但是董卓威权太盛，满朝中那一个不是他爪牙心腹？此举若非万全，反取其祸。老太尉当与司徒作速定计，如迅雷一发不及掩耳，方能成事。我两个无过是一勇之夫，但有出力去处，自当效命，生死不辞。（杨彪云）将军说的极是，吾与司徒已有密计了。请先到银台门下藏伏，只等宣出诏书，二位将军便一齐向前，诛讨汉贼。则莫大

之功成，不朽之名立矣。（李肃同吕布先下）

（杨彪云）喜得吕布与董卓有隙，岂非天败？只是银台门授禅的事，须要着人去迎请董卓入朝，还该着那一个官儿去才好？（正末云）必须蔡邕学士去，此贼才不生疑。（杨彪云）是。令人，快请蔡邕学士来者。（卒子云）蔡学士有请。（蔡邕上，诗云）自小生来好抚琴，高山流水号知音。当时不见螳螂事，错怪东君有杀心。小官蔡邕是也。杨太尉着人相请，须索走一遭去。（卒子做报科）（蔡邕见，云）二位大人召小官来，有何事也？（杨彪云）今日特奉密诏，着学士迎请董卓入朝授禅。若得赚入朝门，擒拿了董卓，学士之功，非同小可。（蔡邕云）大人放心。小官凭三寸不烂之舌，说董卓入朝，必无他阻。只要二位大人小心着意，共立大功便了。（正末云）且喜蔡学士肯去迎请董卓。吾等即当奏知圣人，颁下诏书，不可迟也。（同杨彪下）

（蔡邕做行科，云）暮过长街，转过短陌。此间是太师府门首，我索唤门咱。门里有人么？（董卓引李儒、祗候上，云）李儒，是谁唤门哩？（李儒做听科云）是学士蔡邕唤门。（董卓云）是蔡邕唤门，李儒开了这角门儿，着他入来。（李儒云）我开开这门，学士请进。（做见科）（董卓云）蔡邕，此一来为何？（蔡邕做跪科，云）禀上太师，今日是黄道吉日，满朝众公卿都在银台门，敦请太师入朝授禅。（董卓做笑科，云）好、好、好，我也有这一日。学士，你是第一功。令人，将朝服来。（李儒做看朝服科，云）今日不可入朝。这朝服都被虫鼠咬坏了也。若入朝，必然不利。（董卓云）蔡邕，我不入朝去了。我这朝服遍身都着虫鼠咬坏，恐不中么？（蔡邕云）太师，此乃是鼎新革故，欲换衮龙袍耳。（董卓云）蔡邕，你是我心腹之人，言者当也。我到银台门内，便当换了衮龙袍，要那旧朝服何用？蔡邕说的是，李儒说的不是。令人，开了中门者。（李儒做看科，云）太师，今日不可出门，被蜘蛛罗网罩定府门内外。此一去恐遭罗网之灾。（董卓云）蔡邕，我不去了。这其间必然有甚么诈伪，故见此不吉之兆。（蔡邕云）太师，这也唤做鼎新革故。若到的银台门登了宝位，便当遮罗天下，这一座私宅也不要他了。（董卓云）学士说的是，李儒说的不是。令人，与我辆起车来。（李儒做看，云）呀，怎么驷马车折其一轮？此事大不利。太师，今日不可登车，这一去敢有去的路，无有来的路也。（蔡邕云）太师到的银台门，众公卿接着，便乘五辂之车，何止驷马？这个也唤做鼎新革故。（董卓云）学士说的是，李儒说的不是。若敢再言，必当斩首。（李儒云）罢、罢、罢，我百般的阻当，不肯听从。你此一去必遭丧身灭族之祸，那其间休说李儒不曾谏你。（做叹科，云）你的事败，我也要这性命做甚么？就今日辞别了太师，不如撞车而死，免遭贼人之手。（做撞死科）（下）（祗侯报，云）报的太师得知，有李儒撞车而死也。（董卓云）嗨，李儒撞车死了。李儒孩儿也，你好没福，你好没福。（做行科，云）蔡邕，来到朝门之外，怎么不见百官接驾？（蔡邕云）文武百官都在银台门里接待哩。（董卓云）这等，我下了车，步行进银台门去。（蔡邕云）蔡邕先去报知，领大小官员出来迎接也。（董卓云）你说的是，你说的是。（蔡邕云）我入的这门来。令人，关上门者（下）

（董卓云）可怎生蔡邕进去，将门倒关上了。此事有变，我且回去。（正末同杨彪、蔡邕领卒子上）（正末云）兀那贼臣董卓，你那里去？你知罪么？（董卓云）兀那王允，我有何罪？（正末云）蔡邕，你高高的读那诏书，贼臣听者。（蔡邕读诏书科，云）皇帝诏曰："朕以凉德，忝嗣丕基，常陨坠是惧。往者大将军何进谋除阉宦，妄召贼臣，遂拥兵入朝，窃弄威柄。朕实悔悼于厥心。幸赖祖宗之灵，天殛其恶。可着焚尸通衢，以警中外。其余徒党，咸赦勿问。故兹诏示。"（董卓云）这事不中。只索逃命，走、走、走。（李肃领卒子上，云）兀那老贼，走那里去？吃我一枪。（董卓云）好李肃，好李肃，你怎敢刺我？吾儿吕布安在？（吕布冲上，云）老贼休走，吃我一戟！（吕布做刺董卓跌倒科，云）呸，好悔气，遇这等两个孝顺儿子。一发连夫人貂蝉也着他拿绳子来捆缚了我罢。（李肃、吕布云？）霭蠛骙靠？（杨彪云）今日诛了董卓，保安了汉室江山，多亏了老司徒的妙计也。（正末唱）

【雁儿落】他下的你下的，你有义他无义。人无害虎心，虎有伤人意。

（杨彪云）那董卓自谓威权在手，觑得汉家天下，旦夕可图。岂知有这今日？（正末唱）

【得胜令】方信道天网自恢恢，业重祸相随。他认做威福长堪假，怎知道江山不可移？今日个燃脐，也是他自做下舀天罪。我和你扬眉，不枉了舍残生救主危。

（杨彪云）今日此举，若非司徒定计，岂能成功？小官即当奏知圣人，重加封赏。（正末云）托赖天子洪福，王允何功之有？（唱）

【挂玉钩】这都是天地神灵暗护持，因此上感动的英雄辈。（杨彪云）我想董卓倚恃吕布，结为养子，怎么就肯归顺朝廷，共讨此贼，却是为何？（正末唱）谁承望义女貂蝉正是吕布妻，他不合相调戏。（杨彪云）这事我已尽知了。但吕布一个便要报仇，那李肃也是董卓的养子，为何都肯顺俺？（正末云）那董卓为貂蝉之故，差李肃擒拿吕布，到我府中，被我把几句忠义的说话激发他，连李肃也不忿其事。因此拔刀相助，得成大功，皆二人之力也。（唱）吕布有盖世威，李肃有冲天气。若非他归顺厂皇朝，谁与咱剿灭这奸贼？

（杨彪云）既如此，小官便当奏知圣人，叙功行赏者。（下）（蔡邕云）当日蔡邕曾说来，道这董卓必死于吕布之手。若要离间他父子，必用美女连环之计。不知老司徒可还记得否？（正末云）果然如学士所料。（唱）

【水仙子】元来那风道人掷卜本仙机，蔡学士你为谋早预知。董太师果断送在连环计，吕温侯有胆力，如今个杨太尉奏上丹墀。

（杨彪上，云）你众官望阙跪者，听圣人的命。（正末同众跪科）（杨彪云）卓本关西一武骑，自恃雄豪足盖世。亲提健卒入朝来，眼底全无汉皇帝。揽权擅威行不道，纳用子妻如狗彘。腹心牙爪尽崩离，已知此虏为天弃。即今斩首银台门，焚尸长安正厥罪。蔡邕学士多智谋，往来其间用游说。特加礼部侍郎衔，兼掌中书知诰制。吕布订贼建首功，封王出镇幽燕地。其妻貂蝉亦国君，随夫之爵身荣贵。李肃曾是卓家奴，晚能自拔来归义。可以骠骑大将军，仍领羽林作环卫。老臣王允怀主忧，当筵巧使连环计。是用报卿左丞相，与国同休永无替。（众谢恩科）（王允云）臣允老矣，恐不能久在朝端，扶助主上。（唱）愿圣主千年寿，保皇家万代基，容王允可便拂袖而归。（众下）

全剧终（全剧共有 56 首诗曲）

明

诗耀星河

机缘眷顾，造化垂青。明朝将近二百八十载，对临洮这方热土讴歌吟赞的诗人实在太多。史料珍存下来的他们的诗篇，汇成璀璨星河，将临洮的夜空点缀。

这些诗人，有声名赫奕的才子，亦有忠肝义胆的名臣；有富于传奇的乡贤，亦有政绩卓著的官吏。他们调声遣字，倾情成诗，状狄道形胜，绘临洮风情。字里行间诉说着临洮沧桑岁月的变迁，倾吐着他们在临洮的生活感悟，渗透着他们对临洮热爱的情愫。"洮阳八景"，佛归石窟，玉井碧峰，石景峡潭，这些临洮名胜在诗篇里不时呈现，让人赏心悦目。若问吟咏岳麓超然书院诗篇何其多？答案是：惺惺相惜，"忠愍"公杨椒山太有人格魅力！他创建的超然书院，使蕃汉有教无类，为临洮的文风蔚起奠定了基础，泽被后世。

今天我们走进了新时代，请读者诸君赏读这些诗篇，增进对临洮热土的挚爱，廓开胸襟，生发建设美好临洮的责任。（梁舒生）

明·王中

王中（生卒于元末明初），字仲可，号井天迁叟。临洮人。世以耕读为业，知学而不干仕进，日以诗文自娱。玉井峰栖云洞是其读书处。著有《史断》《井天诗草》等。撰修之《临洮府志》已佚。《狄道州志》："府之有志，自仲可始。"寿八十卒，祀乡贤。

咏玉井峰

名驰洮阳三百里，巍峨玉井第一峰。

此地不是虚灵窍，何处再寻玄妙门。

注：此诗为民间世代流传，题写于玉井石寺墙上。

玉井峰

玉井山前坡坨盆，幽径直坻唐泉东。

南岩断涧深万丈，北岭横岗摩天门。

旭日东升云雾暗，初弦斜照殿阁昏。

高人已乘黄鹤去，寂寞林荫道空存。

明·罗贯中

罗贯中（约 1330—1400），太原人，号湖海散人，元末明初小说家，《三国志通俗演义》的作者。

董卓迁都

董卓迁都汉帝忧，生灵滚滚丧荒丘。

狗衔骸骨筋犹动，乌啄骷髅血尚流。

郿坞追魂凭李肃，宫门取命有温侯。

奸雄已死戈矛下，直到如今骂未休。

董卓之死

霸业成时为帝王，不成且作富家郎。

谁知天意无私曲，郿坞方成已灭亡。

明·陈质

　　陈质，江西广信人。洪武十一年（1378）以特恩入军籍。以参将守大同，进中军都督同知。洪武间，谪戍兰州之中护卫。精医术，善吟咏。自少至老，好学不倦。有《瓦瓿集》藏于家。

马衔风雪

追游曾过马衔巅，民俗凄凉景淡然。

风劲片云三尺雪，山高一日四时天。

倒旋羊角一何怒，碎剪鹅毛色更鲜。

暂驻行骖凝睇处，也须横槊赋诗篇。

洮水秋声

西风飒飒扇洮河，万籁齐鸣应此波。

隔岸渐凋梧叶少，沿河已放荻花多。

天涯聒梦增乡思，船尾流音发棹歌。

欲纵吟眸闲徙倚，长空时有雁行过。

明·解缙

解缙（1369—1415），字大绅，一字缙绅，号春雨，江西吉安府吉水（今江西吉水）人，洪武二十一年（1388）进士，官至内阁首辅、右春坊大学士，参预机要事务。解缙因为才学高而好直言被忌惮，屡遭贬黜，最终以"无人臣礼"下狱，永乐十三年（1415）冬被埋入雪堆冻死，卒年四十七，成化元年（1465）赠朝议大夫，谥文毅。

寓河州（其二）

长城只自临洮起，此去临洮又数程。

秦地山河无积石，至今花树似咸京。

注：今甘肃临洮县城北三十里，战国秦长城西起于此，遗迹尚存。

洮水秋声

洮水南来万顷田，天然节奏自宫商。

蒹葭浪涌松涛吼，芦荻风寒玉韵长。

八月随槎秋意远，中宵入枕客心伤。

此声欲共时人听，此耳还愁世不常。

注：疑首句尾"田"字有误，应为"芒"字。

明·薛瑄

薛瑄（1389—1464），字德温，号敬轩。河津（今山西万荣）人。明代著名思想家、理学家、文学家，河东学派的创始人，世称"薛河东"。官至通议大夫、礼部左侍郎兼翰林院学士。天顺八年（1464）卒，赠资善大夫、礼部尚书，谥号文清，故后世称其为"薛文清"。隆庆五年（1571），从祀孔庙。

送陈都御史之临洮

九重深念及西人，山镇还须老大臣。

宪节入关随爽气，玺书行郡布阳春。

山连玉井晴飞雨，地接金城迥不尘。

经济本为儒者事，功成还拟画麒麟。

明·张弼

张弼（1425—1487），明松江府华亭人，字汝弼，号东海。成化二年（1466）进士。久任兵部侍郎，出为南安知府。少善草书，工诗文，自言吾书不如诗，诗不如文。有《鹤城稿》《东海稿》等。

送陕西吴宪副仲玉守备洮岷诗一首

独携长剑守穷边，洮水岷山路几千。

五月毡裘踏冰雪，三更笳鼓报烽烟。

巴茶宛马僧徒市，羌语番文译史传。

且喜班超身未老，贤劳深得圣明怜。

明·朱阳仲

朱阳仲（1426—1499），初名王悦，字世昌，大名府浚县（今河南浚县）人。明代中期名将、诗人。景泰二年（1451）进士，累官右副都御史、巡抚、兵部尚书，以功封威宁将军。

出塞曲

雪尽洮河月满营，胡儿羌笛奏边声。

春风不到单于塞，何事梅花夜夜生。

明·刘源

刘源，字大本，临洮人。由举人官长沙府同知。丁忧后政太原，迁两淮运同。后以忤权阉左迁广东行太仆寺丞，知嘉兴。景泰七年（1456）政守永平府。所至廉介公清，人不敢以私，举"廉能"。后调开封府，以母老乞休，军民奏留，加三品服俸，卒于官。博学善临池。著有《翠屏集》。

洮阳八景

一、东岩伏冰

东山巉险翠岩中，九夏凝水一镜空。

漏点频听声滴沥，银堆尚嵌影玲珑。

宜吟北鼠诗中句，那用齐纨扇底风。

游赏归来清不寐，恍疑身到水晶宫。

注：东岩在岳麓山下，滴水溅流，冬即坚凝成冰，埋伏土中，虽盛暑不消，故曰伏冰。

二、西岩卧龙

岩山苍翠与云齐，偃蹇横蟠洮水西。

绝顶若蛟潜碧沼，半空佳气作虹霓。

为霖立致云翻墨，济旱能令雨足犁。

不见南阳诸葛亮，挥毫拂石漫留题。

注：西岩即太极山支山也。其形蜿蜒如龙，横卧洮西。天旱郡人取水祈祷，辄获霖雨，故曰卧龙。

三、南山积雪

洮阳南去万重山，云荫崎岖杳霭间。

白压乱峰排玉笋，翠分绝顶露云环。

洞溪深积应千尺，樵径难寻只半湾。

寺少料知僧不到，林疏自是鸟声闲。

注：南山，即白石山也，在治南百里外。其上高寒，春夏积雪不消，故曰积雪。

四、北岭横云

北望危峰接太虚，云横几抹雨初余。

封岩呈色闲来往，山岫无心任卷舒。

天际阴晴还有意，人间富贵不关渠。

少时未肯从龙去，变作重楼尽不如。

注：北岭者，即马衔山分岭也，在治北百里外。无论阴晴，从治城望之，时有烟云横截山腰，故曰横云。

五、洮水流珠

隆冬洮水响如雷，不尽冰珠滚滚来。

供目乱翻还荡漾，乘骢欲去复徘徊。

岂同禹阙桃花浪，争似瞿塘滟滪堆。

颗颗鲜圆新出蚌，喜归骚客句中裁。

注：在治西里许有洮水。交冬麻姑淋铺流水面，匀圆如串珠，故曰流珠。

六、宝鼎停云

炉峰崒崒逼层霄，云作余香顶上飘。

风定回文书巧篆，雨余一缕画难描。

浑如金鼎和烟袅，不比沉檀带焰烧。

尽日氤氲人莫测，闲看来往似相招。

注：宝鼎，即西坪山也，在洮西。形似香炉。其上常有氤氲郁结，故曰停云。

七、西湖晚照

岂比乘舟范蠡湖，四围山色绕青蒲。

半竿斜照林峦出，数顷青波锦绣铺。

称晚寻幽僧独步，背明结阵鸟相呼。

携筇试向西楼望，暮景晴收若画图。

注：西湖在治西二里许。向晚日光对射，湖水通明，如万道金蛇，足供赏玩，故曰晚照。

八、玉泉涌月

古刹依山涌玉泉，细流一脉净涓涓。

深沉皎月流还远，分出寒潭破又圆。

桂影恰升云汉上，冰轮先下石岩前。

洮阳一段双清景，争开鲜妍不计年。

注：玉泉在岳麓山右脚下，旁有龙泉寺。夜月照泉水中随水泛溢，故曰涌月。

袁鹏按：终于集齐了明万历《临洮府志》（仅存于日本国立国会图书馆）卷二十五《艺文录·下》中的洮阳八景诗。作者刘源（无详细介绍）。因原文繁体与模糊，或有失严谨，求斧正。

明·杨一清

杨一清（1454—1530），字应宁，明镇江丹徒（今江苏丹徒）人。成化八年（1472）

进士。正德中为右副都御史，总制延绥、宁夏、甘肃三镇军务。因不附刘瑾去官，刘瑾伏法后，起为吏部尚书，嘉庆初，总兵陕西诸地军务。有《石淙类稿》。

山丹题壁

关山逼仄人踪少，风雨苍茫野色昏。

万里一身难独任，百年多事共谁论？

东风四月初生草，落日孤城早闭门。

记取汉兵追寇地，沙场犹有未招魂。

注：记取句，汉代霍去病曾率骑兵一万从陇西狄道（今临洮）出发，渡黄河，沿大通河经门源一带至河西走廊，在武威附近战败匈奴休屠王，越山丹县南的焉支山后班师。

明·曹英

曹英，字文华，号恒斋，别号默翁、三友主人，临洮人。天顺四年（1460）进士，以湖广道监察御史巡按四川。未几，以言事忤肯左迁邵阳知县约二年，引疾归里。著有《遗兴集》《恒斋实录》等。

赋得北岭横云

主镇洮兰抱万灵，云生腋下载图经。

青钿露顶摩霄汉，白玉横腰人画屏。

有象为霖苏草木，无心出岫起雷霆。

暮年不遂登临愿，野水闲花慕管宁。

明·余璞

余璞，户部郎中。

万寿观

蓬莱宫中刀圭客，昔年谪下来天阙。

天风吹落步虚声，宫袍犹带烟霞色。

背云只写白云篇，碧桃露和立霜研。

分明字字写无误，不遇知人弗肯传。

青牛又驾函关外，旧日大罗知己在。

相携还约上蓬莱，玉盘前席虚相待。

明·李梦阳

李梦阳（1473—1530），字天赐，又字献吉，号空同子，明庆阳人。弘治六年（1493）进士，任江西提学副使。

出 塞

胡马黄河限，秦亡紫塞存。

碛沙浮落日，寒雾宿疏墩。

哨马三边动，烧荒千里昏。

将军拜金印，白骨不曾论。

明·何孟春

何孟春（1474—1536），字子元，郴州人。明弘治进士，官至右副都御史、云南巡抚。嘉庆初为礼部尚书，卒谥文简，有《何燕泉诗》。

临岷道中

景色来西徼，萧条信远方。

水分羌部落，山绝汉封疆。

几处青稞熟，深忧白雨伤。

荒城谁为守，十室九逋亡。

明·刘宪

刘宪，字廷试。湖南益阳人。明成化进士，官拜监察御史等职。

摩云岭

九月初秋到，千山雪已深。

石危妨驱马，林晚怯栖禽。

草没平沙暗，云涵邃谷阴。

谁言边塞苦，今人属登临。

过沙泥驿

驻马沙泥驿，登高送远眸。

关云还北拱，洮水自西流。

老屋半无土，童山全是秋。

亲庭渺何处，梦绕楚江头。

注：摩云岭，距临洮县城一百五十里，岭上有摩云关，为临洮兰州交界。沙泥驿，在县城北八十五里处，今太石乡站沟村龚家庄。

明·徐祯卿

徐祯卿（1479—1511），字昌谷，吴县（今江苏苏州）人。明代文学家，称为吴中诗冠，是江南四才子之一。

从军行

青天碛路挂金微，明月洮河树影稀。

胡雁哀鸣飞不渡，黄云戍卒几时归？

明·何景明

何景明（1483—1521），字仲默，号白坡，又号大复山人，信阳浉河区人。明弘治十五年（1502）进士，授中书舍人。正德初，宦官刘瑾擅权，何景明谢病归。刘瑾诛，官复原职。官至陕西提学副使。为"前七子"之一，与李梦阳并称文坛领袖。有《大复集》。

陇右行送徐少参

陇右地，长安西行一千里。

秦日长城号塞垣，汉时故郡称天水。

圣朝扫荡无烽烟，射猎之地为桑田。

熟羌卖马常入塞，将军游骑不出边。

知君风采古遗爱，扬策传符度关内。

父老三秦望节来，犬戎诸夷遮马拜。

开藩分道镇边尘，居守巡行历几春。

熊轼朱幡今岳伯，豸冠白笔旧台臣。

瓦亭之西半山谷，土室阴阴连板屋。

落月孤城清渭源，寒云古碛黄河曲。

十年此地曾游歌，别来风物今如何。

竹花秋临鸟鼠穴，杨叶夕渡鱼龙波。

回看万里风云色，少小趋庭泪沾臆。

相送悲吟不尽情，关山陇坂高无极。

明·莫抑

莫抑，广西马平人。巡茶宪臣。明弘治十七年（1504），令陕西每年检宪臣一员巡禁私茶，驻临洮。

洮　水

春碉非瞿峡，洮溪险蜀流。

惊涛风万壑，激浪雨千丘。

客思翻波涌，羁情逝水悠。

浮槎虽可泛，难去到融州。

明·唐龙

唐龙，字虞佐，兰溪人。正德三年（1508）进士。曾任临洮郡臣，后官至兵部尚书。著有《渔石集》。

119

临　洮

荒郡村烟少，频年胡骑多。

风云屯紫塞，雨雪涨黄河。

何处来天马，谁人制骆驼。

纷纷增感慨，此后更如何？

注：紫塞即秦长城，夯土层为紫色。

摩云岭

渺渺云沙地，萧萧井径秋。

摩云难度马，积石可浮舟。

月吐风先起，星飞野欲流。

披衣对明烛，谁识杞人忧。

明·赵贞吉

赵贞吉（1508—1576），字孟静，号大洲。四川内江桐梓坝（今四川内江）人。明代名臣、学者，南宋右丞相赵雄之后。官至礼部尚书兼文渊阁大学士、掌都察院事。

临洮院后半壁古城歌

君不见秦城万里如游龙，首接洮河尾辽海。

三堵龙头势隐辚，至今不共山河改。

何时山外起新陴，围绕古城当户楣。

相逢若识桃源叟，应忆当时征戍儿。

临洮院后较射亭放歌行

东风吹泉作酒香，洮水射河河水黄。

落日正挂昆仑傍，手弯劲羽欺垂杨。

借君厩上三飞骝，葱海蹴踏葡萄浆。

黄鹄高高摩青苍，弹来一曲堪断肠，

有女肯嫁乌孙王。

注：见西汉刘细君《悲秋歌》。

明·汤显祖

汤显祖（1550—1616），江右人，字义仍，号海若、若士、清远道人，出生于江西临川，中国明代戏曲家、文学家。祖籍临川县云山乡，后迁居汤家山（今抚州）。

夏州乱

夏州叛军如互堡，迫挟藩王磔开府。

贺兰山前高射天，花鸟池南暗穿虏。

前年通渭血成壕，天上太白愁烽高。

不信秦人阮翁仲，铸金终得镇临洮。

明·冯惟讷

冯惟讷（生卒年不详），字汝言，明临朐（今山东临朐）人。嘉庆十七年（1812）进士，官至山西参政按察使、陕西布政使等职。

皋兰观兵

露骨山前月色高，夜闻胡骑在临洮。

将军为挂平羌印，独倚长虹看宝刀。

注：露骨山在渭源县南部和漳县交界处，山体呈白色，如同露出骨头，故名露骨山，主峰海拔 3941 米。清人吴镇曾经写道："生成傲骨永如斯，露出堂堂太白姿。遥望山巅频积雪，登临路径犹崎岖。盘桓耸石拖寒雾，磊落雄峰卷洁池。不改千秋朴素态，常留后世共称奇。"宋神宗熙宁元年（1068）朝廷派遣王韶筹划克复洮水流域，建置熙河，于是发动了熙河之役，露骨山为主要战场之一。此战宋军通过长途奔袭，收复洮州而建熙州。

明·徐渭

徐渭（1521—1593），字文长，号天池山人，又号青藤居士，浙江绍兴人。明代著名杂剧家、诗人、画家。著有《徐文长集》《南词余录》《四声猿》。

射雁篇赠朱生

去年射雁黄浦口，三军进酒齐为寿。

今年射雁复何处，海舶停沙大桅竖。

君本临洮豪杰士，汉时六郡良家子。

作客羞为堂下人，射生惯落云中羽。

腰间束矢插两房，连年驱贼如驱羊。

辕门待士近不薄，朝来归兴何洋洋。

丈夫有遇有不遇，去留之间向谁语？

明·李弼

李弼，临洮人，永乐时任南康知府。

超然台

我生自来多闲放，暮春散步东山上。

天空海阔景无穷，白云水清风荡荡。

此台昔以凤凰名，至今凤去台益旷。

老君曾此炼金丹，遁老于斯排仙杖。

千载寥寥迹已陈，只有蒿莱盈岫障。

超然之号自谁传，古往今来徒想象。

幽花野草尚依然，多少英雄成孟浪。

春日偷闲且娱游，携朋笑傲忘形状。

乾坤生我莫蹉跎，对酒须当共酬唱。

君不见，北邙山下冢如林，几人复起回头望。

明·宋贤

宋贤，字及甫，号定于，松江华亭人。嘉靖进士，曾令新昌，后拜御史巡按甘肃。

陪孙月岩道长登超然台次韵

皓皓金玉姿，宛在洮水东。

溯洄期相从，烟波渺长空。

日来造诣别，业广德益崇。

缅惟岳麓游，兰芳挹葵茺。

灵籁发幽响，冰弦韵松风。

当歌荐羽觞，酒映花光红。

台榭俯碧落，复道青云通。

飞盖山林柯，凌险驱双骢。

眷兹几席亲，如在春风中。

相看闻逆旅，狐裘共蒙茸。

日落故尧墟，树暗吴王宫。

睇盼不可及，倚剑吟崆峒。

明·雍焯

雍焯（1508—1578），字暗中，后字如晦，临洮人。嘉靖丁酉年（1537）举人。官至贵州道监察御史，有政声，史称名御史。民众评价他："高如山，明如镜，清如水，平如秤。"

超然台

荒台菀山坳，颓然歌遗墟。

若有栖凤名，岁月邈绵迂。

不见灵鹫翔，空有山鸟歈。

春原野卉芳，秋云敛澄虚。

万山浮翠秀，霁魄曜天衢。

寥沆天赖寂，崖屿雁凫呼。

凭高有坐啸，千壑振吟嘘。

林岩梵呗出，遥楼横笛舒。

清宵览皓月，危榭俯郊庐。

旷矣幽胜境，高骛广寒居。

东溟阳鸟上，嚣然群动驱。

明·李濂

李濂（1489—1566），明河南祥符人，字川甫，一作川父，号嵩渚。正德九年（1514）进士。任沔阳知州、宁波府同知，升山西佥事。

弔竹园雍翁诗

西方有逸老，抱道一亩宫。

隐居岳麓下，高名震关东。

生涯付耕耨，故宅惟蓬蒿。

雅性喜植竹，自号竹园翁。

积书多手录，一室栋宇充。

问奇载酒至，留款忘屡空。

立祠祀祖考，大孝无终穷。

思亲有遗藁，泪湿剡楮红。

郡志体裁善，世谱古史同。

更著咏物诗，典丽嗟良工。

幽怀秉高尚，元思涵渊冲。

肥遯无不利，考槃乐其中。

大耋夙所钦，冥冥九霄魂。

哲人久不作，启后徵阴功。

贤孙西台彦，九衢行避骢。

追赠典章在，帝泽何其隆。

濡毫此凭吊，遐慕箕颖风。

注：此文书名御史雍焯。

明·杨椒山

杨椒山（1516—1555），原名杨继盛，号椒山。初授南京吏部主事，嘉靖三十年进京任兵部员外郎。因上《请罢马市疏》弹劾咸宁侯仇鸾，被贬到甘肃临洮任典史。仇鸾获死后，被召回京，三十二年擢升为刑部员外郎，后改兵部武选司员外郎。一个月后，又上《请诛贼臣疏》奏劾严嵩十大罪状，被削职下狱。三年后，严嵩将其与死刑犯一起上报，被杀于西市。

谪贬临洮及狱中诗联

小儿索余画骑马官，因索诗随吟父子问答口号

我已因官累，尔何又爱官？

街前骑马者，轰烈万人看。

经渭水喜雨途中

随车甘澍南山遍，澈底清流渭水长。

一路氓谣亲听得，福星高莅荷君王。

鸟鼠山

六月驱车塞外行，洮云渭水不胜情。

晚来更上层楼望，羌笛一声山月明。

同门生五十人游卧龙山寺

出门已觉精神爽，况复阳回宇宙清。

野树含烟迷寺迥，晴山披雪倚云明。

游天华山

天华咫尺郡城西，翠壁丹崖望欲迷。

楼阁势随山起伏，幡幢影逐树高低。

当窗晴汉缨堪濯，入座闲云袖可携。

胜地重来良未卜，临行拂面作新题。

注：天华山，即今莲花山。

风送榆钱入户

三月不知春色暮，重门深锁贯城寒。

东风错认王侯院，误送飞钱落枕单。

言志诗

读律看书四十年，乌纱头上有青天。

男儿欲画凌烟阁，第一功名不爱钱。

夏午睡胡敬所年兄因见教作此和谢（其一）

逐日课程惟有睡，百年勋业本无心。

圣君赐我安闲地，好做羲皇世上人。

夏午睡胡敬所年兄因见教作此和谢（其二）

一息尚存还报主，万年不死是吾心。

于今只合昏昏睡，笑杀当时勋业人。

夏午睡胡敬所年兄因见教作此和谢（其三）

疏懒百年还旧癖，功名此日负初心。

本来面目频频照，恐落寰中第二人。

读易有感

眼底浮云片片飞，吉凶消长只几希，
自从会得羲皇易，始觉前时大半非。

送狄道训导李南峰掌教清水

七载青毡多士服，九重紫诏五云开。
熙城桃李含春雨，渭水鱼龙惊夜雷。
帐望德星辞壁野，相思明月照秦台。
弦歌漫奏别离调，衰柳西风无限哀。

送张兑溪之任庐州

我期玄素回天力。何事赤符此日行。
几度为亲焚谏草，百僚忌尔着时名。
莺啼晴树秦烟暮，旌拂庐云曙色明。
若遇超然同志问，为言终不负平生。

注：张兑溪，即与椒山同朝为官的临洮张万纪。

有　感

短鬓娑婆乌布巾，分明天地一狂人。
忧时泪应笙歌落。报主心希宇宙新。

寇贼共传知有我，孤危不死岂无神。

寥寥勋业将蓬鬓，虚负当年献纳臣。

和赵兵马海壑韵

残魂零落又经年，尽日凄然掩泪眠。

啼鸟似怜人寂寂，空楼独对月娟娟。

死生浪寄乾坤外，勋业虚思泰岳巅。

还草万言书欲上，踟蹰何处是尧天。

注：泰岳即临洮岳麓山泰岳庙，在超然书院旁。

小　雪

破窗不奈西风冷，况复萧条一敝裘。

疏雪飘残忧国泪，寒更敲碎贯城愁。

悲歌劳忧惭燕士，坐卧浑忘是楚囚。

四海寻家何处是，此身死外更无求。

元旦有感

老天留我报君身，惆怅蹉跎又一春。

几度丹心连血呕，数根白发带愁新。

回思往事真堪笑，自幸更生似有神。

璞在不妨仍泣献，踟蹰无计达枫宸。

元旦狱中自制素纸灯笼，狱卒以无文彩，索诗，赋此

一

风蹴水晶碎，彩联珠翠浮。

何如皎皎月，是我大灯笼。

二

有月何须烛，无云不怕风。

借谁竿百尺，光照九天中。

临刑诗

浩气还太虚，丹心照万古。

生前未了事，留与后人补。

联语六则

一

铁肩担道义

辣手著文章

二

日照心犹赤

风吹骨更香

三

赏心况有樽前客

忍负春风寂寞还

131

四

遇事虚怀观一是

与人和气察群言

五

爱读秦碑兼汉篆

好寻奇字到云亭

六

十两黄金轻一芥

百年清节重千钧

注：清乾隆《狄道州志》卷九第九页记载："王朝相，邑庠生，从游杨忠愍之门。一日，于市拾遗金，廉，得遗者而还之。"忠愍为其门题联语，并额曰"廉士"。

狱中与超然书院诸生书

书院诸友文会下：

昔承雅爱，随具谢言，想已达矣。

年来学业如何？幸勿蹉跎也！有怀不尽外，狱中作诗数十首附览。然予之志亦见于此矣。

系狱友生杨继盛再拜。

明·李汶

李汶（1535—1609），字宗齐，今河北任丘城西陈王庄人。嘉靖朝进士。累官至兵部尚书。

过洮堡

历遍穷荒寂寞迴，华夷界限目中该。

水光一带漱飞石，山色四围余碧苔。

肘印登坛推上将，据鞍草檄藉雄才。

大风猛士今何在？环顾空拳抱未开。

明·杨文莒

杨文莒，明朝万历年间御史。

忠愍公书院

忠臣祠宇峙高岗，暇日乘骖到上方。

百世常沾新化雨，三朝如在旧冠裳。

封章未遂英灵限，篆额犹标姓字香。

读罢残碑增感慨，徘徊无语对斜阳。

明·黄升

黄升，明万历年间御史。

椒山书院次见薇杨年丈韵

先生何事来洮水，斩马曾经借上方。

岂谓赐环图报效，翻今西市惨簪裳。

奸雄少缓须臾死，忠尽常留万代香。

遗迹重新生气在，只因鸣凤重朝阳。

明·荆州郡

荆州郡，明朝山西临猗人。进士，万历二十六年（1598）任临洮兵备道副使，后加升参政，右布政使。

立春日陪侍御杨公书院赓韵

骢行不是爱崇岗，为慕先生谪远方。

赢得诸生能对榻，肯怜迁客有沾裳。

人文一谢松杉老，祠宇犹存黍稷香。

此日东风随揽辔，似因桃李布春阳。

马衔风雪

客邸惊心节序迁，马衔雪色自年年。

霸添气象三冬凛，日助光辉六月妍。

怪石埋头盐虎卧，老梅曲干玉龙缠。

封姨不卷寒花去，只散琼瑶满洞天。

麝香坡晚笛

山高日暮古坡荒，牧笛犹含旧麝香。

小曲宫商浑不管，太平盛世两相忘。

牛羊欲下途初静，麋鹿思同意未央。

待月频吹归距外，因风散入满洮阳。

明·王曰然

王曰然，景陵（今湖北天门）人。万历二十六年（1598）任临洮府知府，在狄道东山复立笔锋塔，支持杨继盛创办超然书院。离去后，狄道人将他以名宦祭祀。

超然台上浮图

超然台榭倚去开，宝塔凌虚接上台。

洮水远从天上落，星槎近向斗边回。

招魂塞曲余衰草，极目中原数举杯。

闻道文场今对垒，门墙高足已先摧。

明·高伟

高伟，明朝万历年间，临洮府推官。

题超然台上浮图

谁向岗头竖玉标，光芒气触斗牛摇。

飞来双燕超华表，兆起群龙上碧霄。

山岳开祥唯此地，时髦登第属今朝。

万年瞻仰功常在，信是仁人教泽饶。

明·任彦棻

任彦棻，山东任城人，明万历壬辰年（1592）进士，曾为陕西副使。

登超然台谒杨忠愍公（四首）

一

社稷危摇畏孔壬，盖臣发难虑独深。

欲碎一朝栖楚首，敢辞九死比干心。

烈烈精诚如矢直，巍巍骏誉并山岑。

高台古庙迹无朽，俎豆千秋共仰钦。

二

熙朝何事万年安，为有贞良立陛銮。

长疏直陈奸胆破，递麟不避壮心丹。

明月夜深识貌庙，悲风日暮绕谷盘。

抠衣趋拜追思久，古木黄沙野望漫。

三

圣朝历数原无算，天植英豪独敢言。

直欲陈谟安社稷，故撼危论扣天阍。

青史表忠日月丽，丹心立庙古今存。

高风千载人钦止，起懦廉顽师道尊。

四

先生古庙倚高峰，遗像于今想道尊。

易水含灵钟哲辅，金城有分寄贤踪。

当年峻节华夷见，没世孤忠朝野宗。

矫矫勋名宇宙少，好将传记续龙逢。

明·祁光宗

祁光宗，直隶滑县人，明进士，西宁道参政。

谒杨忠愍公祠（二首）

一

逐臣久已骑箕去，此地犹看俎豆存。

立仗一名成大节，投荒万里识君恩。

空山实下英雄泪，遗像谁招慷慨魂。

天地几人能不朽，浮云世事总休论。

二

超然台上树苍苍，洒酒荒祠重感伤。

肯为一生忘社稷，覃甘万死悟君王。

吴门莫作江潮浪，楚泽能留蕙芷香。

自是枌榆仰止在，临风不觉泪沾裳。

明·邢云路

邢云路，明万历三十五年（1607）前后为临洮兵备道，陕西按察司副使。

谒杨忠愍公祠（二首）

一

孤臣去国今何在，遗像丹青俨若存。

抗疏直将除汉贼，捐躯无复报君恩。

金城落日千行泪，秋马临风五夜魂。

莫奏胡笳与羌笛，不堪幽咽曲中论。

二

荒台四望野苍苍，展庙怀贤倍感伤。

忠节一身酬社稷，圣明千载自天王。

可怜燕市风霜惨，博得凌烟姓字香。

直道在人今古恨，谁能过此不沾裳！

明·刘三省

刘三省（生卒年不详），明朝宣府人，武进士，临洮总兵。

谒杨忠愍公祠（二首）

一

忆昨先皇事朔方，孤臣慷慨谏明光。

开边不独金缯费，谋国终思社稷长。

疏到九阍寒雨雪，时危万里谪遐荒。

艰难径事空山里，千古犹存翰墨香。

二

尚方请剑史犹青，燕市风霜血尚腥。

一代忠臣唯涕泪，千年王业在朝廷。

疏成日月回天象，歌到龙蛇殒岁星。

易水至今寒不返，西风回首羡鸿冥。

明·唐懋德

唐懋德（生卒年不详），字世修，举人，明朝云南晋宁人。万历三十二年

（1604）由湖广润州调任临洮同知，修成《临洮府志》。

谒忠愍公祠步韵（二首）

一

荒台蹑踪悲摇落，俯仰韩坤遗庙存。

像俨马曹唯正气，节全燕市尽皇恩。

殷勤式酹三杯酒，慷慨频招万里魂。

词客千言留短碣，赤心总莫句中论。

二

一谪金城赖彼苍，只今瞻仰寸心伤。

千年日月开昌运，绝塞文章衍素王。

气吐白虹直浩荡，祀崇红庙倍馨香。

临风不尽皈依思，惨淡秋阴浸满裳。

春日同王司理游超然台（四首）

一

春风携手陟春台，万点芙蓉对面开。

细草茸茸山径转，娇莺呖呖海云来。

岩前紫翠侵衣袂，树杪笙簧落酒杯。

敬簟乾坤歌浩浩，忽惊双鹤梦初回。

二

莫言乡远怕登台，春风能教怀抱开。

袅袅花枝分月艳，双双燕子趁晴来。

绿芜偏惹王孙骑，白雪争传公子杯。

况复狠氛天外净，大家同乐总忘回。

三

谁遣烟云拥翠台，一声蜡屐便惊开。

空濛树色重重丽，料峭松风谡谡来。

梅落暗从溪上笛，霞标时见掌中杯。

纵横鸟篆寒生石，醉眼昏花读几回。

四

探奇更上最高台，云净长空一鉴开。

柳外绿浮流水去，尊前青送远山来。

四垂寥廓天底幕，万顷苍茫月度杯。

徙倚杨公旧书舍，虚窗星斗正招回。

明·花山

花山（生卒年不详），嘉靖十六年（1537）威远知县。

望超然书院

坐对超然近，舒怀仰止间。

无心云自出，有意鸟知还。

道统遵周礼，英才赞马班。

春风花草馥，独有蝶偷闲。

椒山书院留饮

椒山忠义原天性，对客相谈尽谠言。

多少有名天下士，空将道学讲千翻。

明·张万纪

张万纪，字舜卿，号兑溪，临洮人。嘉庆丁未年（1547）进士。官至吏部给事中，曾任庐州知府。超然台双忠祠祀之。著有《耕学语录》《超然台山人集》。

超然台有怀椒山年兄

登临岌巀郡之东，叠巘长河簇望同。

抗疏客来龙阁念，传经人去凤台空。

犹怜涧水春残绿，依旧岩花霁后红。

迟仁新祠生百感，孤臣无地学冥鸿。

临江仙·游西岩寺效陈简斋体（二首）

一

忆昔琼林筵上饮，榜中多少豪英。宫花斜插绿罗轻。文昌传玉酒，吹彻紫箫声。　　四十年来如一梦，此身虽在堪惊。闲登浦阁弄新晴。上心无限事，孤月对人明。

二

忆昔追趋青琐闼，省中多少豪英。皂囊清昼漏无声。大官供绮食，醽醁玉樽横。　　天上归来成底事，此情耿耿谁明。迟回岩槛俯江汀。簸扬都已异，云

141

静浪花平。

明·暴孟奇

暴孟奇，（生卒年不详），明朝山西屯留人。字纯甫，号玉溪。嘉靖四十四年（1565）进士。万历七年（1597）调任临巩兵备道副使。后升陕西布政司参政。

洮阳漫兴

星轺远远下临洮，细看星缠郡亦高。

山势蜿蜒龙偃卧，水声砰湃虎咆嗥。

秦皇万里城何在，充国千顷地尚膏。

但愿将军脩故事，无劳终日试弓刀。

登超然台次四山韵（四首）

一

闲步危台万叠横，一时光景入眸明。

院深风扫台阶净，云去松头月生白。

二

巍巍气节与天齐，祀典年来重陇西。

洮水秦云无限思，慵听人怨与猿啼。

三

一封疏奏动朝簪，莫道天王知未深。

忠愍追褒延世泽，谁云不慰九渊心。

四

报主丹心傲素秋，忠精直射九层楼。

而今谏草犹然在，青史芳名万古流。

明·王彤

王彤，明朝临洮府狄道人。

登超然书院怀椒山回吟

迟来我恨因花落，逸去人思是鸟啼。

时雨夜灯清对酒，午风春院小留题。

明·曹可登

曹可登，明朝人，生平事迹不详。

超然台思椒山

伤心欲话椒山事，铁石心肠誓不休。

桃李门墙谁是主，超然台上使人愁。

明·李维桢

李维桢（1547—1626），字本宁。京山人。明朝史学家。穆宗隆庆二年（1568）进士。以庶吉士编修调任，陕西右参政，迁提学副使，分守陇右道。官至礼部尚书。著有《大泌山房集》《史通评释》。

超然台谒杨忠愍公祠谪日授徒处（六首）

一

焚罢香炉一缕香，灵风飒飒树苍苍。

我来五月犹寒色，何怪燕山昼殒霜。

二

谁道龙鳞不可攀，窜身万里得生还。

属缕不是君王意，一片浮云在日间。

三

气吐白虹贯日光，城孤何物敢深藏。

先皇手自提三尺，为尔当年请上方。

四

汉庭新诏下轮台，祠额封章次第来。

遥想鼎湖龙御日，忠魂拥卫帝颜开。

五

二十年前燕市傍，伤君三木泪成行。

如今更到投荒处，多少含愁欲断肠。

六

逐客谈经且自娱，千年庙貌此山隅。

行人曾上袁州路，三窟荆榛兔已无。

明·潘光祖

潘光祖，字义绳，号海虞，临洮人。天启四年（1624）进士。历任礼、户二部郎中，山西布政使。临洮县城南佛归寺栖霞阁是其读书处。

题伏波将军碣石诗

洮阳守郡时，滥水教民稻。

如今高岸迁，东峪流灏灏。

风台谒忠愍杨公祠

当年谏节薄明光，燕市霜飞浩气翔。

山斗只今存讲席，乾坤奕世诵刚肠。

洮流似泻沉湘恨，岳祀当留化碧香。

已矣袁州思易水，三台何似凤台长。

灵宝道中偶忆西岩寺避暑

夏日炎蒸梵宇凉，楞严阅罢绕回廊。

世间多少喧阗事，可似山窗午梦长。

赵长德邀同张南斗杨晋卿袁介卿游高石崖寺（三首）

一

透迹邃谷郁崔嵬，旭日晴岚叠嶂开。

鸟乱松涛翻石磴，龙盘云壑拥经台。

半空鼓铎闻僧梵，入望烟霞送酒杯。

莫讶迅雷驱雨至，山灵欲为洗尘埃。

二

平生癖负看山兴，况复同游兴最饶。

手辟草莱攀绝巘，气同霄汉俯乔峣。

忧时未拟南阳卧，好客应同北海招。

潦倒风尘浑欲醉，几回过此一逍遥。

三

灵刹天开远市朝，樵儿牧竖日相邀。

松杉老却擎霜干，岩穴闲留待月桥。

衲子何人译汉字，山公缘树入烟霄。

我来信宿犹惆怅，浮世今才破寂寥。

重游佛归寺

十年梦里到名山，今日携筇鬓未斑。

作赋有僧应问字，参禅随地可偷闲。

江翻白浪帆经过，寺入丹霞鸟倦还。

坐卧此中堪避世，一瓢松下弄潺湲。

明·詹理

詹理（生卒年不详），字燮卿，浙江严州府遂安县人。嘉靖二十九年（1550）庚戌科同进士出身。

临洮院中次孙月岩道长薄暮不寐

洮城方寄迹，陇月向人明。

未得丹砂诀，应多白发生。

孤灯燃客梦，高枕远溪声。

怪杀南归雁，哀哀故独征。

明·贺愈

贺愈，山西崞县人，进士。万历十三年（1585）任临洮知府。

游偕乐园

为爱园亭好，公余特地游。

门前嘶五马，池上狎群鸥。

树冷日沉阁，荷香风送舟。

徘徊归意懒，新月挂银钩。

明·甘茂淳

甘茂淳，四川富顺人，举人。万历二十二年（1594）任临洮通判。

西岩寺有感

七月塞垣秋，洮河自涨流。

还家千里梦，恋阙五更愁。

无那歌弹铗，何当啸倚楼。

147

故人京洛远，可得复同游。

明·李日华

　　李日华（1565—1635），字君实，号竹懒，又号九疑，浙江嘉兴人。万历二十年（1592）进士。官至太仆少卿。年七十一岁。性淡泊，与人无忤，工书画，精善鉴赏，世称博物君子。

赞洮砚

于阗之诗，洮去不远。

玉之支庶，散布流衍。

千波所淘，万沙作辗。

霜祈无声，与云有潹。

每一启奁，白虹在槛。

明·吴定

　　吴定，河南人。御史。

洮阳守岁

行山犹在眼，飘忽更洮滨。

剩有随年兴，其如故园亲。

灯残孤剑影，萱发满堂春。

明岁还今夕，何方寄此身。

明·陈斐

陈斐，生平不详。

沙泥驿晓行

微雨夜不觉，尘清见晓痕。

孤云生自白，淡日吐还吞。

岸圻迥沙路，溪流漱石根。

春深柳半绿，知是塞垣村。

明·甘茹

甘茹任陕西等处提刑司分巡陇右道佥事。属提刑按察使司下属官佥事。

同彭张二宪使周参佰洮城南楼宴眺

山郭千村枕暮霞，郡楼四塞俯晴沙。

云霄地近身如鹤，河陇春归树始花。

北极望连金阙凤，东风吹断玉门箭。

合欢未就登高斌，独倚危栏览物华。

明·石介

石介，御史。

九月寓洮阳

菊花候节却开迟，细雨疏篱晚更宜。

静坐自怜无美醑，清吟偏喜得新诗。

恒山此日翻成忆，彭泽千年尚人思。

一旦河湟沙水静，归鸿时见起南陂。

明·李逊学

李逊学，副使。

九日寓洮阳次韵

好月频招出海迟，剩闲小坐亦相宜。

荒城奏角初传夜，落叶惊风又索诗。

三径有情千里梦，一灯无语百年思。

纷纷髦士如修竹，尽愿成龙化葛陂。

临洮道中

茅屋谁家尽掩扉，乱山空翠湿征衣。

颓垣雨久台侵合，远塞风寒雁过稀。

林外曲通僧寺路，水边清占钓鱼矶。

狂歌不尽登临兴，目送飞鸦带落晖。

明·刘含辉

刘含辉，耀州给事。

送张司训之狄道

大智深藏更若虚，老成风度有谁知。

鉴山光映昆西玉，洮水澜观湎北鱼。

莫谓郑虔鸣铎冷，须知胡瑗作人初。

明时圣主求人急，三鳣高飞看起予。

明·杨美益

杨美益，浙江鄞县人，巡茶宪臣。

嘉靖丙辰六月五日雨甚，谢兵宪、周少参相邀于宝塔寺漫识之壁间

宝刹开秋宴，洮川雨正盈。

杯浮吞梵影，钟扣杂河声。

鹤羽归松湿，苔痕匝砌明。

晚风侵贝叶，瑶席落余清。

嘉靖丙辰八月念一日阅武东郊，适谢兵宪、孟宪副、周少参、冯金宪四公见邀超然台上漫兴（二首）

一

四海浮踪几叶萍，观兵郊外节俱停。

营分细柳旗翻影，威振莎车剑带腥。

采胜漫随灵边履，登高共倚浩然亭。

清秋异国开佳会，太史应占聚德星。

二

盘盘危径入云阿，空翠沾衣拂薜萝。

携盖浴欢超世界，凭栏一啸俯山河。

烟中疏树环青宇，日下轻鸥泛白波。

吟眺不禁归思动，枫江何处觅渔蓑。

明·杨行恕

杨行恕，字本忠，别号岳麓，临洮人。天启二年（1622）进士，选翰林院庶吉士。工诗赋，著有《温玉亭诗草》。

游莲花山（二首）

一

天削莲峰第一台，芙蓉四面望中开。

松围石磴盘云上，袖拂天花带雨来。

呼吸信能通帝座，肝肠顿觉洗尘埃。

孤怀耿耿惊苍鬓，极目天山首重回。

二

遥空飞洒白濛濛，望里凭高失远峰。

灏气似藏神女观，风声疑过大夫松。

烟笼色界迷群象，水散昙花浴九龙。

寤寐已通霄汉上，却回清梦到晨钟。

明·吴垲

吴垲，生平不详。

翠岩铺

水绕山回一径通，晚秋凉露落丹枫。

马头雁阵冲云去，不寄诗书到岭东。

明·杨恩

杨恩，主事。

夏日游西岩寺

见说招提枕翠微，穿云蹑石款禅扉。

相逢欲话三生事，满地松荫僧未归。

明·蔡可贤

蔡可贤，明副使。

闻洮河警

九塞清宁十二秋，忽传烽火过凉州。

寻盟故自非常策，薄伐今谁是壮猷。

陇上呜呜流水恨，云边惨惨夕阳愁。

沙虫夜雨川猿泣，肠断西风独倚楼。

明·刘承学

刘承学（生卒年、籍贯不详）。曾任临洮通判。

土门带险

西鄙连峰不尽山，险中第一土门关。

潜龙水涧真难越，碍雁石峰不可攀。

二十三关刚作翼，百千万虏岂容奸。

奇花异木犹堪赏，若个先登誓不还。

槐树关

罗列诸峰映晚晴，遥瞻独讶玉峥嵘。

风从谷口吹来冷，泉自山腰吐出清。

露骨四时石带翠，藏阴六月雪堆琼。

年年仗尔防夷夏，险似长河万里城。

明·吴景旭

吴景旭，明末清初诗人，诗词家。字又旦，一字旦生，号仁山。归安（浙江吴兴）人。明末诸生，入清后隐居不出，筑室于元赵孟頫之故宅，名南山堂，为遗民名士燕集之所，他在其中读书著述至终。

辩砚诗

青州石一，洮河石二，端溪石三，歙州石四。

延英引对绿衣郎，红砚宣毫各好床。

天子下帘亲自问，宫人手里过茶汤。

清

堂皇气象

岳麓巍巍，凤台祯祥。笔塔高耸，辉映天光。椒山书院，教泽绵长。西北名邑，文运隆昌。诗风蔚然，哥舒传唱。遗韵不绝，流布远广。寻幽探源，我们一路缓步行来，此际走进清朝。

清朝，临洮诗词称得上气象堂皇。口口相传或文献记载的诗坛佳话不胜枚举，诗词巨擘比比皆是。他们留下的精品佳作，数不胜数，彰显了临洮文化的辉煌。

在清朝，康侯、牧公二张兄弟，菊巷松崖先生，可称得上是临洮的诗词大腕。康侯先生诗，"天才横逸，不可一世，寄思无端，忽仙忽鬼。殆古所云诗豪者耶？"名震京城，誉满天下。吴松崖先生为政讲学，在山东，在江南，在兰山书院把"我忆临洮好"唱了个遍。他一生写诗近万首，存者数量颇丰。时人誉其为"儒林丈人，词坛宿老"。他们是临洮文化的名片，他们是诗词之乡的荣耀。

值得一提的是，临洮历史上第一个诗词社团——洮阳诗社，在清朝乾隆年间特别红火。诗社"兴而废，废而复兴"，至吴镇重联诗社时，已罗诗人一百四十多位。社员创作活跃，对外交流广泛，对陇右诗词发展影响深远。

临洮诗学风气浓且久矣。喜看今日，继往开来，文化兴邦，名家辈出。西北五省第一诗乡牌匾熠熠闪光。自豪荣耀之余，后辈当奋鞭宏扬。

（梁舒生）

清·乾隆·爱新觉罗弘历

西清砚谱铭

临洮绿石，有黄其标。

似松花玉，珍以平逢。

比之旧端，郊寒岛瘦。

聊备一品，图左史右。

清·钱谦益

钱谦益（1582—1664），字受之，号牧斋，晚号蒙叟，东涧老人。学者称虞山先生。清初诗坛的盟主之一。苏州府常熟鹿苑奚浦（今张家港塘桥鹿苑奚浦）人。

洮河石砚歌

君不见本朝舆图轶秦汉，洮河今为国西岸。

肃慎苦矢恒来庭，丁零牛羊可并案。

洮河之研玉比肩，逾羌绝寒来幽燕。

广厦细旃曾贮此，枹罕西颠在眼前。

白山小奴游魂久，传烽渐近登津口。

高丽茧纸阻职贡，黾肌岛石烦戍守。

老夫捧砚自踌躇，拂拭还君三叹余。

岂知飞檄磨崖手，牍背相随狱吏书。

清·黄宗羲

黄宗羲（1610—1695），浙江余姚人，字太冲，一字德冰，号南雷，别号梨洲老人、梨洲山人、蓝水渔人、鱼澄洞主、双瀑院长、古藏室史臣等，学者称"梨洲先生"。明遗民。明末清初经学家、史学家、思想家、地理学家、天文历算学家、教育家。

史滨若惠洮石砚

古来砚材取不一，海外羌中姿求索。

今人惟知端歙耳，闻见无奈太近窄。

水岩活眼既难逢，龙尾罗纹亦间出。

遂使顽石堆几案，仅与阶础相甲乙。

犹之取士止科举，号嗄雷同染万笔。

鸡舞瓮中九万里，鼠穴乘车夸追日。

吾家诗祖黄鲁直，好奇亟称洮河石。

既以上之苏子瞻，复与晁张同拂拭。

欲使苏门之文章，大声挟洮争气力。

吾友临洮旧使君，赠我一片寒山云。

金星雪浪魂暗惊，恍惚喷沫声相闻。

欲书元祐开黄极，愧我健笔非苏门。

清·许珌

　　许珌（1614—1672），字天玉，一字星庭，号铁堂，别号天海山人，侯官（今福州）人。明崇祯十二年（1639）举人。清康熙四年（1665）曾任安定知县。著名诗人。《铁堂诗选》由吴镇编选梓行。

谒杨忠愍公祠（二首）

一

先生遗像彻云霄，去国投荒出盛朝。

言直自甘严谴责，身轻光愿久飘飘。

关前草木留殷表，塞上河山插汉标。

徙倚朱栏还北望，永陵风雨正潇潇。

二

都官祠庙枕山隅，百二雄图望里殊。

紫塞黄河秦逐客，竹笾木敔汉通儒。

马行古郡逢寒食，人坐春风想舞雩。

瞻拜关西后夫子，空林寂寂有啼乌。

临洮寒食

六时减饭护巢鸦，板屋安闲即是家。

今日他乡寒食好，幸无风雨送梨花。

清·梁清標

梁清標（1620—1691），字玉立，一字苍岩，号棠村，一号蕉林。直隶真定（今河北正定）人，明崇祯十六年（1643）进士，清顺治元年（1644）降清，补翰林院庶吉士，授编修。官至保和殿大学士等职。著有《蕉林诗集》《棠村词》。

送宝臣舅氏之任临洮

寒风猎猎木棉裘，燕领书生赋远游。

歧路一尊河朔泪，夕阳万里陇云愁。

函关夜雪鸣鸡度，洮水春冰绕塞流。

惜别酒杯须更进，男儿壮事在吴钩。

清·朱彝尊

朱彝尊（1629—1709），字锡鬯，号竹垞，又号醧舫，晚号小长芦钓鱼师，别号金风亭长，浙江秀水（今属浙江嘉兴）人。清朝词人、学者、藏书家。

咏洮砚

东北之美珣玗琪，绿如陇右鹦鹉衣。

琢为平田水注兹，三直六草无不宜。

清·张晋

张晋（1629—1660）字康侯，号戒庵，明末清初狄道（今甘肃临洮）人。十三岁举乡试，二十四岁中进士。博学多才，长于诗文，才华横溢。二十六岁任刑部观政，次年任江苏丹徒令，关心民生疾苦，三年政绩大著，人民称颂。顺治十年（1653），兼任乡试同考官，因主考官贪贿舞弊受牵连获罪而殁，时年三十一岁。《四库全书》著录《张康侯诗草》十一卷。

古风十九首（选二）

其七

皇天胡不惠，三岁水为灾。

神皋数千里，极目尽蒿莱。

我行历燕赵，饥民如蚁来。

幼或扶其老，母或携其孩。

哭声上青旻，天色惨不开。

吁嗟此苍生，流离实可哀。

安得神仙术，令彼登春台。

其九

野老一吞声，此生何太苦。

驱牛上山去，不知耕何处。

门前催租人，下马气如虎。

携来扭械物，多于镈犁数。

四顾无长策，含愁卖田鼓。

长天四五月，何以保子妇。

哀哉田中人，不如太仓鼠。

四灾异词（选一）

纪雹

癸巳建午月，雨雹古熙州。

小者如鸡卵，大者如人头。

狂风助其势，移时乃未休。

牛羊将下山，一半死林丘。

青青十丈松，宛如披发囚。

板屋照天破，仰见碧汉秋。

出门看麦浪，糜烂饱泥鳅。

野老坐田间，吞声无泪流。

番僧既入贡，东兵又大搜。

往来苦供应，所持有西畴。

上天复不惠，身命等蜉蝣。

我思圣人出，政教亦已周。

伏阴与愆阳，胡为此虔刘。

帝心不可测，还须励其修。

敬天而勤民，所愿达冕旒。

明月歌（四首）

春

梨花如雪柳如丝，新雨初霁月迟迟。黄莺睍睆啭高枝。拂玉案，酌金卮。为君一奏白苧辞。

夏

荷花如绮芡如钱，彩云零落月娟娟。波心双鹭颜色鲜。柏象板，按朱弦，为君一奏采菱船。

秋

桂花如粟菊如金，秋水满塘月沉沉。寒蝉抱木发高音。沽素酒，弹清琴。为君一奏白头吟。

冬

梅花如玉荔如丹，飞雪积素月团团。归鸿嘹呖度云端。陈绮席，奉雕盘。为君一奏万年欢。

丰年歌

登高望云云欲起，云起山头黄弥弥。

老人占验说丰年："今年不愁吃麦米。"

南垄齐唱打春牛，坡口雪融土似油。

命取犁锄须及早，好风好雨上田畴。

乌夜啼

三更月落风满野，城上啼乌声哑哑。败云秃木延秋门，冷气射天裂霜瓦。老女缫丝不成斤，坐无饱饭出无裙。终夜不眠常叹息，邻舍官人总未闻。

春鸠鸣

春鸠鸣，春草生，草生路上王孙愁，草生田间农人忧。我愿春鸠莫唤草，一春只唤风雨好。

庄门东有古松六株，为邻人刘家树。与我久有情，不可无词，乃望而赋此

爱松爱松说松树，便有六株当门户。

日日出门望见松，龙吼苍茫迷烟雾。

日落风寒吹古香，涛声灏灏入山房。

取琴却置六松下，松弄琴弦山水凉。

青松莫教人易老，长留我在说松好。

我生最耐霜雪寒，愿与高松作主道。

但喜眼中时见松，何必松在我园中。

松兮与我周旋久，不知得见松老否？

迎神曲

桃花吹风杏花雨，山口春入古庙宇。

石炉突突香烟举，吹竽撞钟纷歌舞。

巫娘婆娑唱神来，土壁龙神眼欲开。

纸钱烧红飞蝶灰，精灵和乐不能回。

初祝螟虫化为水，大家再祝旱魃死。

殷勤拜跪三祝已，田熟牛肥疾病止。

献神羊，酬神酒。送神神归神保佑。

白马金袍神康寿，年年与我好麦豆。

古墨歌答程翼苍太史

苍云坠地坚如石，化为蟠龙起双脊。

有人好事收入金泥壶，夜飞紫电蜿蜒长千尺。

世人眼无日月光，办之者谁程翼苍。

云是秦时五松之精气，凝结不散而成宝焰烛文昌。

碧瞳何幸得相见，携之竟入灵光殿。

天煤发彩五色霞，星辰象落红丝砚。

古壁寒螺不自私，分我一丸黑麟脂。

磨水先饮数斛之淋漓，喉香肠润而成长短诗。

嗟嗟此物真罕有，当乞天帝封为玄玄叟。

男儿不朽一葛囊，安用黄金千斤珠三斗。

注："玄玄叟"被顺治后版本改为"元元叟"。

戊戌初度八歌

屋上苍天如盖圆，日暖月寒三十年。男儿落地悬弧矢，虹霓吐气照山川。一旦乖违触世网，万里骅骝步不前。呜呼一歌兮歌声起，双眸泪涌如秋水。

我父爱我如掌珠，手摘桐花饲凤雏。毛羽未成忽背影，苦雨酸风啼孝乌。夜深魂魄梦中来，抚我发肤犹号呼。呜呼二歌兮歌声苦，何时酒浇坟上土。

有母有母发如霜，年年此日坐中堂。斋素为儿乞绣佛，不愿高官愿寿长。岂意祸从天上来，啮指出血心痛伤。鸣呼三歌兮歌声变，手线春晖不忍见。

吾弟聪明过乃兄，紫荆花下坐吹笙。一闻新起文章狱，黄金无色玉无声。读书致祸今如此，悔不南亩偕春耕。鸣呼四歌兮歌声哀，脊令相向过天来。

糟糠之妇缟綦巾，堂上颇能娱老亲。小妇慧秀弹琴瑟，大妇恭敬修繁蘋。封侯夫婿今得罪，不如㑩㒓旧时贫。鸣呼五歌兮歌声塞，鸳鸯双带暗无色。

痴儿今年已十五，我兄之子我所乳。不学诗书学弓箭，意中犹笑若翁腐。才与不才已焉哉，老牛舐犊心独苦。鸣呼六歌兮歌声长，何时携汝归故乡。

良友交结如青松，少小出入矢相从。一朝容易别深山，高天万里望寒峰。霖雨未遂鳞甲损，未免为鱼笑为龙。鸣呼七歌兮歌声低，树头黄鸟背人啼。

青天高高黄土厚，日月如丸东西走。太仓一粒是此身，胡为纷纷论好丑。世法岂能荣辱人，千秋万岁一杯酒。鸣呼八歌兮歌声阑，欲学神仙跨紫鸾。

醉书吉太邱战袍上

七尺寒铁吉长公，一生羞与俗子同。

眼如秋水气如虹，袖中古紫闪青铜。

书生破贼大江东，十万骷髅雨濛濛。

猩袍血染杏花红，佩印将军如秋虫。

归来谒帝明光宫，亲见名字屏当中。

世人不解识英雄，争饼攫梨如儿童。

我愿长公敛精锋，丈夫为蛇复为龙。

我亦能挽十石弓，当与长公乘长风。

嗟乎长公善变通，山海之寇正无穷。

（绝句选）

忆芝园（三首）

一

家近首阳山，春容从未改。

儿拳嫩碧香，雨过知谁采。

二

寒玉戛浮烟，数竿青不了。

今年新笋生，过墙枝多少。

三

春雨涨梨花，前溪向北泻。

入门灌晚菘，好待归人者。

渡渭思亲

源从鸟鼠来，去家刚百里。

欲寄思亲泪，恨无倒流水。

早 耕

残星照扶犁，将晓山烟重。

此时纱厨人，正作梨花梦。

秋 兴（三首）

一

云满林邱水满塘，小园独步爱秋光。

西风似此东风好，吹得花开晚更香。

二

芦雨苹风雁未回，柴门无事晚慵开。

忽然听得儿童笑，说是邻翁送酒来。

三

松生云气竹生烟，歌断桐花月外天。

句好知为神助我，烹鸡酾酒祭青莲。

（律诗选）

东 岩

胜地开金刹，诸天近翠峰。

月高秋在塔，云冷晚留松。

往事存题碣，前朝剩赐钟。

一声烟外鹤，落尽旧芙蓉。

168

老子说经台

日月照荒台，青牛竟不见。

函关草树愁，风来送余善。

仙李何时盘，神龙逐处变。

留得五千言，令尹受天撰。

椒山先生祠（二首）

一

员外祠堂在，鹃啼春草香。

千秋人正色，半夜剑生光。

逐客秦川月，孤臣燕市霜。

古今逢此意，天地总凄凉。

二

青天俨正笏，至死感重瞳。

星斗龙楼暗，云烟马市空。

松边悬皓月，鸟外散悲风。

怅望荒城下，秋来见白虹。

临　洮

少年临洮子，邻家问不违。

频惊适小园，复作掩荆扉。

山险风烟合，林疏鸟兽稀。

天涯喜相见，似有故园归。

秋望八首（选四）

一

孤踪无定逐飘蓬，况复清宵思不穷。

客里闲情殷薜荔，河边秋色净梧桐。

寒蛩泣断荒城月，败叶吹残远岸风。

满目萧条忧不细，早为拯救赖诸公。

二

家世崆峒山下居，每因风雨念吾庐。

鱼龙水落霜来后，鸟鼠秋高月上初。

慈母手中千里线，故人云外数行书。

经年未忍西南望，知道青松久笑予。

三

胡庐河上散啼鸦，向晚萧森路更斜。

何处钟声催暮雨，谁家灯影动虚沙。

一帆秋色天如水，两岸枫林叶似花。

此际正怜飘泊意，邻舟多事弄琵琶。

四

三巴自古称天府，近日朝廷方用兵。

白帝城边惟草色，锦官楼外有鹃声。

秋残盐井烟仍断，天老花溪水不生。

怅望青磷悲征伐，茫茫何处问君平。

长安十首（选四）

一

不惜青钱载浊醪，登城四望见神皋。

项刘天地鸿门断，韦杜文章雁塔高。

明月千秋悬壁垒，春风一夜长蓬蒿。

少年何事偏凄楚，镜里朝来有二毛。

二

胜日寻芳郭外行，丝丝杨柳隐仓庚。

新丰树密云初散，太白天高雪未晴。

上苑官军春试剑，高楼少妇夜弹筝。

谁怜游子飘零意，最厌堤边唱渭城。

三

郭外晴烟一半开，有人携酒上灵台。

春风无恙桃花在，寒食多情燕子来。

槐市经年珂影散，棘门中夜柝声哀。

独怜终古青天好，迥立前檐忆汉才。

四

逐处笳声有战场，惟余山色郁苍苍。

朝元阁上钟初断，兴庆池边柳半黄。

春入灞陵风雨细，天高秦岭雁鸿长。

近来水旱增萧索，愁听樵歌下夕阳。

河上作

兴发临流足浩歌，晴烟不断锁长河。

天从一镜心中出，人向双虹背上过。

酒气嘘来山势润，箫声翻入浪花多。

狂吟欲近深潭曲，惊起苍龙可奈何！

黄　莺

名园春木晓阴阴，自入东风啼到今。

巧舌啭穿五柳巷，锦衣摇碎万花林。

口含南国相思豆，尾曳西宫买赋金。

一一笙簧殊自好，欲从幽谷问知音。

菊　花

我爱秋光却爱春，陶篱韩圃最相亲。

绕阶香好休嫌晚，满院金黄未是贫。

甘谷水寒藏寿客，湘江英落忆骚人。

待将九日登高近，倩语茱萸作主臣。

牡　丹

香在当时一捻中，宝栏曲护艳还浓。

仙妆忽发倾城笑，国色遥分照殿红。

娇晕乍酣春带雨，醉魂初散夜翻风。

如今不说洛阳谱，太白新词满六宫。

镇边楼

不是星槎又不回，高楼一望思悠哉。

水声暗入长河去，山势遥从积石来。

青海勋名荒更远，白云城阙郁难开。

独怜漂泊干戈际，极目中原数举杯。

竺原寺二首（选一）

花外池塘林外楼，夕阳低锁水西头。

数声笛远山光暮，百尺松寒塔影秋。

隔雪残钟还咽润，避人老鹿自寻丘。

平生第一清心处，对月凭烟说此游。

河州王庄毅公墓

蒿香时节雨纷纷，山水之间懋亦闻。

阶上多生指佞草，墓头常起拱京云。

一双老树惟余节，四五残碑尚有文。

欲问殿前击笏事，荒凉翁仲藓为裙。

春 愁

晓晴吹雪洗尘埃，楼上轻寒一半开。

柳未黄时风欲曳，山将青处雨洗催。

啼鹃带恨巴西去，飞燕衔愁海上来。

为问谁家春信早，江南早已绣成堆。

赐 宴

帝重亲民简惠良，芙蓉阙下宴星郎。

仙桃犹带金盘露，异茗还浮玉碗光。

天地无穷留竹帛，君臣有庆鼓笙簧。

归来醉饱衔恩处，南北灾荒虑正长。

送滑豹山司李

临洮疆域富烝黎，君去休嫌远在西，

积石天高残雪照，摩云地僻晚莺啼。

十年兵甲须调理，万里烟花待品题。

知有防身长剑在，崆峒北望一星低。

三月晦日送张碧耦西归

明日春归君亦归，一樽相向各依依。

帝城风起桃花落，官道云轻燕子飞。

行国自怜和氏玉，到家还着老莱衣。

长堤折柳情难尽，迟尔三年入紫微。

思　亲

未出门闾已望归，寸心难得报春晖。

天寒孟笋求林远，水渺姜鱼入馔稀。

机上三更从月照，山头千里见云飞。

几回辗转萱花梦，事业何如五色衣。

思　归

秋园冷落旧花渠，五尺新松应笑予。

行国难忘慈母线，出山偏少故人书。

残云归岫心仍远，凉月当帘梦亦虚。

双雁今年还不到，未知猿鹤近何如。

除　夕

明日东风又一年，屠苏未饮意茫然。

思亲梦上飞云岭，忆弟愁看归雁天。

此际功名双剑外，今宵怀抱一灯前。

正怜远道增离索，箫鼓声高更不眠。

寄心觊舅

一官淹滞动经年，惭愧人家宅相贤。

微禄何能荣白发，浮名先自负青天。

风吹古塞鸿催月，雨歇长堤树着烟。

起向西南添望眼，渭阳春色正堪怜。

梅花诗十五首（选六）

一

杈丫枝干类虬龙，香色皆由闲气钟。

疏淡爱依君子竹，孤高思敌大夫松。

名推第一尤兼节，品擅无双不但容。

何日玉堂吹暖律，江南到处话相逢。

二

亭亭独立伴山癯，丘壑心期调亦孤。

东阁自堪夸宋璟，西泠何处问林逋。

暖烟白昼晴翻玉，细雨黄昏夜弄珠。

我欲相从寻旧约，杏园春色不堪图。

三

幽香潜发小窗西，无计回春叹久羁。

到底真心难尽吐，至今傲骨未曾低。

只缘世外贪山水，误被人间乱品题。

莫笑岩阿皆捷径，羞随桃李浪成蹊。

四

皎皎都无半点尘，霜凌雪虐转精神。

只知守我当初腊，岂肯争他末后春。

独向静中留太索，忽从枯处发天真。

漫言桃李多颜色，万紫千红总未伦。

五

屈指群芳品独尊，春风早已谢攀援。

心期直抵冰霜窟，眼界常空富贵门。

索笑何缘邀我对，有怀曾不向人言。

渔郎终是尘埃客，只向桃花问水源。

六

结邻松竹意问闲，冷面应怜玉笋班。

香祖为徒堪比味，水仙作弟欲羞颜。

陇头何日题诗至，林下今朝载酒还。

阅尽芳菲千万树，眼中强半倚冰山。

（词选）

苏幕遮·苦雪

日迟迟，雪杳杳。晓步寒林，雪压竹枝倒。举目江山不是了，一望濛濛，此恨谁知道？　　卧时多，行时少，若要出头，直待东皇到。羞杀春园花与草。忍耐着他，惟有青松好。

丑奴儿·听筝

氍毹半展灯双照，秋水精神。未启朱唇，落燕飞花可奈春。　　十三弦里声声怨，凭是何人，山黛轻颦，说道儿家本在秦。

点绛唇·春怀

无赖春风，柳丝轻曳黄金缕。峭寒未去，帘外梨花雨。　　燕子莺儿，来得无头绪。愁如许，凭谁寄语，窗下停针女。

清·施闰章

施闰章，字尚白，号愚山，江南宣城人。清顺治进士，康熙中，官翰林院侍讲。有《学余堂诗集》《愚山诗文集》等。

送张康侯之京口（时召见赐宴）

扬子江边是润州，兰舟锦缆发清秋。
中泠泉冠三吴水，北固山高万岁楼。
承报皇晖辞太液，心闲官舍接沧州。
漫恐海畔多峰火，禁旅旌旗在上游。

清·宋琬

宋琬，字玉叔，号荔裳，别号二乡亭主人，山东莱阳人。清顺治进士，官至四川按察使。诗与施闰章齐名，人称"南施北宋"，有《安雅堂集》。

送张康侯进士赴选

才子半为吏，如君方少年。

一时惊彩笔，百里听朱弦。

雨雪关山道，音书鸿雁天。

梅花春讯好，寄我上陵篇。

葭菼露苍苍，弓刀客子装。

春风余驷骥，汉使重星郎。

掣电徕天马，弹琴下凤凰。

定蒙宣室问，灾异说维桑。

清·孙枝蔚

孙枝蔚（1620—1687），字豹人，明末三原（今属陕西）人。明亡后只身定居江都读书，清康熙年间举博学鸿词，授中书舍人，不久辞归。是清初重要的诗人。有《溉堂集》。

赠丹徒明府张康侯

弱龄擅词赋，百里试才贤。

江邑正多事，讼堂何寂然。

养亲须薄禄，卧病有佳篇。

但对崔秋浦，长惭李谪仙。

挽张康侯（二首）

一

狱中诗更好，读罢断人肠。

猿哭闻中夜，鹃啼在异乡。

何曾明罪迹，能不悔词场。

江上慈亲老，终朝泪万行。

二

夙昔承高义，俸钱分腐儒。

饥寒曾不死，感激有长吁。

尚乞陶潜食，仍穷阮籍途。

难逢知己再，老泪洒江湖。

清·许之渐

许之渐（1613—1701），字仪吉，号青屿。武进（今江苏常州）人。清顺治十二年（1655）进士，授户部主事，升江西道监察御史，弹劾不避权贵。巡视陕西茶马，副使。明末清初诗文家。

过超然书院谒忠愍祠感怀

岳麓秋生旧讲堂，孤忠遗像肃簪裳。

龙门岂逊投荒日，马市仍飞练草霜。

积石怒流还浩浩，摩云竦立自苍苍。

当年碧血应千古，泪满关河恨夕阳。

清·李道昌

李道昌（生卒年不详），武定州海丰人。顺治丙戌科进士。历河南道御史，以言事谪临洮。仕至大理寺正卿。

新秋感怀

陇外秋声晚欲寒，烟沙何处觅长安。

客星已映芙蓉幕，边月谁怜獬豸冠。

麦浪翻云风细细，菊英拖露蕊团团。

从前漫道无衣赋，野老羊裘此日看。

谒杨忠愍祠

洮水东山上，椒山旧讲堂。

高风凌岫迥，劲节倚松苍。

画壁留书韵，虚窗拂剑光。

至今人士补，犹念教思长。

清·许孙荃

许孙荃，安徽合肥人，字四山，又字荪友，号星洲。康熙九年（1670）进士。官侍讲，督学陕西，勤于课士，遇圣贤名迹，均力为修复。工诗文。有《慎墨堂诗集》。

张卢州祠

浩然正气足千秋，章奏勤勤丹陛头。

此日征车过故里，当时祠庙枕荒邱。

凤麟特表人伦望，狐鼠频分城社忧。

忠谏清风深仰止，桐乡遗爱重淹流。

超然台书院谒椒山先贤配享者邹公应龙张公万纪

翠柏苍松俯逝川，古祠遗像并峩然。

三人泪堕燕台月，独客魂消塞草烟。

回首鼠狐犹昨日，甘心鼎镬自千年。

空山一望修苹藻，碧血还疑照几筵。

清·丁澎

丁澎（生卒年不详），字飞涛，清浙江仁和（今浙江杭州）人。顺治十二年（1655）进士，任刑部主事，礼部郎中。著有《扶荔堂诗集》。

塞上曲

百战洮河西备羌，合黎山外月如霜。

白头老将沙场卧，尚说弯弓从武皇。

清·戚藩

戚藩，字价人，号蘧庵，江苏江阴人。清顺治进士，官安定知县。

洮水长桥

苍茫沙碛地，波涌大江潮。

尘靖清流迥，溪喧渡马骄。

琅璆鸣水腹，锁钥带山腰。

惟此强人意，孤游解寂寥。

清·张谦

张谦，字牧公，狄道人，张晋弟。清拔贡生，有《得树斋诗集》《葭露斋诗集》等。

送胡父师守清渊（其二）

绝域临洮地，年年塞草黄。

自从沾雨露，遂尔有农桑。

比户讴歌起，专城宠命扬。

清渊相送者，留爱在甘棠。

洮溪暮望

一望川原迥，长河暝色来。

抱城千树合，背日一帆开。

笛赴孤村远，钟沉晚寺哀。

客心多萧瑟，秋思正悠哉。

寄白石圃讯南郊旧居

南郊栖息地，百亩带荒园。

乱后知谁主，天边愧我存。

杂花多傍舍，高柳定成村。

君每骑驴过，何人为应门。

舟　夜

野宿兼葭岸，还乡梦未迷。

江云冲面过，山月去舟低。

时序三秋末，行藏万虑齐。

孤踪漂泊惯，明日任东西。

归　雁

归雁来何远，黄昏飞渐低。

他乡三见汝，孤客万行啼。

月冷鸣声切，山高去影迷。

江湖矰缴满，仔细落沙堤。

江上杂感（二选一）

五载伤心处，春风得树堂。

吾兄曾养母，有弟共称觞。

向日名花满，他时蔓草长。

三山明月夜，过客泪沾裳。

平山春望

迥立高原上，凭虚望远天。

对江山敛雾，近郭水生烟。

钟磬闻村寺，笙歌过酒船。

隋家遗柳树，长使后人怜。

归来口号（二首）

一

陇水吴山万里春，归来琴剑幸随身。

东风莫过三亩宅，阶下荆花已属人。

二

画里乡山梦里身，几回拈笔减精神。

候虫时鸟声将歇，风月何愁少替人。

宝剑歌

三尺秋水青芙蓉，鸊鹈寒泉淬利锋。

十年埋向空山畔，神光直上冲宵汉。

风尘澒洞人逐鹿，匣中夜夜苍龙哭。

拔向星前意气豪，蛟螭犀兕纷腾逃。

壮士酒酣舞且歌，蓬蒿日月易蹉跎，英雄老矣奈若何？

清·王全成

王全成，湖北钟祥人。康熙三十三年（1694）进士，康熙四十五年（1706）任河州知州。

夏日望雪山

城头百里纵遐睇，露骨凌空晚照述。

积雪如银熔大冶，列峰似戟插丹梯。

清·查慎行

查慎行（1650—1727），初名嗣琏，字夏重，号查田；后改名慎行，字悔余，号他山，赐号烟波钓徒，清代诗人，当代著名作家金庸先祖。晚年居于初白庵，故称查初白。

军中行乐词

果下名驹爱水西，骑来鬖鬖剪初齐。

战场多少洮河种，骨立秋风向北嘶。

清·吴士玉

吴士玉（1665—1733）清代大臣。字荆山，号朣庵。江苏吴县（今江苏苏州）人。为诸生时，即以制义名天下。康熙四十五年（1706）进士，官至礼部尚书。

漪漪含风洮州珉

松花江水鸭头绿，宝气熊熊学绿玉。

翠蛟飞涎喷津足，谁探珠宫斫鳞室。

片璧截来光眩目，元公长啸诗兴新。

宝物落手如有神，漪漪含风洮州珉。

玉堂洗出蛮溪春，书房惊起歙州龙。

拂拭试近亲玉案，青青圆荷跳珠乱。

易水松肪刬溪蔓，擘破碧烟初染翰。

波涛惊翻扫电光，欻穿溟泽接混茫。

清·汪元絅

汪元絅，江苏常州人。康熙二十八年（1689）任岷州抚民厅主簿。

题梨云书屋

何事朝来早放衙，文窗昨已护轻纱。

琢成绿石闲临帖，赋就贪泉静煮茶。

雨后看山添翠黛，夜深留月伴梨花。

纵教身是边城客，但得键关似到家。

清·岳钟琪

岳钟琪（1686年—1754年），字东美，号容斋，祖籍临洮人，后移居四川成都。清代康熙、雍正、乾隆时期名将，累官拜陕甘总督，封三等威信公，屡平边地叛变，著作《姜园集》《蛩吟集》等。

出 塞

出塞男儿事，登台喜纵观。

草残驱牧远，地阔设防宽。

山与云争白，霜同日斗寒。

长安何处是，东望雪漫漫。

征 藏

九度平蛮入不毛，倾心报国岂辞劳！

天连塞草迷征马，雪拥沙场冷战袍。

七纵计成三戍静，六花阵列五云高。

壮怀自信还如旧，剑匣常闻龙怒号。

秦 栈

秦栈迢迢路崎岖，人家临水插荆篱。

树皮盖屋遮风雨，栗子充粮备岁饥。

花发始惊春至日，木凋方信雁来时。

问渠恋此诚何意，为伴白云不忍离。

清·朱受祜

朱受祜，知府。

龙泉寺

龙山苍翠与云齐，细草新青衬马蹄。

徐步岭头寻郑谷，闲来水口问曹溪。

琳宫寂静无人到，粉壁淋漓有客题。

几度催归钟暮发，逢僧竹院话幽栖。

清·娄玠

娄玠，字介山，江夏（今湖北武昌）人。康熙二十九年（1690）冬，任狄道知县。

石崖寺

绕尽奔流踏浅汀，峰回寺露万松青。

马随细路穿林入，鸟避喧声隔涧停。

今夜上方应待月，暂时趺坐与谈经。

好山不费支公钞，愿假禅堂看画屏。

注：石崖寺在狄道县南九十里。

清·赵援

赵援，字子正，狄道人。清时由增生考内公馆誊录，授上海巡检。有《雪堂诗稿》。

和申念董秋日晚步原韵

绕郭蒹葭映水苍，风来塞北身弓强。

远滩日落沙虚白，哀柳云拖叶蘸黄。

万里秦关归未得，一天秋色兴偏长。

乍闻嘹呖南征雁，带月还能趁野塘。

立　秋

节候推迁易，燕台仍逗留。

井梧一叶落，砧杵满城秋。

皓月惊人眼，长更起客愁。

夜凉犹带暑，风意上帘钩。

清·吴伯裔

吴伯裔，字次侯，狄道人。清郡增生。

临川阁落成次友人韵

画栋雕梁殊斐然，当窗宝鼎更孤圆。

空山夜识金银气，大野秋开锦绣天。

跻壁可能容醉客，举觞端欲问飞仙。

恒河婢子知音惯，应捧鲛绡到午筵。

注：临川阁在狄道城西三里，上倚宝鼎，下瞰洮河，乾隆二十年（1755），州人移临川阁于其上，现已被毁。

清·魏宗制

魏宗制，狄道人。清郡庠生。

佛　沟

曲径草芊芊，扪萝入洞天。

石崖云外插，画阁洞中悬。

佛睡忘烧劫，僧闲悟净禅。

钟声空万户，远近一斜烟。

注：佛沟，在狄道城南十华里处，草木苍翠，风景宜人。

清·张逢壬

张逢壬，字位北，狄道人。清郡增生，有《世耕堂诗草》。

诸英少枉集草堂会文喜而赋此

山房秋雨后，四壁早凉深。

芳树留云宿，闲阶许月侵。

所亲惟木石，多累是讴吟。

偶值群英集，开余见猎心。

玉井峰

家住玉峰下，门临清水边。

一竿秋钓月，双履晓耕烟。

野鸟穿林下，羸牛傍陇眠。

聊将衣食计，岁岁乐尧天。

题莲花山

千岩万壑尽苍松，天削莲台又几重。

界破洮岷青一片，花龛涌山妙高峰。

游唐泉寺赠双明上人

散步迢迢到上方，古泉寒水湛清光。

忽看花雨飞金刹，顿觉松风冷石床。

幽趣都教僧领略，尘缘惟许鸟迴翔。

眼中青骏知谁是，支遁高怀未可量。

龙泉寺

春山一望草萋萋，偶到龙泉驻马蹄。

泉涌碧波流皓月，龙飞霁雨润花溪。

终军有志缨堪请，司马能文柱必题。

岂为偷闲寻胜地，由来冰骨爱云栖。

高石崖寺和前明潘海虞先生韵

悬崖峭壁郁崔嵬，万壑穿林一径开。

缥缈云中藏洞穴，苍茫树里出楼台。

讵无宝志留飞锡，应有昙摩作渡杯。

登眺正逢春雨后，眼前何处看尘埃。

南屏山

南屏山色丹崖好，况值园游兴更饶。

风急疏钟来邃谷，月照清梵过横桥。

松梢野鹤常相唤。岭外山禽屡见招。

更有双峰人罕到，老僧指引路迢遥。

清·魏宗谏

魏宗谏，字言台，狄道人。清贡生，略阳训导。

青　山

青山不负人，随处着闲身。

鱼鸟还相笑，烟霞且自亲。

好花栽北圃，浊酒醉南邻。

长啸归来晚，松风垫角巾。

清·吴秉元

吴秉元，字乾一，狄道人。清郡庠生。

灯花词

孤灯结好花，夜夜弹不尽。

曾为远人占，如何多失信？

洮水吟

禹贡无洮水，称名或不同。

阁传唐代迹，桥忆宋时功。

珠溅三秋末，雷鸣九地中。

上游直扼要，泾消敢予雄。

注：阁指临川阁。桥指永宁桥。

清·王维新

王维新，字衍周，狄道人。曾任清陕西淳化训导。有《亦乐亭诗集》。

洮阳八景

东岩伏冰

千寻深谷中，幽邃好逃暑。

六月犹伏冰，夏虫亦可语。

南山积雪

南望有高峰，东风曾不到。

雪凝三尺余，朗朗玉山照。

北岭横云

北岭雨初晴，横空飞烟雾。

迷离不分明，隔断行人路。

西湖晚照

斜阳射西湖，滟滟含光耀。

一片落霞明，翻疑初日照。

洮水流珠

冬日河流急，浮波珠粒粒。

不劳象罔求，自有鲛人泣。

玉泉涌月

玉泉涌金波，皎洁浑无滓。

桂影浮清流，蟾光映浅水。

宝鼎停云

西岭有浮云，翕然护宝鼎。

氤氲五色凝，下有贤人隐。

西岩卧龙

山势象虬龙，蜿蜒蟠曲坞。

会当际风云，遍地施霖雨。

清·黄命选

黄命选，字佐卿，狄道人。临洮府医学正科。

栖霞阁

栖霞阁上起寒霞，石径风回聚落花。

一自读书人去后，山房千载白云遮。

踏雪寻梅图

大地飘琼屑，梅花处处香。

敲诗驴背稳，知是孟襄阳。

清·吴秉谦

吴秉谦，字子益，狄道人。州庠生。

送友人归里

送别增惆怅，离杯好再挥。

沙洲寒雁落，梓里故人归。

古道风梳发，林空雨湿衣。

还家无个事，应问钓鱼矶。

清·史谦

史谦，字吉甫，狄道人。拔贡生，历鄠县、咸阳、宁朔教谕。有《南城诗草》。

七夕词

玉佩仙裙会此宵，云輧才驾水迢迢。

愿将余巧分乌鹊，填作银河不散桥。

过东峪怀王龙泉先生父子

麓山有一士，自号曰龙泉。

文坛诸豪杰，未能或之先。

寓情于诗酒，而得形神全。

吁嗟麟之角，乃复生佩弦。

魁伟有大度，明敏人争传。

草元虽得与，作记玉楼延。

梁木后先萎，行路亦潸潸。

黄垆仍聚首，泣断三秋蝉。

荒邱一片月，宿草已十年。

几回搔白首，直欲问青天。

青天无以应，理数真茫然。

所幸东皋上，至今留残编。

乔梓俱不朽，凭吊空流连。

清·宋馥

宋馥，狄道人。郡贡生。

佛沟寺

隐隐谷中寺，迢迢天半钟。

僧房凿石窟，鸟道疏人踪。

坐树日将夕，看山云已封。

何年眠古佛，尘劫尚金容。

清·李炌

李炌，狄道人，貤赠儒林郎。

春　晓

春梦如白云，一夜空山满。

柴门剥啄稀，睡觉衣裳懒。

初日上碧桃，幽禽弄弦管。

清·吴秉忠

吴秉忠，字巷臣，狄道人。郡增生。

题侯鹤洲画

茅亭遥出翠微间，竹树深藏水一湾。

合眼分明归去路，更从风雨认前山。

清·吴钦

吴钦，字敬斋，狄道人，州庠生。

山 居

乌兔催年老，闲居养拙情。

烟凝幽坞晓，雨歇旧林晴。

山客花间梦，村鸡竹里声。

欲将流水奏，焦尾弄三更。

清·秦济

秦济，济南人。清康熙五十一年（1712）任狄道令。

北极观古碑歌

北极观中有古碑，碑首蜿蜒盘蛟螭。

趺列人形存疑似，峭削真同鬼斧劚。

兵火屡经迷岁月，石痕剥落多残缺。

扫却苔藓仔细看，尚余几字叹奇绝。

铁画银钩迥通神，古瘦离离似八分。

汉代蔡邕唐共和，未知作者属何人。

传闻作碑乃李晟，平定西羌称天生。

或言哥舒窥牧马，此石拟等燕然铭。

噫嘻此语岂诚然，徘徊不去更留连。

上下拂拭光零乱，老树盘曲生云烟。

君不见峄山突兀石一片，李斯小篆世称善。

又不见曹娥江畔断碣存，伯喈摩挲赞黄绢。

予观此石古难同，嵯峨高耸傲崆峒。

安得移之荒署里，朝夕相对慰孤衷。

注：北极观，原在县城南大街，内有唐哥舒翰纪功碑，现观毁碑存。

清·张蠹

张蠹，字翰齐，号柏堂，临洮人。清贡生，高陵训导。有《柏堂诗草》。

超然台

岳麓山头浩气存，家家邀醉酒盈樽。

孤医自瞑当年目，野老犹招异代魂。

九庙豺狼摇鼎器，百年桃李护祠门。

祇今石上青苔色，应化斑斑碧血痕。

清·黄镇

黄镇，字定侯，狄道人。贡生，铭山县丞。

登临川阁

临川阁上似登仙，览胜喜开诗酒筵。

怪石虎蹲岩畔路，苍松虬舞洞中天。

霞横翠嶂山纹绽，日映澄河水镜圆。

爽气飞嘘城郭静，含情无限望超然。

清·亢英才

亢英才，字鸿儒，狄道人。贡生，有《东园诗草》。

超然台

武始城西日欲斜，北京迁客赴天涯。

已留谏草光青史，更有传经付绛纱。

千里鹰鹯空铩翅，九关虎豹尚磨牙。

于今岳麓山头月，古树年年啼乱鸦。

卧龙山

西岩卧龙龙已卧，蜿蜒下欲饮洮流。

睡酣珠化空山月，蛰久涎成古佛漱。

海立云垂争隐见，松鳞苏鬣自春秋。

一眠直与乾坤老，霖雨何时润九州？

清·吴鉴

吴鉴，字以三，狄道人。州庠生。

秋日喜友人邀饮安积寺

故人邀我饮，金刹倍清幽。

锡冷松房雨，樽开竹院秋。

一声寒雁泪，数点暗萤流。

欲悟三乘法，还来向比邱。

注：安积寺，原在临洮县城粮食市北。

游雍氏园亭作（二首）

东风昨夜到莓苔，十里芊芊绣作堆。

却扫北楼看春色，杏花红近小窗来。

门前杨柳柳前溪，水鸟沙禽相向啼。

为爱主人能醉客，科头直到夕阳西。

清·史諴

史諴，字允若，狄道人。岁贡生，中卫训导。

与客游朝阳洞

老僧穿石腹，结宇翠微间。

花影宵含日，钟声暮下山。

酒阑君饮醇，兴尽我当还。

借问朝阳洞，红尘几个闲？

酬门生馈酱醋

漉汁盐梅远寄将，菜根朝煮忽生香。

酸咸嗜好难殊俗，但觉贫交滋味长。

清·张守

张守，字有为，狄道人。岁贡生，华亭训导。

唐泉寺

潺湲古唐泉，上有唐泉寺。

云气不离门，松花常满地。

大梦觉者谁，寒钟夜半至。

清·王鸣珂

王鸣珂，字敬仪，定州（今河北定州）人。清乾隆二十一年（1756）拔贡，狄道州判。

赋得东岩伏冰

巉岩幽洞见何曾，六月炎天水亦凝。

赵盾有威空烈烈，王祥无迹更层层。

参差巨壑森如许，磊落寒筵化未能。

莫怪西游凉冷地，客心长似玉壶冰。

清·李法

李法，字维则，同州（今陕西大荔）人。清乾隆二十六年（1761）贡生，狄道州训导。

临川阁

临川阁建古临川，秋色湖光面面天。

山见长城初起处，日寒板屋未征前。

苍鹰迅度摩云岭，血马遥来渥水泉。

西北伊犁齐入贡，雄楼何事更筹边。

超然台歌

超然台上凤凰飞，凤去朝阳见久晖。

经春花马寻常是，到眼林亭物序非。

山形自古依南界，水脉无时不北归。

无端蜀魏蜗角斗，几日秦凉羝触微。

长城不卫鹿为马，翁仲变幻藓为衣。

超然台，歌超然。凤凰不来鸦啼烟。

辛李不可呼，哥舒碑已残。

居人讳说鹏坞相，荒台只祀杨椒山。

五十英髦今谁在，落花飞絮空文坛。

应生指侫草，莫供返魂涎，超然之台与君传。

君不见青山亦似忠臣面，春去秋来不改颜。

注：郿坞相，即东汉末陇西临洮人董卓。

洮阳河神祠古柳歌

河神祠畔参天柳，柳树河神谁先有？

婆娑十亩枝盘挈，铁根啮岸蛟螭走。

少小多及交张绪，毛发萧骚老不丑。

诞长轮囷用大谁，天年自得谷神守。

我闻永丰无人东南树，寂寂独抱星精住。

谪老人间非偶然，珠泉漱共龙涎注。

八河八神润物宏，侯伯秩祀体皆龙。

呵护不贪普门露，阳德龙古老父雄。

月中丹者桂，天上白者榆；蟠桃横海守神荼。

翠不成幄青无眼，让柳先向金城舒。

阮家翁仲仰首攀，咸阳宫树盖不如。

贰师宛种百千来，系马长条息有余。

只今谁记种柳人，木独如此人嗟吁。

谢家庭院雪花扬，郑虔驴背压诗肠。

老柳厌闻絮聒吟，避向西岩友钓航。

除却陶潜号不俗，杨花杨枝少年场。

隋堤苏堤谁风雅，柳风淡淡古洮阳。

清·马喜雄

马喜雄，字云飞，狄道人。保安训导。有《三壶斋主人传》。

玉井峰

玉井神所凿，仙乳常下垂。

岁旱取其湫，甘霖乃沛施。

复哉八功德，不独沁诗脾。

清·晏毓桂

晏毓桂，狄道人。州学生。

滴水崖

石崖飞匹练，朝暮声泠泠。

汲者仰而汲，其势若建瓴。

濯缨于此地，可以劝独醒。

注：滴水崖，又名滴水岩、响水崖，在临洮城西十里处，今西坪乡境内。水从石窦中出，常流不断故名。

清·张世永

张世永，字仙同，狄道人。州庠生。

清水渠

涣涣清水渠，旁多杨柳树。

翠色化清烟，东风吹不去。

206

莫折最长条，惊起双白鹭。

注：清水渠，在临洮城南玉井镇，源出乔家坡，自曹、王、晏、董、陈、虎六姓庄中穿流入洮河。

清·毛文標

毛文標，狄道人。州学生。

侯和城

侯和古战场，遗镞聚其下。

此地棘阳儿，曾覆夏侯霸。

魏蜀俱灰飞，沙虫犹不化。

注：邓艾破姜维于此，夏侯霸战殁。

清·任言注

任言注，狄道人。商州（今陕西商洛）训导。

栖云洞

玉峰有古洞，云气满空虚。

胜迹何以传，宁叟此卜居。

吾将悬火铃，往求仙人书。

注：栖云洞，在玉井峰。

清·姜继周

姜继周，狄道人。康熙年间贡生。

南观坪

迢迢南观坪，对酒坪如掌。

非雾亦非烟，晴岚自来往。

晓日登古台，令人心神爽。

注：南观坪，一名岚关坪，在临洮城南三十里，高七丈，形如箕舌，直逼洮河。

清·牟继祖

牟继祖，字绳武，狄道人。清举人，曾任保安训导。

红道峪

西瞻红道峪，秀色如桃花。

桃花不足比，应是赤城霞。

隔河有村坞，毋是仙人家。

注：红道峪，在临洮县城西南三十里。

清·张汝辑

张汝辑，字巨川，狄道人。州学生。

南川道口占

策马南川道，秋风动晚凉。

塞烟埋古路，醉叶散斜阳。

过岭牛羊下，翻枝鸟鹊藏。

伊人应不远，碧水小桥旁。

清·毛济美

毛济美，字凤庵，狄道人。郡增生。

栖云洞怀王仲可、张率一二先生

二叟何年华，春花洞口红。

白云犹岭上，碧井自山中。

肥遯心如揭，游仙梦已空。

偶寻弦诵处，谡谡是松风。

清·田荣生

田荣生，字汝华，狄道人。郡增生。

蜀 葵

零零珠露荒园满，荟蔚中藏五色霞。

不用移栽不浇灌，蜀葵真是懒人花。

清·黄鉴

黄鉴，字尔明，狄道人。州武生。

闰九日登高即事

今年喜遇两重阳，篱下黄花老愈香。

此日登高应作赋，同人酌酒再平章。

书院金鱼

池水清清一鉴开，金鳞奋鬣待春雷。

龙门指日生头角，霖雨还当润九垓。

性 定

性定多闲趣，心空事事空。

草滋三径雨，尘扫一庭风。

鸟语轻烟外，棋声绿树中。

有时劝灌溉，春韭与秋菘。

清·刘绵

刘绵，字泽远，狄道人。州庠生。

闰九日登高即事

岁逢闰九两重阳，偕友登高喜气扬。

塞上风寒梧叶脱，篱边秋老菊花香。

复题糕饼过佳节，再饮茱萸飞羽觞。

若使白衣今又至，陶然共醉古禅房。

清·高元龙

高元龙（1748—1829），清代博陵人，字楼村，号固夫。岁贡生，仕至安徽祁门县儒学训导。

隆禧寺

山林永日静无哗，惟有风幡动晚霞。

鹦鹉声中请梵寂，琉璃光外瑞烟斜。

云穿杰阁垂银练，雪压长松点玉花。

半偈心持无挂碍，万缘空处是禅家。

注：隆禧寺在狄道州治东北，宣德年建。

西岩寺

凭高把酒望超然，绝景分明在眼前。

列障麓山通陇右，如雷洮水注兰泉。

楼台影落鱼龙国，钟磬声摇日月天。

更喜阴浓堤上柳，夕阳拖出万家烟。

清·张鉴

张鉴（1768—1850），字秋水，号春冶，浙江归安人，清代诗人。

赞洮砚

我闻德寿日写经，一百九砚同繁星。

采来宁向洮河绿，琢出浑似端溪青。

清·王克允

王克允，字明五，狄道人。增监生。

临川阁落成次人韵

冠盖如云集素筵，新成高阁祀金仙。

楼台影落鱼龙国，钟磬声摇日月天。

石柱牵风双缆直，水花飞雨万珠圆。

开无胜事谁能复，古木寒鸦更飒然。

清·苟绘龄

苟绘龄，字纪千，狄道人。州庠生。

赠吴松崖

菊巷先生恋酒樽，中山市上阅朝昏。

清秋风雨疏篱满，开尽黄花不出门。

春日登西岩寺

老上层楼意惘然，留诗聊结野僧缘。

西倾夜泮珠玑水，南浦春开锦绣天。

隔岸龙宫藏绿树，傍山渔舍出青烟。

芒鞋藜杖归来晚，沉醉东风又一年。

清·刘维灏

刘维灏，字文漪，狄道人。郡增生。

题枫林远眺图

远望寒山色，人家在白云。

丹枫方半醉，留待杜司勋。

清·黄钟

黄钟，字元音，狄道人，州庠生。

残菊次友人韵

曾荷重阳雨露沾，风姿犹胜老无盐。

白衣但使频来往，自有菊香一夜添。

清·张玠

张玠，字温如，狄道人，岁贡生。

春草吟

多情生小砌，随意上闲庭。

安得王孙眼，年年如此青。

灞桥别人

樽酒依依灞水旁，秋风无限拂离殇。

劝君勿折青门柳，留与行人挂夕阳。

清·赵起蔺

赵起蔺，字相如，狄道人，州庠生。

赠苟纪千先生（二选一）

社鼓阗阗几处逢，百钱常挂葛陂龙。

从他两鬓生霜雪，不负花间酒一樽。

清·孙谋诒

孙谋诒，字燕翼，狄道人，州学生。

冬岭秀弧松（二选一）

严冬何所有，岭上弧松秀。

傲骨不可干，风雪任交斗。

前村一枝开，甘与梅花瘦。

清·王宜

王宜，字时若，狄道人，岁贡生。

闰九日登高即事

波罗蜜煮菊花香，载酒仍登古佛堂。

莫以残秋轻此会，百年能有几重阳？

清·姜芹

姜芹，狄道人，国子监生。

与吴信辰游河西

疏柳挂鱼竿，芦花一水寒。

逢君不尽醉，何处可为欢。

疲骏瘠毛骨，闲鸥刷羽翰。

生涯各努力，白首重相看。

清·司朝俊

司朝俊，字万卿，狄道人，岁贡生。

临川阁

李唐宫殿泣铜仙，此地犹能复盛筵。

柳散沙堤闲待月，云生石窦醉扪天。

卧龙略彴身何曲，栖鹘乾陀影正圆。

把酒临风无限意，诸公佳句况巍然。

清·樊必遴

樊必遴，字廷扬，号孤松居士，狄道人。有《杏坞诗草》。

宿莲花山寺

山头留古刹，客到且羁栖。

回望高天近，平分落日低。

钟声风上下，塔影月东西。

闲共僧拈句，何妨壁上题。

清·李尚质

李尚质，字景商，狄道人，州庠生。乡饮介宾。

鸜 鹆

野树闻鸜鹆，清音出性灵。

无端学人语，刺刺不堪听。

清·王元德

王元德，字升闻，狄道人，岁贡生。

拟木兰从军（二首）

一

不贴黄花十二年，龙堆消息雁难传。

月明多少还家梦，只在红妆阿姊边。

二

古戍寒云锁大旗，明驼千里送儿时。

谁能更把归来乐，说与同行伙伴知。

花 前

花前酌酒酒前诗，半是猖狂半是痴。

不见不闻山鬼灭，独来独往古人知。

青郊到处供游赏，白雪何年人品题。

蛮触纷争蜗角上，先生微笑看残棋。

清·司绶

司绶，字印若，狄道人。乾隆辛酉拔贡。

咏日中牡丹

日照栏干晓露晞，满庭红紫斗芳菲。

精光夺目珊瑚架，艳彩惊心翡翠帏。

但使有堂名画锦，何妨无酒典春衣。

养花总爱轻阴好，争似晴霞片片飞。

清·雷震远

雷震远，狄道人，岁贡生。宁夏府训导。

负 暄

南岭积残雪，北堂生霁烟。

负暄来午梦，黄犊枕人眠。

清·张炎

张炎，字西周，狄道人。以父荫官均州知州。

游武当山感赋

少慕仙灵未息机，悠悠虚送两丸飞。

何由换却尘凡骨，长伴岑山老羽衣。

清·侯维翰

侯维翰，字尔音，狄道人，岁贡生。

题吴居士林亭

营居惟半亩，清士惯幽栖。

流瀑喧荒坞，孤云过短篱。

犊闲依草卧，莺晚隔花啼。

物外芳踪远，追寻一水西。

清·赵为一

赵为一，字诚也，狄道人，州庠生。

剑客图

年少有何知，公然剑术奇。

飞飞不足比，恐是精精儿。

清·王钦祖

王钦祖，字敬远，狄道人。

玫 瑰

簇簇名花发，香凝火齐珠。

美人不敢折，红袖衬罗襦。

清·宋国森

宋国森，字沛川，狄道人，岁贡生。

早春郊游

狂作探花客，何须更问津。

衣沾数点雨，酒恋一壶春。

草径眠黄犊，云溪跃紫鳞。

村讴纷聒耳，谁是听莺人。

清·吴镇

吴镇（1721—1797），字信辰，又字士安，号松崖，又号松花道人。清狄道州（今临洮）人。乾隆六年（1741）拔贡，乾隆十五年（1750）举人。曾任山东济南府陵县知府，湖北兴国知州，湖南沅州府知府。后归乡，受聘主讲兰山书院。著有《松花庵全集》。

一、松花庵诗草

送　人

红树迢迢接陇关，白云深处鸟飞还。

送君东下情何及，回首斜阳入乱山。

候马亭歌

汉武望马如望仙，恨无桂馆通祁连。

汗血千载化龙去，至今候马空亭传。

空亭一望连沙草，极目长天但飞鸟。

君不见子卿憔悴少卿愁，英雄尽向盐车老。

古　意

长绳能系日，不缩一心愁。

宝刀能划水，不断双泪流。

自从君别后，日日上高楼。

高楼临汉水，遥见木兰舟。

渺渺波与风，凄凄春复秋。

君为云外鹄，妾作雨中鸠。

戏寄王又舆

蹁跹鹤氅涉河湟，羌女随车看玉郎。

好买独峰千里足，为驮春梦到渔阳。

午　梦

竹径凉飙入，芸窗午梦迟。

偶然高枕处，便是到家时。

登　楼

高楼俯八荒，一上九回肠。

仆仆因何故，年年滞此乡。

怀人秋草绿，吊古暮云黄。

况值南飞雁，遥天又几行。

访张薇客不遇

远携斗酒扣柴关，坐久松梢倦鹤还。

陇上白云三万顷，主人何处看青山。

过马嵬

倾城蛾眉葬此间，六龙西去杳难攀。

汉庭祸水传犹烈，楚岫行云梦已闲。

在昔罗衣曾作谶，于今香粉亦成斑。

桓桓却恨陈元礼，一矢何曾向禄山？

榆钱曲

桃花笑老榆，汝是摇钱树。

不解济王孙，飞来又飞去。

梦真谷师作

愁云一片我寻师，碧落黄泉两不知。

何意今宵残梦里，空山堂上更题诗。

注：吴镇师名牛运震，号真谷，清山东滋阳人。雍正进士，曾官平番（今永登）知县。著有《空山堂春秋传》等。

松花庵歌

元代嘉兴有吴镇，其庵自署以梅花。

梅花道人妙易理，岂止画苑雄三家。

我去道人五百载，姓同仍愧锡名嘉。

相如慕蔺亦偶尔，安石拟谢焉足垮！

我闻道人读书处，绕屋冷蕤相萦遮。

兴来自写冰雪干，罗浮月色孤山霞。

道人越人我在陇，一枝欲寄愁天涯。

松花名庵亦大好，恨无健笔图杈枒。

忆昔至正戊子后，江南猿鹤随虫沙。

玉山客散云林圮，道人宰木存寒鸦。

老衲风流今已矣，身后安知非仆耶？

松花庵松我所种，标榜未许旁人哗。

五粒金色那可俟，仿佛梅影横阶斜。

歌成抚松还自笑，云涛谡谡飞绛纱。

初日何杲杲

初日何杲杲，光辉照我庐。

我庐复何在，咫尺天一隅。

自我去家时，浮云与我俱。

浮云还故乡，游子谩踟蹰。

悠悠山头石，向是婵媛躯。

郁郁庭前柏，今为流泪枯。

饮马长城窟行

莫近长城窟，天寒马力微。

此中多血泪，饮马岂能肥！

响水崖

修崖水叮咚，继续成幽响。

费尽广长舌，声束耳不往。

注：响水崖即滴水崖，在城西十里。经考证在今河口村西山崖，现被河口水厂所占据。

我忆临洮好（十首）

一

我忆临洮好，春光满十分。

牡丹开径尺，鹦鹉过成群。

涣涣西川水，悠悠北岭云。

剧怜三月后，赛社日纷纷。

二

我忆临洮好，真于盛夏宜。

南山惊积雪，北户怯凉飔。

箫鼓官神集，莺花仕女知。

柳荫闲把酒，挥扇是威仪。

三

我忆临洮好，秋天爽气新。

牛羊皆可酪，蝇蚋不劳嗔。

毛褐裁衣厚，明醅酿酒醇。

东篱残菊在，西望更愁人。

四

我忆临洮好，三冬足自夸。

冰鳞穿鳜鲤，野味买麇麚。

霭霭人如日，飘飘雪似花。

年来青稞贱，到处酒能赊。

五

我忆临洮好，山川似画图。

高岗真产玉，寒水旧流珠。

云影迷双鹤，涛声落万凫。

曰归归未得，三径日榛芜。

六

我忆临洮好，州如太古闲。

誉髦感郇伯，野老话椒山。

花绣摩云岭，冰开积石关。

壮猷辛与李，搔首鬓毛斑。

七

我忆临洮好，诗家授受真。

高岑皆幕客，白贺是乡人。

山水今无恙，文章旧有神。

二张珠玉在，后起更嶙峋。

八

我忆临洮好，流连古迹赊。

莲开山五瓣，珠溅水三叉。

蹀躞胭脂马，阑干苜蓿花。

永宁桥下过，鞭影蘸明霞。

九

我忆临洮好，灵踪足胜游。

石船藏水面，玉井泻峰头。

多雨山皆润，长丰岁不愁。

花儿饶比兴，番女亦风流。

十

我忆临洮好，城南碧水来。

崖飞高石出，峡断锁林开。

静夜鱼龙喜，清秋虎豹哀。

何时归别墅，鸡黍酸新醅。

注：这组诗全面赞美了临洮四时的景色，山川名胜、风俗人情及著名人物，是吴镇五律诗中的名篇。

韩城竹枝词（二首）

一

踏青游女步跚跚，绣陌曾无一日闲。

文杏碧桃春易老，与郎同上牡丹山。

二

良人远贾妾心哀，秋月春花眼倦开。

忍心待郎三十载，归鞍驮得小妻来。

二、游草

荷苞牡丹

倾城花向马嵬残，无限春风解恨难。

惟有香囊消不得，又含铃雨挂雕栏。

留别陵县士民（四首）

一

桑芽未吐柳先丝，春色应嫌我去迟。

两袖清风真浪语，膏车犹是旧民脂。

二

斥卤田多井臼贫，绿芜阡陌又逢春。

三年爱汝同娇子，只恐蒲鞭也误人。

三

飞尘遥指楚江天，祖道重逢知几年。

父老莫言刘宠去，玩花台下有荷钱。

四

离筵尊酒故情欢，送客飞花上马鞍。

老别桐乡增眷恋，题诗留与后人看。

木兰村（二首）

一

木兰旧戍木兰游，塞草繁花万里秋。

不是村人频指点，谁知家在古黄州！

二

花潢云鬓是耶非？若有灵旗出翠微。

古塚尚看双兔走，阴廊应画一驼归。

注：黄州（今湖北武汉）黄陂区北部有木兰山、木兰湖、木兰将军墓等景点，与古巾帼英雄花木兰有关。

武昌九日

秋风感绨袍，无心醉楚醪。

一官真作客，九日负登高。

白发循梳短，黄花入梦劳。

江云横落照，何处是临洮。

客　至

行人下马拂战袍，十载乡心寄楚醪。

正是菰蒲烟雨好，沧浪亭上话临洮。

渡 河

客从江汉来，遥见大河喜。

笑示舟中儿，此吾故乡水。

辰沅舟中

捧檄穷三楚，乘舟过五溪。

孤帆山向背，双橹月东西。

云水心徒切，乡园梦不迷。

最怜秋已半，芳草尚萋萋。

赠江明府乙帆

空谷经年待足音，忽劳驺从远相寻。

署门翟尉交游少，梦彩江郎箧笥深。

五老峰前秋挂笏，九工城上夜鸣琴。

何当共饮洮河水，一笑掀髯话古今。

三、逸草

题哥舒翰纪功碑

李唐重防秋，哥舒节陇右。

浩气扶西倾，英名壮北斗。

带刀夜夜行，牧马潜遁走。

至今西陲人，歌咏遍童叟。

渔阳烽火来，关门竟不守。

惜哉百战雄，奸相坐掣肘。

平生视禄山，不值一鸡狗。

伏地呼圣人，兹颜一何厚。

毋乃贼妄传，借以威其丑。

不然效李陵，屈身为图后。

英雄值老悖，天道遘阳九。

终焉死偃师，曾作司空否。

轰轰大道碑，湛湛边城酒。

长剑倚崆峒，永与乾坤久。

大堤曲

昨岁郎归去，沿堤折柳枝。

今年堤上柳，绿似送郎时。

落叶曲

瑶阶月正明，绣幕风初飏。

梧桐叶叶秋，落在人心上。

夜夜曲

夜夜复朝朝，朝朝复夜夜。

买丝绣槿花，不许娇红谢。

故乡行

故乡如故人，相别愈相亲；

故人如故乡，相见还相望。

忆我出门已数月，昔日柳绿今飞雪。

拟跨白凤造天门，中道风摧羽毛折。

归来却扫旧庐园，栽花种竹随所便。

我虽不及苏季子，尚有城南二亩田。

谒郭令祠有怀李白（二首）

一

丹心贯日手扶天，将相成功亦偶然。

犹恨当时铃阁内，黄金不铸李青莲。

二

白也生平号酒狂，感恩怀报最难忘。

山东小吏宣城叟，一字何曾道及王。

注："山东小吏"句见李白《送鲁郡刘长史迁弘农长史》及《哭宣城善酿纪叟》诗。

北河杨忠愍祠

北河衰柳乱鸦啼，鸣凤场中日及西。

昔我家山曾放逐，在公乡里亦酸嘶。

忠魂五夜依兰谷，国史千秋先兑溪。

瞻拜转殷桑梓望，超然台下草萋萋。

题村壁

桑柘绿阴重，鸡肥社酒醲。

爱他风俗好，割蜜不伤峰。

马鹿山（二首）

一

峭壁俯山门，振衣跋芒履。

天风吹铃铎，惊堕黑鹰子。

二

石化五青莲，云中菡萏冷。

月明逢羽人，身作老松影。

注：马鹿山又名莲峰山，在今渭源县城东南。

寄黎勤庵

处世支离好，多君竟日闲。

水流苍山下，家住翠微间。

美酒时能酿，繁花未易删。

一官成远别，梦里有东山。

注：黎勤庵，临洮人，病蹇嗜花，住东山下。

大雪访张温如

扑面琼瑶入座寒，一樽相对且盘桓。

年来倦赴探梅约，只向君家借雪看。

空山堂师远寄长歌敬和一首以代短札

日照冻冰鱼，讵能泼剌随长流。

惊雷压石笋，可得行鞭枝叶稠。

嗟余小子心已死，西河血泪枯双眸。

开缄忽得东来札，如饮醇醪消我忧。

况兼古歌文数百，长江水立飞蛟虬。

洮阳风日正骀荡，忽然雷雨寒飕飕。

忆昔松山初负笈，孙吴数子才力遒。

东方紫气不可驻，灞陵柳丝重牵愁。

明年日下急相见，荆高酒市倾千瓯。

无何巾车复南去，晓风残月连芦沟。

甲戌之岁历古晋，狐突台畔还相求。

社燕春鸿暂相值，金乌玉兔谁能留？

文章未博半囊粟，意气空传百尺楼。

郢人未死匠石去，东望梁父白人头。

嗟嗟我夫子，何以为我谋？

为我谋鼎与钟，我已一盐一齑忘珍馐。

为我谋簪与缨，我又一邱一壑身自由。

我不知天下事，坐花醉月自唱酬。

我不论古之人，素丝歧路从悠悠。

丈夫四十不卿相，何如云水随浮丘！

即如我夫子，才力无匹俦。

文章似秦汉，诗句追曹刘，居然不免四方走。

何况小子朝吟暮喈，有如燕雀声啾啾。

已焉哉！请为夫子及我谋：

勿为踽曲之辕驹，勿为文绣之庙牛；

勿为辛苦之书蠹；勿为狡狯之棘猴。

五岳三山迹可遍，指日当为汗漫游。

天风海涛生足下，拊手一笑三千秋。

潘生行赠怀瑾

岳麓山前班马嘶，潘生送我游京师。

日西岁寒天地闭，裹粮百里来何为？

忆昔闻君苦未见，梦中仿佛窥容仪。

河阳才气本无敌，况值掷果英妙时。

老夫倾倒那得此，越人山木心自知。

感君意气为君饮，一醉百斗安足辞。

是日东岩初明霁，二三知己相追随。

长松翻风韵萧瑟，古塔映雪光陆离。

潘生潘生骨格奇，别君何速识君迟。

明年衣锦过枹罕，载酒访尔扶苏祠。

山居晚眺

乱流明古渡，斜阳澹柴扉。

山径通篱落，牛羊一带归。

题邹兰谷先生遗像册后（四选一）

云阁蛇虫傍逆鳞，沈杨死后少言臣。

东楼射中高山倒，梦里弯弓也快人。

注：邹兰谷即邹应龙。沈杨，指沈炼和杨继盛。

苏绣崖副使《高秋立马图》歌

金城七月秋气高，苏公按部之临洮。

辕门八驺声嗷嘈，示我小照求挥毫。

伟人神骏两相遭，披图似有风飀飀。

长城万里绝喧嚣，身骑白马穷游遨。

我公家藏虎豹韬，边城持节今豸袍。

据鞍顾昐真人豪，揽辔应澄九曲涛。

赪颜疑餐绥山桃，头上斜飘金翠毛。

雪峰作画笔砚劳，芍坡歇诗追风骚。

忆昨幕府随旗旄，骑马直至昆仑尻。

天山大雪风如刀，冷气欲裂秦复陶。

公时翊赞沛恩膏，疏勒诸部欢投醪。

大宛贵人献葡萄，汗血昂首皆鸣号。

玉门关外柳散绦，归来归来袒其橐。

此马猛气不可挠，图画足胜金银槽。

兰山书院收英髦，丰饩严约公所操。

龙文虎脊竟连镳，下驷或效城关挑。

孤竹老马自爬搔，识道深惭教尔曹。

君不见奇才无数隐蓬蒿，公即相士九方皋。

四、兰山诗草

薛王坪歌

兰山五泉下，西有薛王坪。

薛王何王坪何坪，言是薛举之先茔。

忆昔隋氏乱，绿林分战争。

尔举果何物，乃敢虎踞雄金城。

斯时四海已鼎沸，谁复西向收欃枪。

嗟尔子仁杲，乃更凶暴凌苍生。

盗跖肝易脍，汲桑扇难擎。

不有晋阳真人出，黄河恶浪何时平？

鸷鸟旋就射，封豨亦遭烹。

薛家三尺土，秋草尚纵横。

至今里人每上冢，凭吊若有枌榆情。

咄此兔窟与獾穴，焉用杯酒浇丛荆。

兰山古，五泉清。

堪齿冷，薛王坪！

法云寺

古寺南山下，吾来访懒残。

大鹏当路立，猛虎倚楼看。

梵呗青松响，茶烟白雪寒。

老僧真爱客，鸡黍共盘桓。

注：法云寺，原在临洮县城南一百里，俗名巴结寺。

安远坡望白石山

驱马经枹罕，秋花满目斑。

忽惊千里雪，遥挂万重山。

雾暗宁河驿，天高积石关。

东流无限水，日夜自潺湲。

高桥神女庙

月作菱花水作裙，仙踪谁复记传闻。

馨香荐处兰兼菊，环佩归时雨杂云。

可有青琴为女伴，竟无白石是郎君。

鸡豚社里喧箫鼓，风袅灵旗日又曛。

注：高桥在临洮城南三十里许。

题五竹寺

寺名五竹枕南冈，钟磬声中绿筱长。

若使七贤游此处，也应随例黜山王。

注：五竹寺在今渭源西南。七贤即晋竹林七贤阮籍、嵇康、向秀、刘伶、阮咸、山涛、王戎。

河神祠古柳和李实之孝廉（四选二）

河神祠庙枕洮涯，古柳参差阅岁华。

不逐灰尘经浩劫，尚摇风雨动虚沙。

阴浓曾覆庄生钓，漂泊难随汉使槎。

昨向西倾山下过，枝枝交影半龙蛇。

画阁临川阻大堤，永宁桥畔草萋萋。

十围古柳何年植，三叠阳关几客题。

喉鹤吟猿声断续，裁云镂月影高低。

一眠直与乾坤老，陶令归来且杖藜。

读阮侍郎《京都杨椒山先生松筠庵记》，知公已为直隶都城隍感作二首，用以快人心而彰直道也

一

京官赁宅多湫隘，退食犹如过隙尘。

此处椒山曾栉沐，于今胜地尚松筠。

筵陪嘉靖诸诗客，座列幽燕众土神。

人世威权天上福，看来毕竟是谁真？

二

前期社屋已荒凉，环堵侨居尚姓杨。

误国权奸甚魑魅，快人官职是城隍。

敬宗枉画凌烟阁，林甫空开偃月堂。

寄语分宜诸罪鬼，试从天际认曹郎。

注："筵陪"句后作者自注："王凤州、张兑溪木主皆附列保定祠内。"

题马绳武《偷闲吟》

市井劳劳六十秋，衔杯雅趣亦风流。

百钱裁足惟哦咏，乐志真同古少游。

抔土茫茫夜月寒，伯牙古调为谁弹？

惟余一卷偷闲草，留与儿孙世世看。

五、补逸

临川阁杂咏（九首）

一

天宝莺花过眼秋，居然飞阁俯清流。

云霾浪打千年久，应得唐人化鹤游。

注：阁系唐天宝初建。

二

永宁桥下浪花平，人在长虹背上行。

十二松舟双铁缆。恨无杯酒祀梁城。

注：梁城相传宋时建桥者。

三

翠绿生烟晓不开，沙堤杨柳管公栽。

中间再着桃花树，便自湖山画里来。

注：州牧管公孙翼筑堤栽杨柳数百株。

四

贝阙珠宫羽卫多，龙舟欢噪水扬波。

招魂果得灵均起，应为秦人续九歌。

注：俗称八位官神皆无可考，而像极诡异，以午日赛会。

五

西风吹浪四山阴，隐隐雷霆入地深。

震动恒沙千劫梦，龙宫谁唱海潮音。

注：洮水一名恒水，其声如雷。

六

流溅寒月溅崇巅，化作明珠颗颗圆。

笑杀鲛人空泣泪，摩尼光射小西天。

注：洮阳俗称小西天，冬月水流冰珠。

七

湖滩原是古西湖，木客松杉积万秼。

秋水不来春社好，白杨林下舞神巫。

注：白杨林在湖滩南。每大水木遭漂没，今河归故道，无此虞矣。

八

老纳忘机昼掩关，群喧消息耳根闲。

龙祠隔岸风吹雨，又送残钟到暮山。

注：阁俯瞰对岸河神祠。

九

宝鼎山前古钓矶，鸳鸯终日浴红衣。

郎行只爱随流水，莫过桃花便不归。

注：宝鼎山在阁北。

云界寺

洮郡西山西，上有云界寺。梦想已十年，今春乃一至。

崖阴素花繁，洞口红药莳。石径一发悬，湍沙苦崩坠。

飞楼插空虚，金碧绕山翠。亥母果何神，环佩临无地。

徘徊落日下，山钟促归骑。浩荡五岳游，发愤从此始。

注：云界寺，在县城西三十里夏牟山上，一名亥母寺，其上有亥母洞，故名。

和章晓先生游玉峰山韵

飞翚绀宇起岩巅，知是人间几洞天。

老纳禅安幽窦里，黄花节励晚秋前。

谛观螺月庄严相，聊结鸿泥香火缘。

喜到上方诸品静，豗喧翻压树边泉。

南川八景诗

塔寺松风

日近西山塔影长，松间月映玲珑光。

风前历历果交战，寺里阴阴人歇凉。

吹动枝梢惊鹤梦，飘来气味散花香。

千层翠霭俄翻浪，远送梵音出佛堂。

牧山晚笛

叠叠重重满月情，志书应列此山名。

几群烈马俄狂性，聚伙牧童赛曲声。

日晚笛吹十八拍，坡前草壮三千牲。

野人遥指云深处，老幼同欢共太平。

马坂雾雨

阴阴地气接云生，雾锁晨朝晚半晴。

山尘不起土肥润，野草长含珠露明。

雨后牧羊童鼓腹，坡前射猎马銮鸣。

萧萧湿衣莫觉晓，遥闻海水出源声。

露骨积雪

生成傲骨永如斯，露出堂堂太白姿。

遥望山巅频积雪，登临路径犹岖崎。

盘桓耸石拖寒雾，磊落雄峰卷洁池。

不改千秋朴素态，常留后世共称奇。

石堡春耕

梅花先绽柳芽萌，老圃老农筹劝耕。

石堡临川春暖早，肥田播种日正新。

惠风缓缓和群物，淑气温温布满程。

地壮犹依山水力，永斯乐业安太平。

灯盏元宵

满耳喧声近路旁，连村夜火杂星光。

灯棚历历元宵节，蜡烛辉煌歌舞场。

踊跃花童来戏赏，慈悲宝座永如常。

依山摆列太平盏，老幼同欢进庙香。

乌鸦晚朝

村边绿树窠乌鸦，因赖地灵多物华。

堪赏常常见反哺，不知晚晚朝谁家。

群飞却有冲霄志，伏宿惟闻依柳呀。

择木良禽得其所，归巢总在日西斜。

河堤柳浪

河堤郁茂树千枝，可似先年五柳姿。

对户含烟拔地起，叠层卷浪任风吹。

萌芽绽出金黄色，嫩叶生成绿彩眉。

条絮纤纤如自动，株头有语是莺啼。

注：清康熙《渭源县志》中记载的南川（会川）八景是：石堡春耕、沙堤柳浪、灯盏元宵、西牛望月、麻坂雾雨、塔寺松风、露骨积雪、乌鸦晚朝等。

六、集句诗

高石崖

山窗临绝顶，（王　褒）　绝顶复孤圆。（沈　约）

欲丢三芝秀，（释慧净）　翻思二顷田。（庾　信）

醉鱼沉远岫，（江　总）　秋雁写遥天。（张正见）

挥手造乡曲，（谢灵运）　相逢知几年。（庾　信）

松鸣岩

山带弹琴曲，（庾肩吾）　松声入断弦。（荀仲举）

空林鸣暮雨，（王　褒）　秋气爽遥天。（张正见）

何必桃将李，（陈子良）　焉知隐与仙。（周　让）

愿言税逸驾，（谢　脁）　嚼蕊挹飞泉。（郭　璞）

临川阁和握之弟

云叶掩山楼，（孔德绍）　清泉吐翠楼。（庾　阐）

醉鱼泡远岫，（江　总）　喧鸟覆春洲。（谢　脁）

开径望三益，（江　淹）　披林对一邱。（庾肩吾）

落花催斗酒，（庾　信）　忆尔共淹留。（谢灵运）

台湾平定喜而有作（八选二）

其一

刑天舞干戚，（陶　潜）　　贯日引长虹。（杨　素）

鸟击初移树，（隋炀帝）　　荧光乍灭空。（梁上黄侯）

乘塘挥玉剑，（虞　羲）　　卷帔奉卢弓。（鲍　照）

豹变分奇略，（何　逊）　　今来东海东。（徐　陵）

其五

元帅统方夏，（张　华）　　由来非一朝。（左　思）

悬床接高士，（李德林）　　奋剑荡遗妖。（王　融）

采药逢三岛，（李巨仁）　　临觞奏九韶。（嵇　康）

会令千载后，（隋炀帝）　　鹏鷃共逍遥。（王　褒）

乡　思（集唐）

缭绕洮河出古关，（权德舆）　　依然松下屋三间。（戴叔伦）

他乡就我生春色，（杜　甫）　　却恨莺声似故山。（司空图）

七、诗余

凤凰台上忆吹箫·乡思

小院春回，明窗午倦，梦魂时到洮阳。想故园此日，煞好风光。结伴临川高阁，携樽酒，一曲沧浪。谁消受沙堤柳绿，吹面风凉。　　　　思量，深深莲幕，经济手、从来不用文章。笑英雄气尽，儿女情长。枉把年年针线，为人作待嫁衣裳。归去也，青山无恙，白日休忙。

浪淘沙·耀州九日

抱影守荒衙，九日堪嗟，朱萸懒佩酒慵赊。欲向五台高处去，秋在谁家。　　红叶满天涯，雁阵飞斜，关山回首暮云遮。故宅池亭谁作主，辜负黄花！

行香子·纪梦

莺语间关，鹤影翩跹，喜相逢近水楼前。十分心事，锦字难传。有二分嗔，三分爱，五分怜。　　彩云飞去，孤枕依然。叹何时复遇神仙！而今而后，好梦频牵：在梨花月，桃花雨，杏花烟。

西江月·襄樊舟中作

江表英雄如梦，襄阳耆老难邀。大堤风雨暮潇潇，尚有天涯芳草。　　买得渔家小艇，沽来山市香醪。烟波深处读离骚，人与芦花俱老。

画堂春·清明

辰溪两岸石槎牙，野棠飘尽闲花。清明何处酒旗斜？春老天涯。　　舟次晓来双燕，滩头暮散群鸦。行人此日倍思家，梦越长沙。

醉太平·戏戒填词作

诗禅未参，诗余诅谚。茧丝自缚眠蚕，又蠕蠕再三。　　花间酒酣，花间令探。鬓毛如雪氃氃，笑先生太憨。

清·杨芳灿

杨芳灿（1754—1816），字才叔，号蓉裳，江苏省常州府金匮县（今无锡）人，清朝文学家。乾隆四十二年（1777）拔贡，官灵州知州，改户部员外郎。有《真率斋稿》《芙蓉山馆诗词稿》留世。

买陂塘·送吴松崖赴金陵

渐春深、飘烟碎雨，韶光陌上初暖。朝来露井香桃瘦，减了红情一半。肠已断。那更送、行人又到离亭畔。垂阳花岸。听一两三声，阳光怨曲，珠泪已成串。　　香醪满，且酌碧螺春碗，莫言离绪长短。软风帖帖移帆影，一抹碧波天远。寻废苑。把金粉、前朝写入生死管。邮筒想便。有杂体新诗，回文小札，频寄与侬看。

注：乾隆六十年（1795）暮春，吴镇欲去江南拜会袁枚，先至灵州与杨芳灿话别。杨以此词送别。

清·李植

李植，字端叔，号北川，狄道人。岁贡生，有《自娱集》。

题友人赠绣佛图

有酒学仙无酒佛，佛中绣像佛兼仙。

多君一纸留苏晋，便不逃禅也悟禅。

清·刘谦

刘谦，字炳也，狄道人。州庠生。

拟木兰从军

高悬妆镜执戈兵，绝胜昭君出塞行。

十二年来贞不字，居然红粉作干城。

清·董志远

董志远，字空阳，狄道人。州庠生。

拟木兰从军

朔风吹暮尘，万里梦衰亲。

一自归来后，燕山草不春。

清·王问交

王问交，字友邻，狄道人。国子监生。喜诗工书法，篆刻尤精。

述 怀

疏懒惟林卧，幽栖屋数椽。

境闲堪隐几，客至且谈元。

弧灶烹茶火，寒流洗药泉。

生平无别好，物外乐余年。

清·王思聪

王思聪，字四达，狄道人。州庠生。

闰九日登高即事

糕燕良辰喜再逢，登高览胜梵王宫。

菊花带露晚仍艳，枫叶经霜朝更红。

人感授衣初着絮，时缘落帽又吹风。

漫言秋老摧残甚，闰九光华上九同。

清·史进第

史进第，字联及，狄道人。岁贡生。有《萝月山房诗稿》。

送和五瑾泰从军

春色丽边城，嗟君尚远征。

风雷喧战鼓，花柳拂行旌。

移帐龙堆暖，弯弓虎穴清。

封侯须此日，努力著威名。

东山晚眺

高秋登岳麓，落日下寒城。

烟火千村暮，桑麻四野平。

云归山自合，人去水同行。

回首松梢月，蟾光已半生。

西城角寺

西城城角傍城西，下有临川绿万畦。

不见征人寻故垒，尚余释子作招提。

湖滩雨霁桃花落，筏厂风清柳叶齐。

载酒登高无限意，踏青归去夕阳低。

木兰行

轧轧机声中夜变，军帖征兵速流电。

木兰父老当远行，阿姊小弟皆长叹。

自顾一身为女郎，扑朔安得三窟藏。

净洗铅华换戎服，愿随鞍马戍边疆。

十二年来经万里，将军百战健儿死。

关山夜月冷红妆，铁甲斑斓剑花紫。

归来还家拜高堂，自临明镜贴花黄。

千古佳名传乐府，纸上犹闻脂粉香。

清·毛启凤

毛启凤，字鸣州，狄道人。州庠生。有《爱菊堂诗草》。

端午日洮河即事

端午中天节，招魂自古今。

酒香蒲泛玉，角嫩黍包金。

此处秦巫巧，能为楚地音。

彩舟人竞渡，凭吊我情深。

石觉庵

石觉人难觉，僧闲我未闲。

招提今暂过，明月在松间。

和张玉崖晓发关山

客行残月下，诗在野花中。

略费推敲力，兰山日已红。

同吴信辰何临远游喇儿寺

蹑石扪萝入翠微，喇儿寺上扣柴扉。

林深路逐麚麔转，云净心随鹳鹤飞。

具酒僧雏能解事，听琴樵子亦忘机。

夕阳影外山钟起，流水潺潺送客归。

醉题中山馆壁

阎浮世界海茫茫，蛮触蜗角谁短长。

何处觅得千日酒，中山之馆清且香。

主人好我倾千壶，半醉起舞神扬扬。

英雄事业多寂寞，高士心胸本猖狂。

流光迅速未肯饶，转眼青丝变萧萧。

踏春谁借五花马，乘兴须解千金貂。

明月窗前自皎皎，朔雪头上空飘飘。

丈夫际会会有日，未必明日同今朝。

清·黄呈秀

黄呈秀，字俊升，狄道人。州庠生。

临川阁怀古

此日登高望，晴光接陇关。

长堤归马急，野水钓翁闲。

鹤立青沙际，莺啼碧树间。

永怀作赋客，大业贮名山。

冬岭秀孤松

寒松生深山，苍髯一何秀？

雪霜任相侵，劲节常自守。

岁暮浑如春，龙鳞老宇宙。

清·许海

许海，字对山，狄道人。岁贡生，汉中府训导。

拟木兰从军

绣帏巾帼薄封侯，跃马持戈塞上游。

数载军中失闺秀，几回梦里话春愁。

缇萦谩道功能就，精卫空传恨不休。

阅尽古今列女传，木兰智慧足千秋。

清·王寅

王寅，字建春，号愚亭，狄道人。州学生。

闰九日登高即事

九日登高爽气生，闭门前月负良辰。

菊从老圃增秋色，雁过寒城识故人。

红叶题诗犹似昨，白衣送酒莫嫌频。

茱萸醉后殷勤插，劝会何妨满十旬。

清·李校

李校，字子序，狄道人。岁贡生。

题高竹园戎伯小照

铃阁春深昼掩关，此身常伴此君闲。

金鱼活泼心犹乐，碧草蒙茸手不删。

晚岁诗篇同渤海，故园图画拟房山。

轻裘缓带人称羡，漂麦高风未可攀。

清·刘廷葆

刘廷葆，字羽章，狄道人。岁贡生，咸宁训导。

超然台

古塔棱棱立凤台，孤臣曾此讲筵开。

琴书已逐秋风冷，松桧还连夜雨哀。

赡士学田留紫陌，褒忠石碣翳苍苔。

行人若问投荒事，笑指高山久作灰。

清·张克念

张克念，字善作，号玉崖，临洮人。州庠生，有《玉崖集句》。

望红道峪

隐隐西山一径斜，隔河山色似丹砂。

夕阳十里红将敛，孤鹜飞飞带落霞。

侯和城怀古

荒城风雨见沙虫，遗镞犹余战血红。

艾艾名成非竖子，何曾斗胆不英雄。

清·张所蕴

张所蕴，字素臣，狄道人。郡增生，有《修竹园集句》。

白马郎

风流白马郎，踏遍青春路。

兴尽过章台，斜阳在高树。

郊 游

郊游兴不穷，如在画图中。

水涨千山雨，花飞两岸风。

鸟鸣深谷里，渔唱小桥东。

醉后归来晚，斜阳树树红。

清·文铭

文铭，字汝箴，号静亭，狄道人。州庠生，乡饮介宾。

黄孝子歌

洮阳黄君不识字，三年浇茗坟头地。

风风雨雨日二次，以为非难请君试。

郊 兴

胜迹我堪寻，亭皋倚旧林。

山花红映酒，野水碧弹琴。

鹤唳松岩静，僧归竹院深。

流连幽绝处，钟断罢登临。

清·李尚德

李尚德，字南若，号梓轩，狄道人。廪贡生，以子苞官晋封奉直大夫。有《梓轩诗草》。

月夜作

静夜待明月，月高人始眠。

觉来明月色，犹在草堂前。

起坐弄清影，孤怀方悄然。

松风吹万籁，余响入山泉。

岁暮乡思

作客年将暮，还家信已沉。

故园当此日，大雪满空林。

野鹤高低影，山猿断续声。

梅花应笑我，隔岁不相寻。

晓风楼

既上秋水阁，衡登晓风楼。

楼当杨柳岸，叶叶风飕飕。

此景亦常有，所爱临清流。

西山多爽气，况落阑干头。

荇藻跳紫鳞，烟波翻百鸥。

余亦偕诸友，题诗共倡酬。

酒醒怀柳七，斯人已荒邱。

谁为残月句，得传女郎讴。

清明过兑溪张公墓下作

超然台后兑溪茔，漠漠寒烟锁不平。

草没铜驼前代恨，苔侵石马故乡情。

千秋正气留华表，五夜忠魂傍斗城。

欲问当年青琐事，椒山古庙起松声。

清·刘良德

刘良德，字据之，狄道人。州庠生。

虞美人草

霸业今非楚，名花尚姓虞。

千秋余碧血，万里托青芜。

蝶散怜春尽，蜂喧想夜呼。

悲歌魂不去，起舞影常孤。

兰佩哀三户，萍踪笑五湖。

赢他钟室草，风雨怨娥姁。

清·陈翰猷

陈翰猷，字尔谟，狄道人。

途中宿红崖村

村翁邀我宿，风露夜沉沉。

孤磬敲残梦，寒灯照旅吟。

泉声喧竹径，月色冷枫林。

晓指征途远，送山怅客心。

清·魏学文

魏学文，字仲余，狄道人。乾隆戊子举人，英年早逝。其师信辰先生以诗哭曰："看花不及杏园春，梓里风光系此身。地下修文天上记，古今多用少年人。"

题天台访道图

瀑布飞流一道开，仙人终日在楼台。

胡麻饭熟桃花老，前度刘郎可再来。

清·李尚贤

李尚贤，字聘三，号槐峰，狄道人。恩贡生，以苞侄官貤奉直大夫。有《槐峰诗草》。

不　寐

簌簌阶前响，悠悠梦里惊。

松篁喧午夜，砧杵散孤城。

月淡关山色，客余儿女情。

年来才力减，不敢赋秋声。

度香桥

桥下白莲花，桥边绿杨柳。

寻香桥上人，不解香来处。

六松轩

小轩有六松，松外复何有。

添我一老人，同为支离叟。

清·吴钢

吴钢，字孟坚，狄道人。郡增生，有《红树山房诗草》。

洮溪晚眺

西郭绕长川，登临意爽然。

寒砧山店月，晚笛野桥烟。

林静来孤鹤，岩虚滴暗泉。

物华增玩赏，渔火点归船。

自皋兰归来作

十日客皋兰，红尘没马头。

况兼旱魃虐，金石铄欲流。

此地不可居，薄言归吾州。

才过摩云关，凄然已如秋。

翛翛沙坡下，云树何清幽。

一笑破愁颜，千村翠绿稠。

井蛙小东海，习惯固有由。

信美乃吾土，乐哉夫何求？

游南城角寺

城南古寺阅恒沙，风动幡幢影半斜。

游客自来还自去，白云常护老僧家。

清·李随蔚

李随蔚，字素文，狄道人。岁贡生。

秋水阁

空灵之阁面秋水，浴凫飞鹭双双起。

我来顿豁望洋胸，向若拟寻蒙漆史。

汀洲陂陀乱云深，伊人不见愁人心。

凭栏且进一怀酒，枫叶芦花自古今。

清·刘炯

刘炯，字西明，狄道人。廪贡生。

雪后桥

雪后平桥稳，前村是酒家。

故人邀我过，相与醉梅花。

雪后径

大雪封三径，梅梢冻雀吟。

羊求不到处，熟客讵能寻。

清·康希正

康希正，字子中，狄道人。有《蚓斋诗草》。

移菊自河州

移菊自河州，香风傍马头。

提携双畚土，珍重一篱秋。

窭客黄金满，骚人白发稠。

拟寻甘谷水，酿酒醉千瓯。

菊　花（六选三）

秋白凄凄百卉腓，东篱璀璨笑霜威。

渊明休虑樽无酒，自有人来是白衣。

撑寒弱骨叹谁扶，三径烟消影自孤。

今日谁为苏王局，并将竹石写成图。

幽芳烂熳绕闲阶，相对幽人笑解怀。

把酒莫嫌秋色老，愿盟松竹作萧斋。

清·潘性敏

潘性敏，字钝庵，临洮人。清道光年间增生，有《清溪诗草》。

九华观即事

拟卜何山隐，栖踪入九华。

清晨云掩石，深夜月当花。

欲得淮王术，还依太上家。

仙人如爱我，向此学餐霞。

西岩寺

西岩一径通，徐步谒禅宫。

屋覆经冬雪，幡飘后夜风。

移花兼蝶至，偷果与猿同。

双树容听法，还来礼惠聪。

清·王者兰

王者兰，字孟芳，临洮人。清乾隆丁酉举人。

秋水阁

画阁临秋水，风烟四面开。

虹桥当涧落，珠浪接天来。

鸊鹈鸣如故，蟾蜍去不回。

浦云山雨在，深愧子安才。

清·陈玙

陈玙，字梦璋，狄道人。州庠生。

新　寺

劫历恒沙寺尚新，松风水月净无尘。

刹那已见僧雏老，莲社宗雷更几人？

清·武殿元

武殿元，字雁名，狄道人。州武生。

友人送白桃花

黄磁幻出小瑶台，干似枯松蕊似梅。

老踏绥山真妄想，成蹊或有素心来。

清·萧声和

萧声和，字远闻，狄道人。

客中偶成

烟景满天涯，他乡感岁华。

征衣云外湿，旅酒客中赊。

山馆生芳草，江村落杏花。

那堪春欲暮，飘泊远思家。

瓶中芍药

鼠姑香散胆瓶中，国色犹疑照殿红。

眼底何人堪折赠，且将离恨问东风。

清·杨文光

杨文光，狄道人，州庠生。

晚归山庄

村遥三四里，蓬户面山开。

犬隔烟溪吠，人穿竹径来。

寒云横洞壑，残照入亭台。

却羡芳樽在，清宵细引杯。

清·赵文蔚

赵文蔚，字云豹，狄道人。州庠生。

草亭远眺

悠然一草亭，独坐见青冥。

不用疏篱绕，西山是画屏。

清·牟永安

牟永安，狄道人，州庠生。

短发吟

五岳空相待，三跷雅自矜。

朝来循短发，零落已如僧。

清·吴锭

吴锭，字握之，狄道人，辰信之弟。有《耳山堂诗草》《草舍吟集》等。

渔翁歌

渔翁生涯在烟水，一竿常钓芦花里。

沙汀鸥鹭可为朋，市井喧嚣不到耳。

竹皮笠子柳叶舟，得鱼换酒乐悠悠。

醉罢收纶归去也，一声欸乃万山秋。

普觉寺双松

老衲忘机曳短筇，此身只合伴苍松。

幡幢送影惊巢鹤，铃铎飞声醒卧龙。

入定聊同双树宿，辞荣不羡五株封。

客来竟日清阴足，莲社依依起暮钟。

石笋歌

怪石为笋笋为石，嶙峋又变苍筤色。

米颠不见子猷亡，石也为谁空排列。

荒凉慈荫寺，此石如此君。

沧海可枯石不烂，至今玩者何纷纷。

来风亭下秋风老，东麓主人翳黄草。

崎嵚历落凝寒烟，摩挲谁能辨岁年？

寄语山僧好收敛，生公说法头或点。

注：生公，东麓何文简公别号。

晓风楼（二选一）

渔人船傍荻芦洲，山色湖光欲上楼。

绿飐沙堤杨叶雨，黄垂篱落菜花秋。

长桥浪静蛟龙匿，极浦滩平鹳鹤留。

徒倚栏干情未已，钟声遥下古城头。

注：晓风楼傍即城角寺。

秋水阁落成偕诸友登览有作（二选一）

杰阁真如拔地生，遥飞一盏对西倾。

八窗云色兼山色，四座秋声杂水声。

遵渚凫鹥还荡漾，隔河牛马自分明。

凭栏多少游人集，谁喻南华向若情。

宿卧龙寺

胜地开兰若，三叉在眼端。

锡声云际响，幡影月中寒。

说法龙归洞，焚香鹤绕坛。

自然消五欲，何必羡黄冠。

九月五日初雪

渐觉重阳近，东篱菊绽初。

秋风吹落叶，大雪到寒庐。

宋玉悲遥夜，袁安帐索居。

乾坤银一片，图画恐难如。

晚归山庄

采药归来晚，清闲即是仙。

孤村皆石抱，高树半云连。

忽叩山扉月，还分竹路烟。

遥知城市梦，难向此中牵。

僻 地

僻地转无聊，幽寻不待招。

抚松时见鹤，删竹忽逢樵。

野径凭风扫，山园候雨浇。

叩门知有客，展待笑空瓢。

清·吴审然

吴审然，字仲括，狄道人。州庠生。

老 农

衰鬓芦花白，闲情只自知。

纵横田滨郭，曲折径通篱。

鸟鹊喧林暮，牛羊下陇迟。

秋来山酒熟，应醉筑场时。

清·李尚宾

李尚宾，字观光，狄道人。州庠生。

春日试笔

律转阳回大地中，天涯此日也春风。

祇余山水堪寻乐，岂有舟车解送穷。

免俗未能聊尔尔，草书不暇苦匆匆。

浊醪数盏吾将醉，笑看浮云过碧空。

清·赵峥

赵峥，字峙南，狄道人。州庠生。

友人约携酒赏菊不至

洒扫东篱接上宾，白衣送酒意何亲。

嗟君一去无消息，翻使黄花笑主人。

清·史慕圣

史慕圣，字淑庵，狄道人。州庠生。

偕张绳其王四达游罗氏园

池上石如垂钓客，竹间花似入林人。

名园小憩张王集，典却金龟莫笑贫。

清·张祖武

张祖武，字绳其，狄道人。州庠生。

拟木兰从军

万里从军不自由，弯弓秣马几时休。

若非奏凯归来后，谁识英雄是女流。

清·王克勤

王克勤，字禹阴，狄道人。岁贡生。

题白香山诗集后

淡语总清真，庸儿枉效颦。

元刘惭大敌，何况后来人。

注：元指元微之，刘指刘梦得。

清·吴简默

吴简默，字洵可，号石泉，狄道人。有《竹雨轩诗草》《板屋吟诗草》。

宿东岩寺

东岩幽绝处，晚逐寺僧来。

一径穿云入，双扉扣月开。

钟声空竹院，幡影动香台。

但得安心法，何须谒辩才。

登临川阁

西倾凝翠霭，潇洒绝尘喧。

塔影烟中寺，鸡声雨外村。

向人山叶落，隔水野花翻。

借问同心客，谁来共一樽？

玉井峰

南峰称玉井，石乳倒垂空。

仙在寒霞外，僧归晚磬中。

棋枰留洞壑，茶灶列林丛。

安得乘黄犊，逍遥一笛风。

超然台

吾爱杨夫子，书堂枕碧峰。

金缯嗟市马，桃李幸登龙。

剔藓读残碣，下山闻暮钟。

夕阳来大鸟，悲咽向寒松。

西岩寺

龙象皈依处，悠悠我独行。

断桥芳草接，高寺碧云生。

春满花三里，山空鸟一声。

老僧嫌疥壁，不必浪题名。

客 至

幽居远城市，笔砚作生涯。

山翠晴连屋，溪声夜到家。

萋萋三径草，簌簌一林花。

好客能相访，前村酒易赊。

板屋对雪

白首怜花甲，幽栖板屋中。

杜门甘守拙，索句苦求工。

兽炭三更火，鹅毛一榻风。

良宵谁载酒，趁兴访山翁。

清·陆度

陆度，字谨侯，狄道人。乾隆乙酉拔贡，宁化县县丞。

题友人惜分阴图

禹寸陶分一瞬过，参苓桃李遍山阿。

图成应有人嫌汝，说是偷来尺璧多。

清·李焱

李焱，字亦韩，狄道人。州庠生。

瓦枕曲

瓦枕何坚确，绳床且宴安。

黄粱炊未熟，即此是邯郸。

清·张所维

张所维，字四云，狄道人。州增生。

悼　花（三选一）

曲栏幽榭草青青，抱瓮曾劳夜戴星。

烂熳昔如山韫玉，凄凉今似雨零铃。

楚魂寻梦飘巫峡，湘血连愁落洞庭。

惆怅仙姿留不住，又随春水下寒汀。

注："雨零铃"疑应为"雨霖铃"。

清·王元英

王元英，字君恺，狄道人。廪贡生。

雪　地

琼树经时发，瑶华逐处生。

只除东郭履，未许别人行。

清·李遇春

李遇春，字芳若，号鹤亭，狄道人。己亥举人。

归　思

索米长安事已非，思家常向梦中归。

微荣未卜毛生檄，故国空怀莱子衣。

杨柳三秋折枝尽，茱萸九日醉花稀。

素琴短剑频回首，倦倚燕山望夕晖。

清·毛诰

毛诰，字紫文，狄道人，州庠生。

秋　兴

嗟尔秋何在，怜予老渐来。

诗随霜隼厉，梦逐月蚤开。

露点黄花秀，风吟翠竹哀。

酒酣视天地，抚剑上高台。

清·于文璐

于文璐，字元圃，狄道人。廪贡生，供选训导。

谷中行

曲曲谷中路，森森山上松。

隐隐闻犬吠，忽遇一老翁。

白发垂过耳，策杖呼牧童。

老翁何能寿，发白颜面红。

为言远城市，因之少行踪。

衣食藉牛羊，山徒不可农。

幸无催科扰，尽日心中空。

生来未知乐，死去任天公。

语罢回身去，不问客何从。

清·马绍融

马绍融（1731—1791），字绳武，回族，临洮人，为元名臣马祖常后裔。少时在私塾就读月余，因家贫辍学，随父卖炊饼等为业，以孝友闻乡里。中年苦学诗作，加入吴镇洮阳诗社，被吴镇称其为"胡钉铰之流"并誉其为"市隐"。著有《偷闲吟》，吴镇为之作序。

秋水阁

高阁名秋水，遥情寄海涯。

请君来上座，把酒诵南华。

晓风楼

杨柳叶飔飔，西风万里秋。

晨光兼浪影，缥缈上高楼。

注：晓风楼位于狄道州城西洮河东岸，与秋水阁遥遥相对。

河神祠古柳奉和李坦庵孝廉

古庙苍凉傍水涯，几枝古柳卧平沙。

晓风楼外浓阴合，秋水阁前疏影斜。

日暖莺啼藏密叶，春晴渔唱扑飞花。

良朋此际同激赏，遥指山村酒易赊。

注：河神祠对临川阁。

清·王凤鸣

王凤鸣，字瑞文，狄道人。岁贡生。

西岩秋望

长天孤雁寄瑶函，戢戢新诗共一缄。

望远有情生绿野，悲秋无泪湿青衫。

登山临水人皆醉，对酒当歌我自詀。

闻说黄精堪却老，云深何处下长镵。

清·黄世濬

黄世濬，字夏川，狄道人。州庠生。

友人送白桃花

夭夭谁镂玉玲珑，消尽繁华洗尽红。

比似调羹枝上雪，赢他含笑坐春风。

清·张兆鳞

张兆鳞，字化南，狄道人。州庠生。

赠詹上人二首（选一）

禅客来张掖，风标未可攀。

冠缨曾赫奕，瓶钵更萧闲。

花灿摩云岭，天高积石关。

松鸣堪度脱，随处且看山。

清·史锐

史锐，字进伯，狄道人。州庠生。

秋 柳

烟锁丝丝冷，风吹树树黄。

依然三月柳，倏尔带秋光。

落叶催今古，离亭任短长。

攀条人去也，结缡莫相忘。

清·张建㻏

张建㻏，字太璞，号惺堂，狄道人。州学生。

雁　字

青霄乙乙影空流，久别潇湘露已稠。

未免有情书旅况，似曾相识写离愁。

高天风月闲时抹，绝塞云烟笔底收。

忆得丁年承使后，一缄尺素几经秋。

清·史相

史相，字企左，狄道人。岁贡生。

题天女图

大千世界等恒沙，色色空空本一家。

若作革囊盛血看，负他云里散天花。

清·闫麟书

闫麟书，字瑞孔，狄道人。州庠生。

增杨都阃戎伯

西陲营垒重临洮，儒将登坛足自豪。

白羽挥军风乍肃，青油宴客月初高。

谢安不尽围棋乐，祖逖焉知舞剑劳。

岳麓峰前三丈石，为君镌刻纪投醪。

清·孙祥增

孙祥增，狄道人。州庠生。

夏日友人园亭小饮

今日良朋会，樽中竹叶青。

花翻三径石，鱼戏一池萍。

看画开疏牖，携壶到小亭。

几回吟啸处，初月晚侵屏。

清·司鐏

司鐏，字韶音，狄道人。州庠生。

鸭

刺刺听殊厌，人言底重轻。

绿波任容与，爱尔自呼名。

清·樊学诗

樊学诗，字睿乡，狄道人，郡学生。

白桃花

武陵红雨日缤纷，缟袂临风自不群。

薄暮渔人乍回首，却疑身在一溪云。

清·张大成

张大成，字集堂，狄道人。州庠生。

夹竹桃

隶竹称君子，夭桃比丽人。

多情烦造物，并作一花身。

清·赵翼

赵翼（1727—1814），字云崧（一作耘崧），号瓯北，别号三半老人。常州府阳湖（今江苏常州）人，清中期史学家、文学家、诗人。

拟杜甫诸将（其四）

易将应看贼首函，到营又似勒枚衔。

翻疑充国屯田守，岂有辛毗仗节监。

卧甲征夫听夜柝，捣砧思妇寄秋衫。

祭风台畔樯乌转，枉费催开海舶帆。

注：赞颂三国魏名臣辛毗（陇西狄道人）。

清·沈青崖

沈青崖，字艮思，号寓舟，秀水（今浙江嘉兴）人，清乾隆时副使。

临　洮

马衔过陇坂，洮河下熙州。

地作金城障，山为玉垒浮。

西平留壮略，郿伯尚英谋。

奏凯经岩郡，毛生悔早投。

宿辛店正觉寺

河堨新树刹，客到爱登楼。

傍岩渠形曲，遮汀柳色稠。

农桑正可讲，鼚鼓幸方休。

一夕停车地，犹为适野谋。

洮　砚

洮水来西蕃，钟灵产绿沉。

孰云用武国，偏有右文心。

湍濑疑浮馨，荣光类跃金。

肌如蕉叶嫩，色比栗亭深。

鳞迹传骊窟，波纹宝墨林。

从今怀寸璧，助我老来吟。

谒忠愍公祠

岳麓冈环东峪水，几筵拂拭讲堂新。

大贤迁谪山川重，巨恶纠弹血泪真。

季世起衰扶正学，边陲过化藉孤臣。

至今遗泽留秦陇，却比容城意倍亲。

答郭恬庵使见和无觉寺题壁

西倾山下跳珠水，兰若停来独倚楼。

门对古垣依落日，窗含匹练迥横秋。

闲吟回忆非佳兴，属和何期有胜流。

过客不须思往迹，王韶曾此定熙州。

清·任祯

任祯，狄道人。清国子监生。

洮水流珠

洮河冬过古熙州，化作冰珠日夜流。

未必绞人皆汉女，可能水伯是隋侯。

勺圆不待灵蛇吐，的皪还疑老蚌游。

从此随波归九曲，何须象冈苦搜求。

清·张开界

张开界，字境远，狄道人。清贡生。

西岩秋望

古刹荆榛喜尽芟，西山爽气锁巉岩。

沙头绿叶催黄叶，天际归帆送去帆。

但有闲鸥飞撇捩，更无寒燕语呢喃。

苍然一望皆平楚，骏马何时脱辔衔？

清·师三省

师三省，字于曾，狄道人。清州庠生。

西　岩

蹑石穿云古寺头，居然飞阁枕洮流。

凭栏坐展江天画，雪浪堆中下小舟。

清·李苞

李苞，字元芳，号敏斋，狄道人。清乾隆丁酉（1777）拔贡，癸卯（1783）举人，由崇信县训导升任广西阳朔知县，升授四川剑州知州。著有《敏斋诗草》。

另刊《巴塘诗抄》《洮阳诗集》，文史学界评价甚高。

宿峡口驿

四周无数米家山，隐见秋云暮雨间。

忽忆往年游岭表，桂林千嶂尽螺鬟。

梦游家园

化蝶飞何处，家园草木荣。

春光惊烂熳，梦境忆分明。

松下酒三爵，花间棋一枰。

今宵疏散甚，非复宦游情。

画梅花

最宜微雪与残霞，画本应来处士家。

惆怅孤山人已杳，更谁高隐妻梅花。

菊　花

家贫金满院，客至酒添筹。

爱尔黄花瘦，兼之白露稠。

冷香飘九日，晚节傲三秋。

佳句传彭泽，长吟韵欲流。

崇信学署偶成

凤岭崇高芮谷清，我今到此寄幽情。

官寒岂肯因人熟，性淡无劳与世争。

细剪茅茨熏药灶，偶寻薜石垒茶铛。

庭前半亩空闲地，留待明年种蔓青。

鉴山寺阁晚眺

古寺峥嵘倚寿山，登临偷得一时闲。

地连临桂峰千叠，江下苍梧水几湾。

落叶霜随秋雁至，趁墟人逐暮鸦还。

斜阳若肯回三舍，百丈云梯尚欲攀。

呈七绝五章

三楚雄风自昔多，片帆高挂兴如何？

想公酾酒南行日，清浪滩头拜伏波。

跨鹤那能十万缠，劳心作郡未三年。

定知五马临行日，尚欠沅江饮水钱。

行李无劳厩吏催，宦游廿载至今回。

竞言江上清风好，两袖何曾惹得来！

诗囊原与宦囊殊，句句琳琅字字珠。

堪笑殷侯节五岭，赠人只写荔枝图。

吹来旧雨洗清尘，梓里风光处处新。

花鸟知名应已久，更从林下认骚人。

秋 夜

家近身难到，凄凄薄宦情。

挑灯删旧句，倚枕听残更。

夜冷霜千里，天空雁一声。

高堂思子甚，魂梦绕金城。

古 意

塞外音书至，知君赴白龙。

敢音离别久，夜夜梦相逢。

偶 成

欲寄数行书，乡里不识字。

仰看雁南飞，耿耿空有意。

新店早行至沙坡晓望

征衫空翠湿，客思倍凄然。

远浦明残月，虚崖响暗泉。

灯寒孤店火，钟断古城烟。

立马关山晓，樵歌竹里传。

园松行

松不别我我别松，别后梦里曾相逢。

挺拔虽异支离叟，老苍非复旧时容。

坐对无言空长叹，欲将阔悰寄素翰。

窗外风雨忽然来，寒色杳冥古香散。

今喜相见非梦中，望月楼畔淡烟笼。

涛声飒飒若与语，幽琴一曲百虑空。

在昔根苗甚柔靡，我佰移栽家塾里。

说在我生之次年，我为兄兮松为弟。

松今高己四丈余，我犹空负七尺躯。

愧无浓阴庇邻里，不及阶前傲雪株。

此松若在最高岭，更余日中参天影。

惜哉半亩花园地，翠盖数重秋光冷。

清·张其德

张其德，字品一，狄道人。州庠生。

苟 药

相谑赠何人，将离愁底事。

莫占金带围，老子闲为瑞。

清·张文灿

张文灿，字星乙，狄道人。州学生。

灯下苦吟寄李元方

一字吟安喜欲颠，寒灯挑尽不成眠。

机枯漫剪新花样，力尽仍撑上水船。

笑我空言徒自苦，与君同病且相怜。

从今束却阴何律，但买生丝绣乐天。

清·雷率祖

雷率祖，字子训，狄道人。州庠生。

溪 行

隔浦归来晚，风寒酒力增。

蹇驴骄不渡，踏碎一溪水。

清·于跃渊

于跃渊，字或庵，狄道人。乾隆癸卯优贡，福建桃源司巡检。

照　镜

明知形是我，却愧减容光。

未到三秋日，先沾两鬓霜。

身缘为客瘦，发较去年长。

自戒从今后，无庸思故乡。

秋　日

又值秋深日，忧心起万端。

微名犹未就，病体欲成残。

饭以愁多减，衣缘客久宽。

可怜闲岁月，转告坐销难。

清·武安邦

武安邦，字磐若，狄道人。乾隆甲寅顺天举人，有《海峰诗草》。

秋水阁

画阁连云起，遥瞻万里秋。

落霞开石径，疏柳荫沙洲。

濠濮心如会，沧浪曲未讴。

伊人何处是，应在水中流。

晓风楼

晓色上高楼，阑干十二秋。

宿云埋古寺，激浪下遥舟。

月影沉波底，风声出树头。

屯田今不见，好句为谁留！

蜘蛛讽

造物容相克，公然一憾无。

近遭蝇蚋苦，不敢恨蜘蛛。

清·刘怀俊

刘怀俊，字仲英，狄道人。州庠生。

志乐园草亭远眺

幽敝茅亭仅数椽，四围花竹伴神仙。

西山爽气南山雪，挂笏分明在眼前。

清·李荘

李荘，字香洲，狄道人。州学生。

秋　兴

客久惊时序，他乡换袷衣。

秋风一夕起，狂叶四山飞。

白雁高难语，黄花冷不肥。

徘徊古城上，远望讵当归。

清·魏玢

魏玢，字琢斋，狄道人。州庠生。

片石桥

一涧分南北，桥横片石长。

脚跟须炼稳，好度赤城梁。

清·李芮

李芮，字元伯，狄道人。州学生。

偃月池

清冷偃月池，状若新月偃。

止水悟亏盈，会心两不远。

清·吴承佑

吴承佑，字默斋，狄道人。州庠生。

春 游

柳抱山村绿，桃飞野岸红。

寻春归去晚，人影夕阳中。

清·宋良冶

宋良冶，字陶庵，号蕙圃，狄道人。

晓风楼

爽气满楼台，登临万象开。

晓风何渐沥，残月尚徘徊。

古寺双屏阖，遥帆一幅来。

那堪杨柳岸，红叶下青苔。

清·张韶

张韶，字琢卿，狄道人。州庠生。

秋水阁

闲登高阁上，把盏对三秋。

日色含沙冷，风声出树遒。

问天惭谢朓，观海忆庄周。

俯仰无穷景，云行水自流。

清·李华春

李华春，字实之，号坦庵，狄道人。乾隆丁酉举人，清涧县训导。有《坦庵诗草》。

汤阴谒岳武穆庙（四选二）

其一

鄂王遗庙在，瞻拜感孤忠。

铁骑黄尘里，金牌白日中。

一军齐洒泪，万马乱嘶风。

谁遣书生语，天高恨不穷。

其四

万古汤阴县，祠堂直至今。

阶前苔漠漠，户外柏森森。

正笏疑精魄，垂旒慰苦心。

残碑读未了，感叹欲沾襟。

板 屋

板屋吾乡结构工，望衡对宇各西东。

闭门气冷晨霜里，欹枕心清夜雨中。

轮奂未容夸晋室，咏歌久已入秦风。

竹楼遗韶犹堪比，月下弹琴四座空。

学 奕

学奕原非欲用心，聊凭坐隐涤尘襟。

桔开仙叟须眉古，柯烂樵夫岁月深。

花院闭门春寂寂，竹窗留客夜沉沉。

局中乐趣谁能会，扫石还须入茂林。

游松鸣岩

拔地起三峰，惊涛响万松。

凿崖通栈路，入洞礼金容。

日照空中梵，风传岭上钟。

登临跻绝顶，顿觉豁心胸。

哭松崖夫子（七选三）

其一

拜别疑如昨，依依卧榻前。

九原真永诀，一疾竟沉绵。

塞北愁羁客，洮西叹逝川。

无因倾絮酒，挥泪夕阳天。

其二

凶闻传尺素，开读倍心惊。

蝴蝶迷新梦，芙蓉返旧城。

晚年因酒病，早岁以诗名。

当代论风雅，何人更主盟。

其六

别业在城南，高崖傍石潭。

山中忘岁月，林下饱烟岚。

菊蕊飘深巷，松花满旧庵。

而今随物化，海上住仙龛。

初到清涧学署咏怀

岩强驿路达榆关，是在层峰叠嶂间。

蕞尔孤城如斗大，萧然冷宦比僧闲。

夜欹高枕眠听水，晓卷疏帘坐看山。

预作六年消遣法，钞书拟贮客囊还。

清·陈嘉言

陈嘉言，字孔璋，狄道人。州庠生。

过　雨

天晴望无际，倏尔起尘沙。

日逆云头疾，风推雨脚斜。

震惊宁百里，欢喜过千家。

处处池塘满，新闻鼓吹蛙。

清·陈含贞

陈含贞，字大亨，狄道人。州庠生。

秋夜读书

向晚幽斋里，高吟乐有余。

萤飘数点火，灯尽五更书。

窗外松声细，帘前月影疏。

鸡鸣频舞剑，豪气老难除。

清·田九畴

田九畴，字禹范，狄道人。州庠生。

晓风楼

游人闲上晓风楼，云影天光万里秋。

残月曲成杨柳岸，莫教惊散水边鸥。

清·张懋

张懋，字维时，狄道人。州庠生。

买　石

典却鹔鹴裘，殷勤买石头。

南山拳下在，东海袖中收。

坐对黄花瘦，平分绿竹秋。

闲云不论价，袅袅晚能留。

清·吴承祖

吴承祖，字尔功，狄道人。国子监生。

游象山

仙家台榭枕山阿，五月凉风此处多。

坐久不知凡骨化，拟浮香象渡长河。

清·李荐

李荐，字鹓一，狄道人。州学生。

秃　笔

秃笔不中书，弃之仍不忍。

君无梦里花，空使臣心尽。

破　砚

临池偶洗砚，误裂端溪云。

石有时而泐，非关用者勤。

残　墨

墨多墨磨人，墨少人磨墨。

庞然没字碑，一点不可得。

烂　纸

柿叶与蕉叶，边方那有之。

书空君自惯，烂纸正相宜。

清·张友直

张友直，字益三，狄道人。州学生。

西岩秋望

云树苍茫锁翠岩，蓬莱仙境在尘凡。

僧开莲社宗雷与，人集兰亭少长咸。

不速鸥来如有约，可憎蝇去似无谗。

却怜古淡洮河水，流到沧溟也作咸。

清·许绍卿

许绍卿，字荣九，狄道人。州庠生。

送客南还

金勒马嘶风，驰驱九月中。

客愁秦塞柳，乡梦楚江枫。

叠嶂连云雨，寒汀落雁鸿。

感秋还下泪，揽辔去匆匆。

清·翰光

陈翰光，字云叔，狄道人。

雪中访友

清晨冒雪访山翁，策蹇孤桥兴不穷。

多少诗情何处寄，梅花书屋乱山中。

清·闫修德

闫修德，字来之，狄道人。国子监生。

山居寄白衣上人

终日浑无事，游观惬素心。

看花行古径，采药入深林。

野鹤松间唳，山蝉竹里吟。

从兹幽兴熟，佳句有知音。

清·李葳

李葳，字蕤千，狄道人。州庠生。曾任咸阳训导。

临川阁即事

临川古阁势嶙峋，载酒登高恰仲春。

积雪乍消山有色，香风才过路无尘。

堤舒柳叶鸣黄鸟，浪涌桃花跃紫鳞。

大块文章随处是，眼前切莫负良辰。

清·廖尚简

廖尚简，字敬庵，狄道人。州庠生。

宿佛沟寺

佛沟称胜境，拈笔画难工。

一塔秋云里，双扉落照中。

酒余松挂月，钟断竹吟风。

老衲清闲好，谈经夜烛红。

清·张若星

张若星，字雪崖，狄道人。州庠生。

秋水阁

着屐登高阁，传杯值暮秋。

遥天飞塞雁，寒水聚沙鸥。

黄叶初辞树，青山更入楼。

仙槎迎博望，不必羡封侯。

清·吴承纪

吴承纪，字小山，狄道人。州庠生。

茶　壶

茗饮不如酪，枯肠洗藜苋。

闲中制此壶，聊与睡魔战。

清·李芬

李芬，字霞卿，狄道人。乾隆己酉拔贡，补八旗教习。

题芦雁便面

天然兄弟在芦花，春去秋来处处家。

高举略同黄鹄志，远游争占白鸥沙。

清风唱和声相应，明月追寻影半斜。

惟有孤奴辛苦甚，不须轻视等寒鸦。

清·杨纬元

杨纬元，字星五，狄道人。州学生。

南坛纳凉绝句

古社枌榆荫绿莎，薰风吹处午凉多。

提壶劝酒人皆醉，只少黄莺一曲歌。

清·张协曾

张协曾，字省三，清狄道人，有《兰阿诗草》。

夜宿超然台

村火乍有无，溪云遥出没。

不及上高峰，倚松望新月。

石门山

九曲通洮水，双峰列石门。

奔崖连日脚，峻岭插云根。

风大来高鸟，霜寒响断猿。

明珠飘不尽，滚滚落河源。

莲花山

雾卷莲峰出，亭亭照眼明。

长天低塔影，飞鸟乱钟声。

松向云中老，池从岭上清。

何当凌绝顶，一览雍州城。

登面山楼

坦步南城角，高楼远接天。

开帘通赤壑，移榻对青川。

杵冷山村月，钟沉野寺烟。

凭栏多雅趣，挹酒听流泉。

张兑溪墓

兑溪坟占麓山巅，桑梓关情感后贤。

石兽春深依蔓草，香猊夜静吐寒烟。

蜚声北阙光青琐，谪宦南州灌碧田。

为救杨公焚谏草，凄凉此意到今传。

清·李榆

李榆，字白星，狄道人。州庠生。

晓风楼

风卷珠帘晓色开，倪黄图画满楼台。

一声烟外沧浪曲，疑是渔翁送酒来。

清·刘选士

刘选士，字季升，狄道人。州庠生。

咏　雪

朔风吹素雪，一夕压茅庵。

咏絮诗初就，围炉酒正酣。

鹤言香阁下，梅绽小桥南。

说是丰年瑞，牛衣恐不堪。

清．许世功

许世功，字懋卿，狄道人。

山　居

只因迎送懒，物外久徘徊。

石榻连云卧，松窗带月开。

林深从鸟集，地僻任猿来。

自得幽闲趣，陶然一举杯。

清·岳维秀

岳维秀，字蕴深，号灵谷，狄道人。州庠生。

闺 怨

红颜留易得，无奈落花催。

愁不随春去，人疑与月来。

锦丝萦意绪，香炷着心灰。

静夜谁家女，秦筝弄几回。

清·王材

王材，字伯干，狄道人。州庠生。

闲中偶成

身似老僧闲，柴门竟日关。

野云含暮雨，遮断屋头山。

清·王者香

王者香，字益清，狄道人。州庠生。

游松鸣岩

峭壁如西岳，苍茫尽古松。

危檐青嶂隐，曲径白云封。

寺静闻清梵，山高渡远钟。

老僧真可羡，闲卧翠微峰。

清·黄居正

黄居正，狄道人。郡庠生。

题画鸡

披图忽见处宗鸡，宛尔司晨五德齐。

元理果能相与语，何嫌风雨日凄凄。

清·王凤仪

王凤仪，字虞廷，狄道人。州庠生。

惆　怅

惆帐东邻是宋家，眼前咫尺即天涯。

隔墙红杏开如许，闲向东风自落花。

清·武溥

武溥，字廓如，号半芋，狄道人。乾隆壬子举人。有《懒真斋诗草》。

赠　人

遮道挽车轮，多君意气真。

山将云送客，天以雨留人。

野膳黄鸡美，村醪绿蚁醇。

明年秋赛近，莫厌往来频。

题画葡萄

柔条弱蔓两蜿蜒，马乳分明颗颗圆。

尽说西凉有佳果，谁将杯酒祭张骞！

清·李蕊

李蕊，字孝升，狄道人。郡庠生。

葫 芦

嘉瓠悬高架，天然巧样新。

未同圆腹客，宛似细腰人。

风引三山晓，云开五岳春。

丹砂何日就，万里系霜筠。

杨柳枝曲送人之渭源（三选一）

鸟鼠山前柳色黄，无情牵动有情肠。

渭城朝雨霏霏落，不及秋波泪数行。

清·赵瀚

赵瀚，字文澜，狄道人。州学生。

雁 字

金风飒飒满空虚，征雁飞来布阵疏。

蘸雨频挥三折势，扫烟细写八分书。

行间有影云生处，笔底无痕月照初。

断续音流同和唱，个中文字果何如？

清·文国干

文国干，字贤若，号固斋，狄道人，州庠生，有《竹屿诗草》。

秋水阁

登临俯洮水，佳气满清秋。

山近云生树，风轻月上楼。

疏帘飘酒舍，短笛弄渔舟。

稍识南华意，翻深向若愁。

老 农

一生无妄想，野趣寸心知。

种树连村密，看山引步迟。

风尘非所惯，晴雨尚能推。

借问传家训，躬耕不我欺。

栖霞阁

览胜登高阁，陶然物外情。

林深泉脉冷，谷静鸟音清。

依槛怀先哲，攻书愧此生。

烟霞殊可伴，何必羡蓬瀛！

清·李荃

李荃，字蕙如，狄道人。州庠生。

山水有清音

净洗筝琶耳，闲听山水音。

曲疑湘女瑟，调叶伯牙琴。

飒飒惊鱼鸟，寥寥送古今。

王维图画好，天籁杳难寻。

清·刘士元

刘士元，字仲恺，狄道人。乾隆己酉府学拔贡。

鼠须笔

手笔难言两不关，伐毛洗破老狴悭。

中书雅爱髯如戟，正字堪酬米似山。

文苑有人皆脱颖，管城无豹不窥斑。

髭毫拈断谁怜汝，赢得兰亭出世间。

清·陈瑢

陈瑢，字仲玉，号竹屏，狄道人。

牡丹开时独酌

春尽鼠姑开，山翁独举杯。

呼儿扫悬榻，恐有白云来。

清·李正春

李正春，字荣乡，狄道人。州庠生。

观音面牡丹

观音花似面，芳气度疏棂。

具有慈悲意，而无富贵形。

遮宜云毋帐，供爱水晶瓶。

色相全空处，何劳拟尹邢！

清·吴承福

吴承福，字绥之，狄道人。清国子监生，有《松亭诗草》。

秋水阁

红叶点沙洲，萧萧两岸秋。

卷帘山对面，移座月当头。

逸兴凌黄鹄，闲情付白鸥。

望洋无限意，何处觅庄周？

城角寺

古城踪迹惟余角，谁向孤台起梵宫。

华表乍惊千岁鹤，铎铃时语一楼风。

窗含南浦晴烟碧，帘卷西山落照红。

不是布金留净地，沧桑变幻早成空。

山园漫兴

草绿柴门径不分，庭花日午落纷纷。

茅檐坐久浑无事，拟向前溪看白云。

遥和友人重阳醵集诗（二首）

一

落笔争看锦绣章，豪情知醉几千觞。

自怜未与登高会，独对篱花嗅冷香。

二

幽居多自闭柴扉，相约登高事又违。

为问龙山前日饮，颓然扶醉几人归。

诗社成漫赋

良友五六人，相与联诗社。

惟德必有邻，伫见昌风雅。

伊余未读书，亦作同会者。

自愧才力庸，兼之见闻寡。

幸滥齐廷竽，敢云孤竹马。

所冀近芝兰，芳香或能惹。

维时天气新，相将游翠野。

时蔬供行厨，春酒斟满斝。

和风习习来，黄鸟啭林下。

人皆动吟怀，笔底珠玑泻。

兴观及群怨，性灵胥能写。

诗成互传观，把玩难遽舍。

不须金谷罚，此乐诚盛也。

著 书

著书仰屋梁，将以示来兹。

知者既不言，言者安得知。

汗牛与充栋，鱼蠹兼蛛丝。

幸而或流传，时复遭点嗤。

我近悟此理，优游成养怡。

登高亦不赋，临流亦不诗。

看花饮美酒，可以遂狂痴。

清·史俨

史俨，字威如，狄道人。州庠生。

南城角秋望

芳樽手自携，游览到招堤。

楼向东峰起，窗窥北斗低。

林秋黄叶坠，山晚白云栖。

胜地喧嚣绝，新诗带醉题。

清·田锡龄

田锡龄，字梦九，号凤台，狄道人。郡增生，有《晚翠轩诗草》。

侯和城

蜀魏俱灭劫，侯和迹尚存。

可怜遗镞处，犹有健儿魂。

空翠萦旗色，岩花带血痕。

悲歌听牧竖，叱犊下黄昏。

河神祠古柳和李实之孝廉韵

冷雨凄风不计年，几行衰柳拂渔船。

影筛斜日明遥浦，浪接清溪拍远天。

弱线钓残珠水月，狂花飞入鼎山烟。

青衫自是君家事，汁染襟痕尚宛然。

清·孙孝增

孙孝增，字元庆，狄道人。州庠生，有《芦雪诗草》。

崆峒山

小麦熟崆峒，洮阳爽气钟。

一支连四邑，六月拟三冬。

玉佩衔山马，珠吞卧岩龙。

森然罗万象，不独冠群峰。

注：崆峒山乃马衔山。

清·李荫墀

李荫墀，狄道人。州增生。

晓　起

春曙惊眠早，莺啼春欲老。

落红堆满阶，一任东风扫。

清·吴承勋

吴承勋，字锡九，号云溪，狄道人。

题北极观哥舒碑

唐代哥舒碑，千秋文字古。

浩荡阅尘劫，蝌蚪惊目睹。

拔地百尺余，嶙峋讶铜柱。

鬼神阴为守，雷电不能取。

往事忆天宝，陇右常用武。

大夫来秉钺，此地曾开府。

词客倚长剑，健儿控强弩。

牧马远遁逃，边人争歌舞。

授简叙功勋，勒石纪俘虏。

聱牙类殷盘，诘屈陋石鼓。

地僻任雪霜，年深斗风雨。

却怜残缺句，留待后人补。

清·李荚

李荚，字尧阶，号允斋，狄道人。州庠生。惜弱冠而卒。

318

白凤仙

仙人骑白凤，毛羽落纷纷。

化作闲花草，犹含几点云。

月

碧落云开万里风，彩鸾争舞桂花丛。

嫦娥果有飞身药，不合年年住月中。

清·张益涵

张益涵，字海若，号敬斋，狄道人。州庠生。有《雨竹亭诗草》。

竹

万个列阶前，依稀箆笃谷。

但能伴此君，不妨食无肉。

菊

闲移佳种傍亭栽，伫待重阳冒雨开。

都恨陶公仙去后，篱边绝少素心来。

清·郭度

郭度，字维贞，狄道人。郡增生。

摩云岭

拂衣登峻岭，一望万峰低。

断木通桥路，欹花衬石梯。

关山朝秣马，风雨夜听鸡。

寄语深林客，新诗莫浪题。

清·刘存爱

刘存爱，字博庵，狄道人，州庠生。

郊　行

幸作清闲客，郊行趣不穷。

烟云千嶂外，风雨一林中。

岸草侵衣绿，山花对酒红。

踏青人不断，歌咏过桥东。

清·张椐

张椐，字寿扶，狄道人。州增生。

刘一峰列子御风图

半足垂崖后，泠然忽体轻。

八千齐大寿，九万指遥程。

猎猎毫端影，刁刁纸上声。

安知刘杀鬼，不解御风行。

清·许奋翰

许奋翰，字林五，狄道人。州庠生。

梦　人

仙云朝暮绕阳台，青鸟传言竟不回。

辛苦五更残梦里，萧萧风雨个能来？

清·张枢

张枢，字要卿，狄道人。州庠生。

纸　花

索笑梅花尽，穷檐苦独巡。

那知隋苑巧，别有汉宫春。

冻雀衔难去，游蜂识未真。

化工生指下，想见剪裁人。

清·张萩

张萩，字季馨，狄道人。州附监。

小　园

小园方半亩，聊以拟沧洲。

野鸟次于屋，春花开到秋。

山居无俗梦，村社有清讴。

爱客时相过，谁能问酒筹。

清·李蓉

李蓉，字镜江，狄道人。国子监生。

池中五色鱼

策策与堂堂，江湖意已忘。

离披苹藻里，闲却五文章。

清·吴承志

吴承志，字凝若，号静轩，狄道人。

古　意

月淡鸳鸯绮，风寒玳瑁簪。

妾非矜一笑，郎自重千金。

清·李芹

李芹，字献夫，狄道人。州庠生。

题金焦便面

水上楼台树里山，渔舟出没绿云间。

老僧细数江南北，今古游人几个闲？

中秋夜大雪

西庭备管弦，拟赏月团圆。

岂料中秋夜，翻成大雪天。

无声飘玉宇，有意洒琼筵。

遥想清虚府，寒应胜去年。

清·李荷

李荷，字望舒，狄道人。州庠生。

春 闺

画楼何事傍长江，春水盈盈绕碧窗。

帘外不堪凝目望，鸳鸯日日浴双双。

清·李萱

李萱，字树北，狄道人。州庠生。

题友人别墅

名利不相关，幽栖竟日闲。

结茅依绿水，卷幔见青山。

门外松苍翠，林边鸟往还。

非仙亦非隐，君自远尘寰。

清·吴承禧

吴承禧，字太鸿，号小松，狄道人，州庠生，有《见山楼诗草》。

西岩寺即事

西岩古寺最清闲，输与禅僧住此间。

宿雨初晴添野水，晓烟乍散露春山。

丛林断续黄鹂啭，沙岸阴浓绿树环。

三笑虎溪传韵事，昔贤风致邈难攀。

东山晚眺怀李元方表兄

寒冬半掩扉，晴雪乱沾衣。

风定炊烟直，山空野火稀。

林间孤犬吠，溪上几人归。

薄暮倾樽酒，知心怅久违。

晚　晴

斜日半窗明，园林雨乍晴。

隔帘见山影，移榻听松声。

野鸟穿花语，池鱼逐浪行。

萧闲无一事，高卧晚凉生。

题农家至乐图

农家耕耨自年年，生计溪头数顷田。

最是匆匆春事急，一犁烟雨杏花天。

春闺思

去年柳绿断人肠，转瞬堤边柳又长。

春信一年犹一到，问君何故不思乡？

古　镜

镜古何年铸，高悬百怪呈。

写形真有用，但忌太分明。

静　坐

独掩柴门独啸歌，不劳熟客屡经过。

收心强学人端坐，改字频忘墨倒磨。

曲沼水清鱼结队，小园树密鸟成窠。

物华如许供探取，争怪闲中得句多。

秋夜感怀

夜起披衣坐，无端百感萦。

迥风卷霜叶，窗外讶人行。

古壁寒灯暗，闲阶片月明。

囊萤空自苦，何事作书生？

村　居

村居绝尘事，寓目多真意。

山洞落桃花，香随流水至。

游马麓山

马麓称名胜，凉秋策蹇寻。

山楼红树隐，石洞白云深。

采药谁携酒，临流自鼓琴。

会当登绝顶，看日荡胸怀。

早起偶成

幽趣关心卧不安，朝朝早起倚栏干。

满塘春草吟诗妙，当户云山入画难。

露滴阶前修竹醉，风回槛外落花团。

邻人莫说韶光老，指日开樽赏牡丹。

游高石崖

城南吾乐土，先人开别墅。有山称石崖，闲静如太古。

维时四月天，晨兴命俦侣。载酒向此游，顿忘风尘苦。

峭壁泉奔注，高峰云吞吐。老僧能爱客，酒渴茶频煮。

松阴千百株，纷纷不胜数。薄暮涛声来，雅奏琴堪谱。

山弗求人知，亦弗将人拒。借问同志人，他年谁作主？

清·陆芝田

陆芝田，字秀三，狄道人。州学生，有《琼华吟馆诗草》。

赠　人

壮岁苦奔走，归来依故林。

相看一剑在，寥寂十年心。

丝绣平原骨，言分季布金。

天寒驰骏马，独猎远山岑。

清·姜位东

姜位东，字震，狄道人。州庠生。

竹雨鸣秋

葛陂五尺龙，移植琅玕圃。

日暮子孙繁，萧萧作风雨。

清·吴承礼

吴承礼，字立斋，号晓岩，狄道人。

夏　晚

活火煮茶香，薰风送晚凉。

卷帘清啸久，月影过西墙。

清·李振新

李振新，字玉生，号竹坡，狄道人。州庠生。

探　春

春从花里来，花自探春起。

既有探春花，宁无探春使。

超然台怀古

员外祠堂在郡东，丹心浩气问谁同？

谈经客去鳣堂寂，抗疏人来马市空。

遗像于今留众望，危言在昔表孤忠。

高台几度深凭吊，松柏苍苍起晚风。

清·魏志清

魏志清，字冰如，号菊圃。狄道人。

桃　花

零雨连朝不放晴，残花片片落无声。

红衣自惜红颜去，毕竟东风也薄情。

清·吴槐

吴槐，字荫三，号楼村，狄道人。州庠生。

凤尾草

凤尾名幽竹，移来当此君。

莫言飞不去，叶叶自干云。

龙　柏

花谱无龙柏，丁香别号多。

紫袍光灿烂，白绖影婆娑。

清·李作新

李作新，字诰叔，狄道人。州庠生。

三春柳

一岁花三度，风流汉苑传。

若云凡柳是，不合号三眠。

怀戎堡竹枝词

两溪春水绿溶溶，杨柳垂丝又几重。

东坝流莺西坝啭，杏花深处与郎逢。

清·祁进修

祁进修，字孟谦，号兰圃，狄道人。

田家杂兴

篱落带林泉，耕余习诵弦。

芭蕉一夜雨，桑柘数村烟。

樵斧闻岩下，渔灯映渚前。

官租才纳毕，鸡黍庆丰年。

清·张维藩

张维藩，字价人，狄道人。州庠生。

怀张琢卿

久与故人别，无端思忽深。

清才诗满箧，隐迹树成林。

秋老远山屋，天寒流水琴。

遥怜红叶下，一卷坐沉吟。

清·李芍

李芍，字洧卿，狄道人。州庠生。

钱二十二韵

若耶金可范，兴利仰君王。泉布周官重，缝环宋制详。

五铢谣复汉，半两法遵唐。宸翰推淳化，宏图纪太康。

形原权大小，用自判阴阳。玉府流行远，铜工鼓铸良。

写模兼隶篆，贴壁尽文章。姹女居奇富，真人应运昌。

投三争慕项，选万独推张。臭巳嫌崔烈，轻宜爱沈郎。

不贪宁肯拜，有癖定多藏。马走双编埒，蚨还叠绕床。

触篱疑蝶舞，掷席似龙骧。戈罢昭灵异，钟成表吉祥。

藩身同币帛，润笔胜琳琅。几下何曾箸，频探赵壹囊。

转移经岁月，驰逐任工商。童子称元宝，家兄号孔方。

人皆羡萧库，我自守曹仓。无处求书帖，伊谁赠辨装？

买山情愈切，沽酒乐难忘。韵事追坡老，分题挂屋梁。

清·吴林

吴林，字孟兰，号勉斋，狄道人。州增生。

送人归里

王孙分手去，岸草尚萋萋。

风雨经荒甸，云山问旧蹊。

旅鸿寒塞外，匹马古城西。

夜宿应难寐，愁听报晓鸡。

清·刘含英

刘含英，字卿实，狄道人。州庠生。

辛店道中即景

策蹇趁晚凉，清风吹道左。

偶过野人庄，儿童打山果。

清·王星樵

王星樵，清末皋兰人。著有《拙龠诗草》。

超然台谒杨忠愍公祠（二首）

一

烟树苍茫城郭东，心香默默谒孤忠。

都言狄道人文辣，可似先生著手功？

二

山势凌空塔影虚，一祠重构劫灰余。

谪中心迹何超妙，自古名臣在读书。

狄道三月二十八日泰山庙会戏作（四首）

一

烛火香烟缥缈间，鸡鸣时已上东山。

钟声摇落知何处？梦径石梯曲折攀。

二

游人远上锁峰桥，闹热无殊市井嚣。

一部梨园如败絮，几经风和雨飘摇。

三

沿途吃食闹攘攘，面不曾温粉拌凉。

碱水当茶醪酒洌，分甘恰有核桃糖。

四

风景依稀山景枯，当年祠宇概全无。

何时修复涂丹碧，绿荫参差树万株？

清·魏椿

魏椿，字寿卿，狄道人。清贡生，授平番县训导。

洮阳八景

一、南山积雪

洮阳有佳景，雪积万重山。

片片银堆岫，纷纷玉满湾。

冰花迷翠黛，琼屑压梦鬟。

六月寒犹在，僧门昼掩关。

二、北岭横云

北山高万仞，云看岭头横。

宛似金枝叶，居然玉叶明。

遥瞻形嵯嶻，远望势峥嵘。

顷刻为霖雨，恩沾草木荣。

三、西湖晚照

西山衔落日，晚景忆湖滩。

色映烟波活，光看夕照残。

骏马沉远岫，鸦影印清湍。

转瞬金盆出，遥瞻共倚栏。

四、洮水流珠

水冻层层玉，冰固颗颗珠。

圆匀看的灼，大小自霑濡。

象罔求全异，鲛人泣迥殊。

桥头凭栏望，累累似珊瑚。

五、玉泉涌月

岳麓山冈下，相传有玉泉。

流来波影动，涌出月光圆。

水面蟾辉满，溪头桂魄鲜。

听是常倚树，石磴泻涓涓。

六、西巇卧龙

西岩真蟠曲，蜿蜒似卧龙。

灵湫能济旱，大泽久沾农。

泉瞰三尊佛，阶横百尺松。

天晴翘首望，碧翠若芙蓉。

七、东岩伏冰

岩下深沟里，伏天尚有冰。

三冬常冻结，六月亦坚凝。

共喜寒飚至，何忧暑气蒸。

颁来盘里献，供佛赖高僧。

八、宝鼎停云

西山开宝鼎，仿佛似香炉。

雾锁层峦秀，云停叠嶂腴。

风吹形暧䁜，日射气紫纡。

此景真堪望，分明识画图。

清·包永昌

包永昌（1834—1911），字世卿，临潭人。1877 年进士。历任崖州知州、香山县知县。

雪夜忆李西平父子（二首）

一

潺潺洮水绕山城，上有丰碑北斗横。

成绩再兴唐社稷，至今犹说李西平。

二

雪夜提师入蔡州，百年黑气一时收。

传家忠孝谁能继，叹息思公付故邱。

清·胡俊

胡俊，清北地（庆阳）人。

超然台怀古

超然台竦翠微间，拟印芳踪未易攀。

洮水挹轩声激荡，陇云铺座势回环。

抗疏空洒千秋泪，罢讲犹留万古颜。

惆怅前朝多守士，至今俎豆只椒山。

西岩寺凭眺

缥缈西岩寺，登临兴自豪。

千山云界陇，万壑水归洮。

塞近防应密，民淳力倍劳。

寄言司牧者，文雅在风骚。

清·国栋

国栋，清兰州同知。

登临川阁

天室遗基岁月赊，临川阁下尚浮槎。

岩迎火伞明于赫，水织风梭绿绉纱。

鸠妇未呼常带润，鼠姑得气已先芽。

三刀刺史殷忧甚，停看芳田雨似麻。

登超然台谒杨忠愍公祠诗（二选一）

春风亭在凤台偏，亮士还朝肯瓦全。

吾舌尚存矧有笔，此头可断愿回天。

英灵犹拟来虚馆，俎豆原非出学田。

最是生徒销歇尽，四山钟梵自年年。

清·左拱枢

左拱枢，清狄道学正。

东 岩

东岩佳胜古曾闻，望里烟霞入座分。

一院松风真洒落，六时花雨自缤纷。

高台凤翥乾陀日，断涧人行略约云。

信是佛光萦宝刹，瓣香咫尺在杨君。

清·郭朝祚

郭朝祚，清副使。

元觉寺楼见沈寓舟观察题壁作此奉寄

休文曾此闲登眺，我亦无心上寺楼。

素壁题诗浑似昨，凭栏闲忆几经秋。

山连积石苍苍色，水接临洮滚滚流。

自古才人多不偶，见召六载滞兰州。

注：元觉寺，原在城内东北，明宣德年间所建。

清·章德焜

章德焜，清湖南人。

九日游玉峰山

振衣直上玉峰巅，古洞深幽别有天。

云树苍茫秋色里，冈峦起伏画楼前。

山逢青眼呈佳致，酒酌黄花涤俗缘。

醉后浑忘旧路远，笑携老衲看流泉。

清·张理治

张理治，狄道人，清廪生。

思　乡

玉峰山畔是吾家，远去东南道路赊。

沧海经年犹战斗，青山尽日恋烟霞。

谋生有术心徒壮，换骨无丹发早华。

惆怅乡关何处是，回头西望暮云遮。

清·张自镜

张自镜，狄道人。清贡生。

永宁桥

汤汤洮水界西东，赖有浮桥大道通。

十二松舟焕彩鹢，一双铁缆系长虹。

行人倒影鱼惊散，织女凌霄鹊驾同。

借问伊谁曾创始，于今千载颂梁公。

注：永宁桥始建于南宋熙宁六年（1073），赐名永通，明初更名永宁。此桥在城西西岩寺下红岩头附近，又名洮河浮桥。

清·王源瀚

王源瀚，字奋涛，号海门，甘肃静宁人。清光绪二年（1876）举人，十二年

（1886）进士，官江西南康知县。晚岁历主阿阳、五原各书院讲席。

对雪读吴松崖先生诗

一片银沙遍地摊，诗人眼界出门宽。

奇哉洮水松庵老，只向君家借雪看。

注：吴访张温如诗有"只向君家借雪看"之句。

清·李景豫

李景豫，字榕石，甘肃狄道（今临洮）人。父玉台，字镜安，长文词，工书法，官四川，有政声。后卒于阶州（今甘肃武都）。榕石因避乱，流寓西宁，为西宁府同治十二年（1873）拔贡，以直隶州判分发陕西候用。工草书，又善诗词，客巩、秦、阶道署时，适浏阳谭嗣同随父任来秦，相与交善。嗣同尤盛推其诗。有云："昔友李榕石，博学工诗，身后所著皆佚。"今从《谭嗣同全集·石菊影庐笔识·思篇四十八》录其诗十首。著有《榕石诗集》一卷，乃临洮张维（鸿汀）所辑。

艮 岳

花石自南来，金缩向北去。

十年媪相功，一纸老僧记。

嘉州晚发

晓日笼烟荡水光，扁舟载梦入苍茫。

啼猿不识林檎熟，乱摘秋红打驾娘。

栈道杂诗二首

一

一峰瘦削欲飞空，一峰欹侧如醉翁。

两峰白云断还合，并作一峰峰正中。

二

画眉关前石径微，笆篱一带通荆扉。

夕阳乌鹊坐牛背，牧童眠熟犹未归。

题谢宣城诗后

词赋空西府，高翔不受羁。

口防三日臭，首愿一生低。

大节遥光抗，才名沈约齐。

青山何处是，芳草自萋萋。

村居赠天山人暹士

村居绝尘境，习静常闭关。

风细竹香淡，秋深好意闲。

偶来方丈外，相赏画中山。

斗酒自可酌，举杯招白鹇。

武连驿遇雨，寄怀成都李湘石，张蓟

栈路萦青翠，猿啼不可闻。

乡心悬梦雨，山气结寒云。

行李惯劳客，折梅遥赠君。

鲁公楼畔宿，灯火烬宵分。

彰德怀古

他家物去霸图空，满地黄花笑晚风。

鹦鹉岂怜青雀子，雄鸡枉化白凫翁。

百年幻梦辟焦里，一代勋名襁褓中。

应有长安上天月，夜深如练照遗宫。

夕阳亭

残笛离亭未忍闻，东都祖账何纷纷。

一言竟召公间祸，万骑难屯仲颖军。

柳径风疏鸦导客，芦漪霜冷雁呼群。

行人莫叹黄昏近，且倒清樽酌夕曛。

花蕊夫人词

海案国破蓉城记，万骑分香阵云紫。

东风吹瘦杜鹃声，望帝春心数千里。

蜀范移恨到汴宫，芳尘入梦寻无踪。

玉树影消重开后，桃花笑人不言中。

写翠传红斗媚妖，故镜应教乾德睹。

杨柳新词感洞萧，藤芜旧恨歌砧杵。

画图金弹祀张仙，心事分明彩笔传。

宣华回首空榛莽，百首宫词剧可怜。

君不见，南唐小周后，一般心事念家山。

候马亭歌

善马产贰师，信是神龙能生驹。

天马歌汉武，哪及跛猫能捕鼠。

驱策封君走县官，如云如锦萃长安。

碧玉环兜玛瑙勒，紫金垂簇玫瑰鞍。

乐府歌成气殊壮，开疆原为安边障。

可惜千金汗血痕，只供一日皮毛相。

苜蓿青青正发花，金城遥指玉鞭斜。

寄语西征诸壮士，匈奴未灭且忘家。

清·李道真

李道真，清咸丰同治时人。祖居狄道北关纸坊。博学史书，终身未中举，设馆课生，酷爱戏曲，新编秦腔剧本十几种，现有《断桥》《岳爷拜门》《哭土牢》《五丈原》《六出祁山》等脍炙人口，为雅士所乐道。《甘肃省通志》收《道真曲存》一册。

断桥亭（节选）

白蛇唱：

恨官人丧良心恩微义浅，你怎忍念普提忘却巫山。

全不念温柔乡交杯换盏，全不念鸳鸯枕鱼水合欢。

可怜我芙蓉花临秋霜染，无情蝶高飞去远飏不返。

谁料想夫妻情空成嗟叹，知心语向谁诉搔首问天！

周遇吉上关拜寿（节选）

遇唱：

周遇吉上关来悲从心起，昨夜晚失代州祸已燃眉。

一杆枪一骑马杀出险地，念老娘千秋寿少尽子职。

高堂上冷清清酒筵失备，不由人暗伤情凄凄酸鼻。

未把盏强笑颜回嗔作喜，太娘前巧遮饰瞒哄一时。

可岭我一家人都在梦中，好一似燕巢幕朝难保夕。

战兢兢方寸乱束手失措，不由我一阵阵发昏着急。

想周门报君恩而今三世，并未曾误国事有负社稷。

哭土牢（节选）

有奇唱：

土牢内无灯火天黑地暗，昏沉沉辨不来东北西南。

白昼间望不见金乌照面，到晚来又不见玉兔高悬。

不见天不见地一片黑暗，辨不清南北斗怎样循环。

细思想这几日黄泉不远，冷清清无烟火遍体生寒。

睁双睛不由人掉下泪点，望不见山合水却在那边。

无人言无鸟语孤身悲叹，耳听得金风起蝉声送寒。

谁料想夏已去秋色又半，一家人怎知我负屈含冤。

况且我别故土相隔路远，恨无有鸿雁书捎带家园。

圣人云降大任必遭苦难，劳筋骨饿体腹忍饥受寒。

入罗帐还怪我少识多见，事到此我怎敢折柳盘桓。

我本是真君子岂怕火炼，我本是铁石心坚钢不穿。

她虽有倾国色柳眉杏眼，桃花面芙蓉体难将我牵。

非是我夸大口不起色念，木有本水有源人凭心田。

说什么求神圣明路指点，自古道人可欺天不可瞒。

韩有奇自伤悲泪流满面，不由人一阵阵心似箭穿。

我好比养由基舌吞冷箭，我好比伍子胥夜过昭关；

周文王在羑里也曾受难，孔圣人在陈蔡绝粮七天；

关夫子在曹营秉烛达旦，晋文公五鹿地忍受饥寒；

我好比汉高祖鸿门会宴，我好比楚霸王九里山前；

我好比刘光武南阳遇险，我好比刘玄德马跃龙潭；

我好比诸孔明西城弄险，又好比王彦章荀家滩前；

千古的众圣贤也遭大难，何况我韩有奇贫淡生员。

清·李镜清

李镜清（1871—1912），字鉴亭，甘肃临洮洮阳人。清德宗光绪二十三年（1897）以优廪生考取拔贡，次年朝考一等，步入仕途。因屡建功而多次迁升，先后任四川浦江、建安等县知县、云南巡警道、奉天巡防右路统领等职。在与革命党人蓝天蔚等交往过程中颇受新思想感染，主张实行宪政，召开国会。武昌起义成功后，李镜清返甘。1912 年 2 月清帝退位，3 月投票公举镜清任甘肃省议会议长。就职后，宣布共和，提议免除各项供应，整理财政，除弊恤民，坚持议会工作，提出筑铁路、征收烟税等议案；积极主张民族平等，力主取消清朝一切不利于回汉团结的法令。1912 年 6 月 6 日，因他人离间，被甘肃军阀马安良派遣的刺客杀害。地方曾建祠匾书：精诚壮烈，永久纪念。遗著有《仕优斋遗文》《清草堂论学集》及校编《狄道州续志》等。

题杨椒山

结何私怨竟成仇，养贼恐遗君父忧。

圣主未能容两疏，先生已自有千秋。

芳名万古狄人仰，热血一腔燕市留。

易水之西洮水北，祠堂几处祀吾侯。

题双忠祠

同携子房博浪锥，击之不准誓相随。

藁街终挂世蕃首，聊为椒山一展眉。

（清止）

主要参考书目

《诗经注译》

《临洮府志》

《狄道州志》

《狄道州续志》

《临洮县志》

《古诗源》

《松花庵全集》

《洮阳诗集》（清·李元方编纂原本印影件）

《历代咏陇诗选》

《临洮史话》

《临洮县历代大事记》（1983 年文史委编油印资料）

《临洮诗词选》（1989 年临洮文史资料委编）

"历代甘肃作家作品选注丛书"

《丝绸之路诗词选》（古代部分）

《廿四史》

《杨椒山诗文集》

《张晋张谦集校笺》等

跋

□ 朱殿臣

诗情如沧海，乡梦在临洮。由临洮诗词学会原会长马志骏先生主编的《诗乡遗韵》（上）三校定稿，付梓在即，这是临洮诗词学会发展史上的又一重大举措，也是马老先生在耄耋之年带病为发扬传承临洮诗词文化建设事业做出的莫大贡献。

莫道桑榆晚，为霞尚满天。马志骏先生、赵蔚南先生、梁舒生先生历经八年为《诗乡遗韵》的编纂，寻根溯源、钩沉稽古、挖掘整理、精心校勘、倾尽心血。这种不计酬劳，认真负责的高尚品质，需要何等强大的精神支撑！这是对中华民族诗词文化承传的醉心向往和无限挚爱，是对乡土文化绵延不绝赓继有序的深沉感佩和历史担当，令我钦佩之至。

花儿歌兴盛，洮水助农桑。从这本《诗乡遗韵》（上）里，我们仿佛看到数千年来临洮大地物华地貌、民俗风情、世变不居的诗性表达。历数沧桑巨变，追远先贤志士，无数猛士豪杰、边塞诗人、家乡贤达，对美好山河的眷恋，对边城将士的讴歌，再现了鲜活真实的历史。《诗乡遗韵》（上）中的一首首诗词，恰似一幅幅优美的画卷跃入眼帘，不禁令人拊掌叫绝，心灵释然。如：唐·杜甫《秦州杂诗》"年少临洮子，西来亦自夸"。明·杨椒山《言志诗》"读律看书四十年，乌纱头上有青天。男儿欲画凌烟阁，第一功名不爱钱"。清·张晋《梅花诗》"陇头何日题诗至，林下今朝载酒还。阅尽芳菲千万树，眼中强半倚冰山"。清·吴镇《我忆临洮好》（七）"我忆临洮好，诗家授受真。高岑皆慕客，白贺是乡人。山水今无恙，文章旧有神。二张珠玉在，后起更嶙峋"。（九）"多雨山皆润，长丰岁不愁。花儿饶比兴，番女亦风流"。此等赏心悦目的高吟雅唱，读来无一不让人心动魂飞，逸趣渺远！

　　读者朋友们，关于《诗乡遗韵》（下）近现代部分的编纂工作，诗会将在随后几年内逐步完成，到时合璧成玉，以飨读者。

　　《诗乡遗韵》（上）的出版发行得到了上级主管领导的关怀和指导，得到了社会各界贤达的鼓励和支持，先后有临洮政协主席黎辉、甘肃文化名人临洮才子吴辰旭先生为之作序。在此，我仅代表临洮诗词学会表示衷心谢忱！

　　　　　　　　　　　　　　　　　　　　2023 年 11 月 6 日

后 记

由临洮诗词学会倡仪并决定编纂的《诗乡遗韵》（上），在诗会第七、第八两届领导的共同努力下，在临洮县政协文史委和文体广电旅游局的关怀下，在临洮诗词学会朱殿臣会长的多方关切和鼎力资助下，历时六年，终于完稿成书，与读者见面了。

本书编纂工作由《临洮诗词》原主编马志骏先生与赵蔚南先生发起，经临洮诗词学会首次顾问联席会议研究决定，于2016年着手实施。马志骏先生担任主编，赵蔚南先生不辞年迈多病，勇挑重担和梁舒生先生一起为编辑，随后在编辑清吴镇诗选时又增加了张军先生，整个编辑工作由此四人具体完成。主编马志骏对本书的编纂体例、编选分工、内容范围等事项进行了策划，并自始至终深入跟进，搜集、补充、考证、汇总、编排、商定材料，终于使此项工作得以圆满完成。

本书编纂清吴镇以后诗作时，由于抗击新冠疫情，人员交往中断，编辑工作只能通过手机交流进行，具体工作则主要由主编一人操作完成。2021年初，马志骏先生因突发心肌梗死而送兰州手术治疗，致编辑工作停摆。其后稍愈又带病编辑，后又旧病复发急救住院，一年之内如此反复者三，终于不负众望，坚持完成了初稿。2021年底，梁舒生先生约齐风烛残年的蔚南先生和沉疴卧病中的志骏先生，花了一整天时间，借全聚源经理办公室，卧躺在沙发上完成了本书的汇总、补遗、校误、定稿和导语的写作分工安排。使本书不至夭折而功成圆满。

本书内容编纂以临洮行政区域的历史演变为经，以现实生活写照为纬，纵横开拓，深入挖掘，参考了大量的文史资料，去粗取精，作到应收尽收；并通过网络搜索，已出版书籍查找、甄别、筛选了部分作品；还有一些遗作来自民间征集。排序时以作者出生年月先后为依据，不论职位辈分。所选作者作品数量的多少以诗人遗作的数量和成就而定。本书所收诗词作品中的字、词、句，编者概不作注释，只保留个别诗作中的作者原注。对有些诗作的背景编者作了简短的说明。

本书在编纂过程中，青年文化研究者袁鹏先生为之提供了许多非常珍贵的资料，如日本国立国会图书馆珍藏的明代万历《临洮府志》本的明刘源《洮阳八景》诗，及天津图书馆珍藏的清嘉庆时李元方编著的《洮阳诗集》等珍贵的孤本，为充实本书的内容作出了积极贡献，在此特别表示衷心的感谢！

期愿本书的编纂、出版能为家乡的文化建设尽一些绵薄之力。由于编者水平有限，难免存在一些错讹疏漏不足之处，恳请读者不吝指正为盼。

编者

2022 年 4 月 15 日

《诗乡遗韵》（上）由朱殿臣先生全额资助出版